KAMPENWAND
VERLAG

ISBN: 978-3986600402

Raiffeisenstr. 4 · D-83377 Vachendorf
www.kampenwand-verlag.de

Versand & Vertrieb durch Nova MD GmbH
www.novamd.de · bestellung@novamd.de · +49 (0) 861 166 17 27

Text: Stefanie Schreiber
Umschlagfoto: Christina Bokuvka
Lektorat: Ursula Schneider
Korrektorat: Margarete Götz
Kapitelfotos: Paul Fröls und Stefanie Schreiber
Illustrationen Torge Trulsen, Charlotte Wiesinger und Knud Petersen:
Sabine Schulz
Druck: CUSTOM PRINTING
Wał Miedzeszynski 217, 04-987 Warszawa, Polen

Stefanie Schreiber

Fatale Begegnung

in St. Peter-Ording

Der
10. Fall für
Torge Trulsen
und Charlotte
Wiesinger

Für alle Torge-Fans

Ein kleines Lexikon norddeutscher Begriffe finden Sie am Ende des Buches.

Prolog

Alles schrie nach Vergeltung. Warum passierte immer wieder das Gleiche? Trotz der sorgfältigen Vorbereitung. Trotz der vorgenommenen Veränderungen. Die, die eben möglich gewesen waren.

Die akribische Vorbereitung war auch dieses Mal völlig umsonst gewesen! Warum nur? Warum?

Alle anderen bekamen es hin, fanden ihren sogenannten Deckel und damit ihr Glück. Stritten zwischendurch, aber versöhnten sich danach wieder. Gründeten Familien, bauten Häuser, wurden zusammen alt.

Ein Zeitraffer, der in Wirklichkeit Jahrzehnte abbildete und keinen Raum für Einsamkeit ließ. Probleme bestimmt, aber nicht diese quälende, alles andere überlagernde Einsamkeit, die manchmal die Luft zum Atmen nahm.

Jeder Versuch, dieses Martyrium hinter sich zu lassen, endete in noch größerer Pein, Demütigung und Versagensangst.

Trotzdem gab es keine andere Wahl. Ohne einen neuen Versuch würde es keine Änderung geben, keine Aussicht auf Erlösung, nur die lähmende Einsamkeit, die alles, aber auch wirklich alles noch viel schlimmer machte. Ohne jegliche Aussicht auf Lebensfreude.

Lebensfreude! Was war das überhaupt? Zu lange war es her, um das nachfühlen zu können. Oder war es überhaupt nur eine Illusion, dieses schwache Gefühl, das sich mit jedem Tag weiter verflüchtigte? Nein, das konnte nicht sein! Irgendwann war es mal da gewesen und es würde wieder zurückkehren. Es sollte. Es musste einfach!

Aber in diesem Moment schien das Wort wie ein Dämon über allem zu hängen: schadenfroh lachend, demütigend und verhöhnend zugleich.

Niemand musste so etwas hinnehmen. Aufgeben war keine Option. Aus jeder Misere gab es einen Ausweg. Für jeden. Man musste nur einfach seinen Weg finden.

Warum sollte das nur den anderen gelingen?

Greta in St. Peter-Ording

Dienstag, den 4. Oktober

Beschwingt kehrte Greta Petersen nach dem langen Wochenende an ihren Arbeitsplatz in der Ferienanlage *Weiße Düne* zurück. Nur noch vier Wochen, dann würde sie in den verdienten Ruhestand gehen und lediglich ausnahmsweise zur Verfügung stehen, wenn es mal einen Personalengpass gab. Mittlerweile freute sie sich darauf. Die Saison war wieder hektisch und fordernd gewesen. Auch wenn sie ihren Job als Assistentin der Geschäftsleitung nach wie vor liebte, war es ihr über die Jahre immer schwerer gefallen, im Sommer so viele Überstunden zu absolvieren.

Insofern hatte sich Greta sehr gefreut, als ihre Chefin Marina Lessing sie im Juli über die Nachfolgerin informierte, die sie ab August einarbeiten sollte. Wenn sich die Frau nicht ganz dumm anstellte, würde das immerhin für die halbe Hauptsaison eine Entlastung bedeuten.

Und genau so kam es: Heike Niemeyer war Anfang dreißig, unkompliziert, pünktlich und sehr umgänglich. Schnell fasste sie Vertrauen zu der älteren Sekretärin und erzählte ihr bereits nach wenigen Tagen, dass sie den schönen Norden vor vier Jahren für die Liebe verlassen hatte, die allerdings nicht von Dauer gewesen war. Nach der Trennung wollte sie erst in Köln bleiben, hatte schließlich aber das Landleben und die Nähe zum Meer vermisst. Als die Stelle in dem Feriendorf ausgeschrieben wurde, hatte Heike Niemeyer sich ohne zu zögern sofort darauf beworben. Voller Elan fuchste sie sich in die Details der neuen Tätigkeit ein und entlastete Greta bereits nach wenigen Wochen. Außerdem war sie meistens gut gelaunt. Schnell gingen die beiden Kolleginnen zum *Du* über und wurden ein echtes Team.

Umso mehr wunderte sich Greta über Heikes Unpünktlichkeit an diesem Dienstagmorgen. Vielleicht hatte sie einfach nur verschlafen, weil der Kurztrip in die nahe gelegene Hansestadt anstrengend gewesen war. Die junge Kollegin hatte ihre Auszeit in Hamburg mit einem Programm vollgestopft, das kaum Zeit zum Entspannen ließ. Eigentlich wollte sie bereits am späten Montagnachmittag wieder in der Küstengemeinde zurückkehren, um sich pflichtbewusst auf die neue Arbeitswoche vorzubereiten, aber das musste natürlich nichts heißen. Die Elbmetropole hielt so viele Highlights bereit, da konnte man sich leicht zu einer Verlängerung des Aufenthaltes hinreißen lassen. Bestimmt würde Heike im Laufe des Vormittags mit einem schlechten Gewissen eintreffen – oder sich zumindest telefonisch bei Greta melden. Bei der Vorstellung des zerknirschten Gesichtsausdrucks musste sie unwillkürlich lächeln.

Bis zum Mittag war ihr das Schmunzeln allerdings vergangen. Sorgenvoll hatte sie bereits zweimal bei Heike angerufen – sowohl auf deren Festnetz als auch mobil, aber jeweils nur die Mailbox erreicht. Das passte überhaupt nicht! Neben dem ausgeprägten Pflichtbewusstsein war die junge Frau eine erklärte Frühaufsteherin, die niemals bis in die Puppen schlief. Was sollte Greta bloß tun?

Ihre Chefin Marina Lessing war diese Woche im Urlaub, die wollte sie wegen einer vermeintlichen Lappalie nicht stören. Aus dem gleichen Grund konnte Greta aber nicht selbst zu Heike fahren, um zu schauen, ob bei ihr alles in Ordnung war. Immerhin war die *Weiße Düne* im Oktober durch die Herbstferien gut gebucht, da war es nicht möglich, das Büro völlig verwaist zu hinterlassen. Für eine Meldung bei der Polizei war es eindeutig zu früh, auch wenn ihr Sohn Knud - Kriminalkommissar in St. Peter-Ording – ihr bei falschem Alarm sicherlich mit Nachsicht begegnet wäre. Trotzdem wollte sie sich nicht unnötig lächerlich machen.

Hin- und hergerissen, was sie als Nächstes tun sollte – ob sie überhaupt etwas tun sollte – beschloss sie, bis nach der Mittagspause zu warten und es dann erneut telefonisch bei der Kollegin zu versuchen. Immerhin war Heike noch in der Probezeit und bisher immer pünktlich gewesen. Natürlich wollte Greta ihr keine unnötigen Probleme bereiten, indem sie selbst überreagierte.

Trotzdem stocherte sie lustlos in ihrem Salat herum, den sie sich in der Mitarbeiterkantine ohne großen Appetit zusammengestellt hatte. Auch wenn sie es versuchte, sie konnte einfach nicht aus ihrer Haut. Die sorgenvollen Gedanken ließen sich nicht abstreifen. War Heike vielleicht etwas zugestoßen? Sollte sie doch lieber sofort zu deren Wohnung fahren, um zu schauen, ob sie zu Hause war? Allerdings besaß Heike eine Garage, die Fahrt nach Garding würde sie also nicht unbedingt weiterbringen, wenn diese nicht auf ihr Klingeln reagierte. Trotzdem ließ ein Gedanke sie nicht los: Was, wenn Heike aus Hamburg gar nicht zurückgekehrt war?

„Moin Greta!“, riss eine vertraute Stimme sie aus ihren düsteren Überlegungen. „Du siehst ja aus wie sieben Tage Regenwetter! Hattest du kein schönes Wochenende?“

Torge Trulsen, der Hausmeister der Ferienanlage und gleichzeitig langjähriger Freund, ließ sich ihr gegenüber auf einen Stuhl plumpsen. Auf seinem Teller dampfte eine große Portion von dem Bauernfrühstück, das heute als Gericht des Tages angepriesen wurde.

Greta musste unwillkürlich lächeln. „Wenn Annegret das sehen könnte ...“

„Du willst mich doch nicht etwa verpetzen?“, fragte er mit einem Augenzwinkern. „Wie du weißt, arbeite ich körperlich. Da kann ich nicht den ganzen Tag nur dieses Grünzeug essen.“ Er zog eine Grimasse, während er auf ihren Teller deutete. „Dir scheint es ja auch nicht gerade zu schmecken. Willst du etwas von meiner Portion abhaben?“, bot er großzügig an.

„Nein, vielen Dank. Darin würde ich ebenfalls nur herumstochern. Lass es dir schmecken“, antwortete Greta.

„Also, nun spuck's schon aus. Was hast du auf dem Herzen? Ist was mit Knud?“, fragte Torge nun gleichfalls besorgt. Die beiden unterschiedlichen Männer verband eine langjährige Freundschaft. Darüber konnte der Hausmeister sogar seine Mahlzeit vergessen. Jedenfalls hatte er die Gabel sinken lassen und guckte Greta erwartungsvoll an.

„Nein, nein. Es geht nicht um Knud. Soweit ich weiß, ist er im Moment ausgesprochen vergnügt.“

„Hhm, du meinst wohl mit der frechen Gerichtsmedizinerin. Verstehe ich immer noch nicht, warum er Fiona Jensen der

Kommissarin vorzieht", ließ sich Torge von der ursprünglichen Frage ablenken.

„Torge, das geht uns nichts an. Wenn ich es richtig verstanden habe, hat Knud versucht, bei Charlotte Wiesinger zu landen. Sie hat ihm aber einen Korb gegeben", erklärte Greta.

„Das ist nicht neu – und trotzdem kein Grund, sich auf diese Person einzulassen. Wenn eine Deern mein Herz gewonnen hat, dann kämpfe ich um sie und turtele nicht mit einer anderen herum, nur, weil sie mich umgarnt!" Zwischen Torges Augen hatte sich eine Falte gebildet. Energisch stach er die Gabel in ein großes mit Ei umhülltes Kartoffelstück, ohne es jedoch zum Mund zu führen. „Siehst du das anders?"

„Nein, eigentlich gebe ich dir recht."

„Das hörte sich aber eben nicht so an", unterbrach Torge sie prompt. Das Thema schien ihn echt zu triggern.

„Knud ist alt genug, um seine eigenen Entscheidungen zu treffen. Ich glaube, es ist nicht besonders fest zwischen ihm und Fiona", fügte Greta hinzu.

„Das macht die Sache nicht besser", grummelte der Hausmeister unzufrieden. „Wie soll die Wiesinger denn Vertrauen zu ihm fassen, wenn er sich auf solche Eskapaden einlässt?"

„Eskapaden? Wo hast du denn den Ausdruck her?"

„Ich meine es ernst, Greta!" Wieder stach Torge in ein Kartoffelstück.

„Ja, ich auch. Aber was soll ich tun? Auch wenn ich seine Mutter bin ... Knud ist über vierzig. Soll ich es ihm verbieten?"

„Du könntest ihm immerhin ins Gewissen reden", maulte Torge weiter, was sonst gar nicht seine Art war.

„Du bist sein bester Freund. Rede du ihm doch ins Gewissen", parierte Greta.

„Habe ich versucht. Ohne Erfolg", musste er zugeben.

„Aha." Greta nickte wissend. Das Geplänkel mit Torge hatte sie von den Sorgen um Heike abgelenkt, aber im darauffolgenden Schweigen kehrten sie zurück. „Es geht nicht um Knud", bemerkte sie in der Hoffnung, mit ihm darüber sprechen zu können.

Der Hausmeister, der gerade weiteressen wollte, ließ erneut die gut gefüllte Gabel sinken und guckte ihr direkt in die Augen. „Sondern?", fragte er nordisch knapp.

„Heike Niemeyer ist heute nicht zur Arbeit erschienen – unentschuldigt!", platzte Greta heraus.

„Na ja, das kann leicht passieren. Verkatert oder einfach mal keine Lust. Du weißt, wie die jungen Leute heute sind. Die nehmen es nicht mehr so genau wie unsereins", behauptete er achselzuckend und schob sich den Bissen endlich in den Mund.

„Nein, so ist sie nicht. Ich arbeite jetzt seit zwei Monaten mit ihr zusammen. Bisher war sie sehr engagiert und immer pünktlich!"

„Das allein finde ich verdächtig", versuchte Torge einen Scherz.

„Bleib mal ernst!", forderte Greta ihn auf. „Bei manch einem würde ich dir sogar zustimmen, aber Heike ist anders."

„Möglich", antwortete Torge kauend. „Vielleicht hat sie sich aber bisher lediglich verstellt, weil sie in der Probezeit war."

„Die ist ja noch nicht vorbei", widersprach sie sofort.

„Hhm." Torge belud erneut die Gabel und aß weiter.

„Nun lass doch mal das blöde Bauernfrühstück", fuhr Greta ihn an.

Erschrocken über den ungewohnten Ausbruch hätte er sich fast verschluckt. Wie gewünscht legte er schließlich die Gabel neben seinen Teller; allerdings war ihm das Bedauern anzusehen, seine Mahlzeit nicht fortsetzen zu können. „Was erwartest du jetzt von mir?", fragte er vorsichtig.

„Ach, ich weiß nicht, was ich machen soll. Tut mir leid, ich wollte dich nicht so anfahren. Meinst du, ich sollte Knud und die Wiesinger informieren?“ Greta fühlte sich zerknirscht. Torge war immer da, um ihr ein Ohr zu leihen, und zeigte sich außerdem stets hilfsbereit. Es war nicht fair, ihn anzuschnauzen.

„Schon gut“, gab er gutmütig zurück. Entschuldigungen nahm er grundsätzlich an, ohne im Anschluss nachtragend zu sein. „Also, nur, weil sie vermeintlich einen halben Tag geschwänzt hat, würde ich nicht die Polizei einschalten. Es muss ja nichts Schlimmes passiert sein.“

„Du meinst, ich sollte erst mal abwarten?“

„Auf jeden Fall!“ Er nickte verstärkend. „Hast du schon bei ihr angerufen?“

„Klar, mehrfach. Ich überlege, ob ich zu ihr fahren soll“, weihte Greta ihn in ihre Überlegungen ein.

„Das kannst du nach Feierabend machen, wenn sie sich bis dahin nicht meldet“, schlug Torge vor. „Dann siehst du auch gleich, ob in der Wohnung Licht brennt.“

Greta wiegte den Kopf.

„Immerhin ist sie eine erwachsene Frau“, fügte er hinzu. „Also, ich wäre nicht begeistert, wenn mir gleich die Polizei auf die Bude rückt, nur, weil ich einen halben Tag nicht zur Arbeit erscheine.“

Dieses Argument gab den Ausschlag. Auf keinen Fall sollte Heike Niemeyer den Eindruck gewinnen, dass Greta sie erdrückend bemutterte. Den heutigen Tag würde sie abwarten, ob sich die Kollegin meldete. Wahrscheinlich konnte sie es sich zum Dienstschluss nicht verkneifen bei ihrer Wohnung in Garding vorbeizufahren. Das war schließlich kein großer Umweg. Die Kommissare würde sie aber frühestens morgen informieren.

„Danke dir, Torge. Du hast mir sehr geholfen", sagte sie zu dem Hausmeister, der daraufhin erleichtert zur Gabel griff, um den Rest seiner abgekühlten Mahlzeit zu vertilgen.

Obwohl sie sich selbst zu beruhigen versuchte, verbrachte Greta den Nachmittag wie auf Kohlen. Ständig guckte sie zu der großen Wanduhr gegenüber ihrem bestens strukturierten Schreibtisch, um dann festzustellen, dass wieder nur ein paar Minuten vergangen waren. Sie musste sich endlich konzentrieren, sonst wären die kommenden Stunden vergeudete Zeit. Trotzdem wurde ihre Sorge um Heike ständig größer.

Gegen 16.30 Uhr hielt sie es nicht mehr aus. Der Tag war ruhig verlaufen, scheinbar waren alle Feriengäste zufrieden und stellten keine Sonderwünsche. Wenn jetzt etwas passierte, waren die Rezeption oder Torge gefordert.

Sie musste nach Garding fahren, um der Sache auf den Grund zu gehen, sonst würde sie in der Nacht vor lauter Sorgen kein Auge zubekommen. War Heike vielleicht krank? Aber warum rief sie dann nicht an? Greta konnte sich beim besten Willen nicht vorstellen, dass ihre Kollegin es ignorierte, ihren Arbeitgeber zu informieren. Das passte einfach nicht – und schließlich war sie ja keine Berufsanfängerin, die diese Regeln nicht kannte.

Trotzdem rechnete Greta fest damit, Licht in Heikes Wohnung zu sehen, nachdem sie vor dem Mietshaus der ruhigen Wohngegend zum Stehen gekommen war – wurde jedoch enttäuscht. Entschlossen ging sie zu der Haustür und drückte energisch den Klingelknopf.

Keine Reaktion. Zum ersten Mal, seit die Kollegin am heutigen Morgen nicht zur Arbeit erschienen war, regte sich Ärger. Bislang war Greta tief in ihrem Innern von einem Krankheitsfall oder starkem Unwohlsein als Grund für das unentschuldigte

Fernbleiben ausgegangen, auch wenn der fehlende Anruf dagegensprach. Hatte Heike einfach ihr Wochenende in der Hansestadt verlängert, ohne sich bei Greta abzumelden? Nahm sie die altgediente Sekretärin nicht so ernst, wie sie bisher vorgegeben hatte? Immerhin war die Managerin der *Weißen Düne* im Urlaub. Vielleicht dachte sich Heike, das wäre eine gute Gelegenheit, es mal krachen zu lassen.

Kaum hatte Greta den Gedanken zu Ende gedacht, schalt sie sich selbst. Wo kamen bloß diese Unterstellungen her? Heike Niemeyer war ein ganz anderer Typ. Greta sollte sich lieber darüber Gedanken machen, ob ihr etwas passiert war, statt sich über sie zu ärgern. Sollte sie doch lieber Knud anrufen? Wenn wirklich ein Verbrechen vorlag ... Diese Überlegung war so ungeheuerlich, aber trotzdem nicht von der Hand zu weisen. Damals auf dem Paulsen-Hof war ihr Instinkt ebenfalls richtig gewesen. Ein Schauer lief ihr bei der Erinnerung an die brutale Ermordung ihrer Freundin den Rücken herunter. So etwas wollte sie nie wieder erleben!

Aber es gab keinen Grund, gleich mit dem Schlimmsten zu rechnen. Immerhin war es möglich, dass Heike einfach gestürzt war. Bestand die Möglichkeit, dass die junge Frau bewusstlos in ihrer Wohnung lag? Greta bezweifelte diese Theorie, auszuschließen war es jedoch nicht.

Vielleicht sollte sie einfach bei Knud vorbeifahren. Sein Haus im Tümlauer Koog war von ihrem eigenen in Osterhever nicht weit entfernt. Bevor er sich auf Fiona Jensen einließ, hatten sie oft gemeinsam zu Abend gegessen, wobei er ihr gerne von seiner Arbeit erzählte. Seit jeher waren sie eng und freundschaftlich verbunden gewesen. Wenn Greta ihren Sohn zu Hause aufsuchte, handelte es um einen privaten Besuch, bei dem sie ihm von ihrem Tag erzählte. Der Kommissar konnte im Anschluss selbst entscheiden, ob dies ein Fall war, in dem er aktiv werden musste. Ja, so würde sie es machen!

Je näher sie seinem Haus kam, desto mehr verstärkte sich das ungute Gefühl in Gretas Magengrube. Natürlich hätte sie anrufen sollen, denn die Wahrscheinlichkeit war nicht gerade klein, dass Knud Besuch von seiner neuen ... was auch immer Fiona Jensen für ihn war ... hatte. Aber sie wollte sich nicht abwimmeln lassen. Sie musste heute Abend mit Knud reden – mit ihrem Sohn und vielleicht sogar mit dem Kommissar der Ordinger Polizei – das würde sich später herausstellen. Er verfügte über genug Erfahrung, um das einschätzen zu können. Sicherlich stellte er darüber hinaus die richtigen Fragen. Entweder er konnte die ersten Schritte einer Suche nach Heike Niemeyer einleiten oder seine Mutter wenigstens beruhigen. Da musste seine neue Flamme jetzt durch!

Knud war sowohl überrascht als auch erfreut, als er die Tür öffnete und den unerwarteten Besuch sah.

„Mama, was machst du denn hier? Waren wir verabredet?", fügte er leicht verunsichert hinzu. „Ich habe doch nicht etwa versprochen zu kochen? Dafür ist nichts vorbereitet."

„Nein, nein. Es geht nicht um ein Essen. Darf ich reinkommen?", fragte sie etwas atemlos, weil sie sich schon wieder Sorgen machte.

„Natürlich, was für eine Frage!" Knud trat einen Schritt zurück und bat sie mit einer Geste hinein.

„Bist du alleine? Ich möchte dich nicht stören, wenn ..."

„Du störst so oder so nicht, aber ich bin heute Abend allein. Ist was passiert? Du guckst so ernst!", stellte er schließlich fest.

„Ja, können wir uns setzen?", fragte sie weiter. „Ich habe tatsächlich etwas auf dem Herzen, was ich mit dir besprechen möchte."

„Okay, das klingt ja geheimnisvoll. Möchtest du Wasser oder Tee?"

„Gerne! Ein starker Tee würde mir guttun. Es ist schon wieder ganz schön kalt geworden", bemerkte sie etwas wehmütig, weil sie wie üblich den Großteil des Sommers mit Arbeit verbracht hatte. Aber das war ja nun bald vorbei.

Knud nickte und hantierte routiniert in der offenen Küche, während Greta sich auf einen bequemen Sessel setzte.

„Also, worum geht es?", fragte er kurz darauf, nachdem er eine große Tasse mit dampfendem schwarzen Tee vor ihr auf den Tisch gestellt hatte.

„Heike Niemeyer ist heute nicht zur Arbeit erschienen."

„Oh, das tut mir leid. Sie war doch bisher so zuverlässig."

„Ja, genau. Sie hat sich weder gemeldet, noch kann ich sie erreichen. Da sie eine Garage besitzt, weiß ich nicht, ob ihr Auto da ist", sprudelten die Fakten aus Greta heraus.

„Du warst bei ihr zu Hause?", fragte Knud perplex. „Ist das nicht ziemlich übergriffig?" Wie immer zeigte er sich empathisch und schlug sich nicht automatisch auf ihre Seite, nur, weil sie seine Mutter war.

„Äh, findest du? Aber das ist gar nicht der Punkt!"

„Nein? Was ist denn der Punkt?"

„Sie ist verschwunden und ich mache mir so langsam Sorgen, dass ihr etwas zugestoßen sein könnte", verteidigte Greta ihre Vorgehensweise.

„Wie ich dich kenne, machst du dir bereits den ganzen Tag Sorgen", frotzelte Knud.

„Ja, das stimmt, aber ich bin nicht für Scherze auf meine Kosten in Stimmung. Hältst du es für möglich, dass ihr etwas passiert ist?"

„Unfall oder Verbrechen?"

Obwohl sie selbst beide Möglichkeiten in Betracht gezogen hatte, zuckte sie unwillkürlich zusammen. Es laut ausgesprochen zu hören, machte die Sache realer und gleichzeitig schlimmer.

„Hast du die Krankenhäuser der Umgebung angerufen?", fragte Knud weiter.

„Daran habe ich gar nicht gedacht", hauchte Greta. „Da ist noch etwas: Sie wollte am Samstagmorgen für ein verlängertes Wochenende nach Hamburg fahren."

„Oh, das vergrößert den Radius", bemerkte Knud sachlich.

„Ja! Aber ich kann unmöglich alle Krankenhäuser in Hamburg anrufen."

„Hhm. Ist sie wirklich gefahren?", brachte er einen neuen Aspekt in die Unterhaltung.

„Wie meinst du das?", fragte Greta begriffsstutzig.

„Bist du sicher, dass sie wirklich nach Hamburg aufgebrochen ist? Hat sie dir zum Beispiel Fotos geschickt oder dich von dort angerufen?", konkretisierte Knud geduldig seine Fragen.

„Nein, so eng ist unser Verhältnis nun auch wieder nicht", erklärte sie.

„Okay, also für mich hörte es sich so an, als würde sich Heike Niemeyer bereits seit Wochen auf diesen Ausflug freuen. Da wäre es logisch, wenn sie dir in ihrer Begeisterung ein paar Fotos von den Plätzen schickt, die sie sich gerade anschaut. Sie war doch allein unterwegs, oder? Da ist das Bedürfnis zu teilen noch größer. Und immerhin seid Ihr beide sehr schnell zum *Du* übergegangen. Dafür haben Charlotte und ich wesentlich länger gebraucht!"

„Ja, schon. Meinst du wirklich, das könnte ein Hinweis sein?", fragte Greta ungläubig.

„Klar. Aber sie hat dir keine Fotos geschickt, oder?"

„Nein“, musste sie zugeben. „Und angerufen hat sie auch nicht.“

„Das muss nichts heißen“, murmelte ihr Sohn. „Weißt du, in welchem Hotel sie übernachten wollte? Oder war sie privat untergebracht?“

„Nein, sie kennt in Hamburg niemanden, wollte einfach allein drei Tage die Stadt erkunden“, erklärte sie. „Lass mich mal überlegen. Ich bin mir sicher, dass sie mir den Namen des Hotels genannt hat. Wahrscheinlich war es eher eine Pension. Sie wollte dafür nicht so viel Geld ausgeben. Deshalb ist sie erst Samstagmorgen gefahren – um die Kosten für eine Übernachtung einzusparen.“

„Zumindest war so der Plan“, berichtigte Knud sie automatisch.

„Ja, das meine ich. Wie hieß das bloß?“ Obwohl Greta angestrengt überlegte, fiel ihr der Name nicht ein. „Gib mir etwas Zeit. Vielleicht erinnere ich mich dann wieder.“

„Das wäre großartig. Dann könnten wir leicht herausfinden, ob sie in Hamburg angekommen ist.“

„Natürlich! Ich könnte einfach anrufen und nachfragen“, freute sich Greta.

„Wenn es dir wieder einfällt. Wollen wir zusammen essen gehen? Oder hast du schon zu Abend gegessen? Es gibt etliche Fragen, die ich dir gerne stellen würde und wie ich dich kenne, hast du heute vor lauter Sorge deine Mahlzeiten ausgelassen.“

Greta musste unwillkürlich lächeln. Es war schön, einen Menschen in ihrer Nähe zu wissen, der sie so gut kannte.

„Also gut. Lass‘ uns das Angenehme mit dem Nützlichen verbinden“, stimmte sie zu. „Ich hoffe, ich kann dir die gewünschten Fakten liefern, die uns weiterbringen.“

Am Ende des Abends war Greta viele Antworten schuldig geblieben, versprach aber, darüber weiter nachzudenken und sich bei den Kollegen umzuhören. Wenn Heike am nächsten Tag wieder unentschuldigt ihrem Arbeitsplatz fernblieb, wollte die Sekretärin sich eine Stunde freinehmen, um offiziell eine Vermisstenmeldung aufzugeben und die Kommissare auf dem Revier über alles zu informieren, was sie bis dahin noch herausgefunden hatte.

Lilly in St. Peter-Ording

Mittwoch, den 5. Oktober

Lilly Morgenroth hatte den Sommer in vollen Zügen genossen. Seit sie wieder an der Küste lebte, stand sie regelmäßig auf dem Board und war zu ihrer alten Form im Kitesurfen zurückgekehrt. Die Entscheidung, direkt nach ihrer Ausbildung hier in der Küstengemeinde das Team von St. Peter-Ording zu verstärken, hatte sie nie bereut. Außerdem gab es auf dem platten Land genauso interessante und anspruchsvolle Kriminalfälle zu lösen wie in der Großstadt, auch wenn ihre Rolle beim letzten hätte größer sein können. Sie war fest entschlossen, sich bei nächster Gelegenheit stärker einzubringen. Charlie und Knud verfügten zwar über weitreichendere Erfahrungen, aber sie konnte schließlich auf Dauer nur mithalten, wenn sie sich ausprobieren durfte.

Bahnte sich bei der verschwundenen Mitarbeiterin der *Weißen Düne* ein Verbrechen an oder war diese Heike Niemeyer aus freien Stücken verschwunden? Lilly war gespannt, ob Greta Petersen heute wie angekündigt aufs Revier kommen würde. Die junge Kommissarin hatte sich fest vorgenommen, diesen Fall von Anfang an quasi an sich zu reißen, auch wenn Knuds Mutter die Vermisstenanzeige aufgab. Dieses Mal würde sie sich nicht mit einer untergeordneten Rolle zufriedengeben.

Als Knud am heutigen Morgen von dem Verschwinden erzählte, hatte Lilly sofort angefangen, eine Liste von Fragen zusammenzustellen, die sie der Sekretärin der *Weißen Düne* stellen wollte. Sie selbst hielt es nach den mageren Fakten, die er ihnen bereits weitergegeben hatte, für äußerst unwahrscheinlich, dass Heike Niemeyer aus freien Stücken ihrem Arbeitsplatz fernblieb. Wer setzte denn seine Stelle in der Probezeit aufs Spiel, wenn er sich über Wochen als mega zuverlässig gezeigt hatte? Das passte doch vorne und hinten nicht zusammen!

Prompt erschien Greta Petersen gegen Mittag in den Räumen der Ordinger Polizei. Ihr Gesichtsausdruck war ernst. Es gab also keine Entwarnung! Lilly straffte sich und überflog ihre Notizen.

„Moin!", begrüßte die Besucherin erst ihren Sohn und schließlich die anderen Kommissare. Sie wirkte besorgt und ein wenig außer Atem. „Hat Knud Ihnen bereits von meiner verschwundenen Kollegin berichtet?", fragte sie knapp in die Runde.

Sofort ergriff Lilly das Wort. „Ja, und Ihren Besuch angekündigt. Hat sich etwas Neues ergeben?"

„Nein, nichts. Heike ist nach wie vor verschwunden und hat sich nicht bei mir gemeldet – bei keinem Mitarbeiter der *Weißen Düne*", fügte sie ergänzend hinzu. „Ich habe extra an der Rezeption nachgefragt, weil mir plötzlich der Gedanke kam, es könnte ihr unangenehm sein, ausgerechnet mir ihren verlängerten Aufenthalt in Hamburg zu beichten. Aber niemand weiß, wo sie sich aufhält. Keiner hat seit Freitagnachmittag mit ihr gesprochen oder sie gesehen." Erschöpft ließ sie sich auf den angebotenen Stuhl sinken und griff nach dem bereitgestellten Glas Wasser. „Ich habe kein gutes Gefühl bei der Sache. Ein freiwilliges Verschwinden erscheint mir äußerst unwahrscheinlich. Können Sie mir helfen?" Ihr Blick wanderte über die Gesichter der Anwesenden, die ihr alle ihre volle Aufmerksamkeit schenkten.

„Natürlich!", ergriff Fiete das Wort. Der Revierleiter hatte Lilly bereits zugesagt, dass sie die Befragung führen durfte. Jetzt nickte er ihr zu.

„Frau Petersen, ich habe einige Fragen zusammengestellt. Vielleicht decken diese sich mit denen, die Knud Ihnen gestern bereits gestellt hat ..."

„Ich konnte mich an etliches nicht mehr erinnern, habe aber weiter darüber nachgedacht und außerdem einige Kollegen befragt, ob die etwas wissen", antwortete Greta Petersen geflissentlich.

„Sehr gut." Lilly lächelte. „Fangen wir einfach mit den Personalien und einer Beschreibung von Frau Niemeyer an. Bitte geben Sie uns zuerst ihre Adresse."

Ihr Gegenüber entspannte sich sichtlich. Genau das hatte Lilly mit diesem Gesprächsauftakt beabsichtigt.

„Gern. Sie wohnt in Garding." Es folgte die exakte Anschrift. „Wahrscheinlich hat Knud Ihnen berichtet, dass ich gestern dort gewesen bin. Er empfand meine Initiative übergriffig, aber ich habe mir wirklich Sorgen gemacht. Schließlich lebt sie allein. Auch jungen Menschen kann schließlich etwas zustoßen, weswegen sie nicht einmal telefonieren können."

„Aber Sie haben sie nicht angetroffen", ergänzte Lilly die Ausführungen.

„Nein. Ich habe quasi Sturm geklingelt, aber es hat niemand geöffnet. Ich war wirklich in Versuchung, die Nachbarn zu befragen, wann sie Heike zuletzt begegnet sind oder um Zugang zu der Tiefgarage zu bitten. Das habe ich mir dann aber verkniffen."

„Wir werden uns darum kümmern", versprach die Kommissarin. „Können Sie Heike Niemeyer beschreiben? Was für ein Typ ist sie? Sowohl optisch als auch charakterlich?"

„Heike ist Anfang dreißig. Sie war bisher überaus zuverlässig. Nach anfänglicher Zurückhaltung hat sie schnell Vertrauen zu mir gefasst und sich zügig eingearbeitet. Nach meinem Eindruck fühlt sie sich bei uns sehr wohl. Die Arbeit in der *Weißen Düne* scheint ihr Spaß zu machen", antwortete Greta Petersen.

„Und ist sie optisch attraktiv? Haben Sie ein Foto von ihr?" Lilly schoss eine Frage nach der anderen ab und ignorierte dabei völlig ihre Kollegen.

„Nein, ein Foto habe ich nicht. Allerdings könnte ich das aus der Personalakte besorgen. Natürlich ist es lediglich ein Porträt. Attraktivität entsteht ja üblicherweise im Auge des Betrachters, aber ich finde sie recht hübsch. Sie ist ziemlich klein und zierlich, ähnlich wie Kommissarin Wiesinger. Sie treibt nicht übermäßig viel Sport, tanzt aber gerne. Wenn ich es richtig verstanden habe, nimmt sie Unterricht in Flamenco. Ich glaube, der findet einmal die Woche in Husum statt, keine Ahnung, ob sie da am Freitag hingefahren ist." Knuds Mutter schüttelte bedauernd den Kopf. „Ich dachte eigentlich, ich wüsste einiges über sie, aber jetzt kann ich kaum eine Ihrer Fragen beantworten. Das ist wirklich frustrierend!"

„Setzen Sie sich nicht unter Druck, Frau Petersen. Wir freuen uns über alle Informationen, die Sie uns geben können. Alles Weitere werden wir dann schon herausbekommen", wiederholte Lilly. „Ist Ihnen der Name des Hotels wieder eingefallen?"

„Nein, aber Heike hat mit Klarissa vom Empfang darüber gesprochen. Ich glaube, die beiden haben sich ein wenig angefreundet. Immerhin sind sie ungefähr im gleichen Alter. Es handelt sich um das *Hansehotel* in Hamburg Wandsbek. Es ist relativ preiswert und verfügt über eine gute Verkehrsanbindung." Greta freute sich sichtlich, diese Information beisteuern zu können. Schnell verschwand das zaghafte Lächeln jedoch wieder. „Als ich den Namen erfuhr, musste ich dort sofort anrufen. Ich hoffe, damit bin ich nicht übers Ziel hinausgeschossen!" Sie beruhigte sich erst wieder, als Lilly beschwichtigend mit dem Kopf schüttelte. „Sie hat nicht eingecheckt – weder am Samstag noch am Sonntag. Da es immer mal wieder vorkommt, dass Gäste trotz bezahlten Aufenthalts nicht auftauchen, hat die Hotelleitung nichts weiter unternommen. Das Zimmer wurde bis Montag freigehalten, aber sie haben ihr nicht hinterhertelefoniert. Was bedeutet das denn bloß? Heike hatte sich seit Wochen auf diese Abwechslung gefreut. Das lässt man doch nicht so einfach sausen!"

„Da gebe ich Ihnen recht. Immerhin haben Sie damit etwas Neues beigetragen. Nach dieser Information müssen wir leider von einem unfreiwilligen Fernbleiben vom Arbeitsplatz ausgehen. Vermutlich ist Ihre Kollegin bereits am Freitagabend verschwunden. Überlegen Sie bitte noch einmal: Hat sie möglicherweise in einer beiläufigen Bemerkung erwähnt, was sie an diesem Abend vorhatte? War sie verabredet oder wollte sie packen? Sehr viel braucht man ja nicht für drei Tage, das ist schnell in eine Tasche geschmissen." Lilly war konzentriert. Wie es aussah, handelte es sich tatsächlich um einen Fall.

„Ich kann mich wirklich nicht erinnern. Und sie scheint auch sonst keinen in ihre Pläne für den Abend eingeweiht zu haben. Jedenfalls niemanden, mit dem ich geschnackt habe", antwortete Greta Petersen bedauernd.

„Hhm, okay. Das hört sich so an, als wäre sie Single?", überlegte die junge Kommissarin laut.

„Ja, ihre letzte Beziehung ist vor circa acht Monaten zerbrochen", gab Greta Auskunft.

„Hat sie denn keine Freunde oder zumindest eine beste Freundin?", hakte die Kommissarin nach. „Warum wollte sie eigentlich alleine nach Hamburg fahren? So ein Trip macht doch in Gesellschaft viel mehr Spaß."

„Sie ist erst vor ein paar Monaten hergezogen."

„Von wo?", wollte Lilly sofort wissen.

„Aus Köln."

„Das ist nach Hamburg natürlich ziemlich weit, mal so eben für drei Tage. Sie konnte wohl niemanden dafür begeistern, sie dort zu treffen."

„Darüber haben wir nicht gesprochen."

„Okay. Kommen wir auf das Auto zurück. Können Sie mir nähere Angaben zu Heike Niemeyers Fahrzeug machen? Marke, Farbe, amtliches Kennzeichen", zählte die Kommissarin auf.

„Das tut mir wirklich leid. Knud hat ebenfalls danach gefragt, aber mit sowas kenne ich mich gar nicht aus. Es ist ein kleiner roter Flitzer." Beschämt senkte sie den Blick. „Ehrlich gesagt kann ich nicht einmal sagen, ob sie noch mit ihrem Kölner Kennzeichen fuhr."

„Die Daten des Kfz habe ich bereits vorliegen", schaltete sich Fiete in die Befragung ein. „Wenn Sie uns nach Ihrer Rückkehr ins Büro das Foto der jungen Frau mailen, können wir die Fahndung einleiten. Zuerst werden wir allerdings in der Wohnung nachschauen, ob sich Heike Niemeyer dort befindet. Dafür habe ich alles vorbereitet. Der Hausmeister wartet auf euch."

Lilly nickte erleichtert. Klar, da hätte sie auch selbst draufkommen können!

„Apropos Hausmeister!", meldete sich Charlie zu Wort. „Wo ist eigentlich Trulsen? Da es sich um eine Mitarbeiterin der *Weißen Düne* handelt, hätte der doch längst hier auftauchen müssen – im Zweifel sogar um den Fund der Leiche zu melden."

Greta Petersen zuckte zusammen, straffte sich dann aber wieder.

Charlie schien im gleichen Moment bewusst zu werden, wie unpassend diese Bemerkung war. „Entschuldigung", murmelte sie verlegen, wobei eine leichte Röte über ihr herzförmiges Gesicht zog. Verlegen strich sie sich eine Locke hinters Ohr.

„Hatte Heike Niemeyer vielleicht bei ihrem Tanzunterricht Kontakte geknüpft? Sich mit jemandem angefreundet?", wechselte Lilly das Thema, um ihr Gegenüber wieder zu entspannen und gleichzeitig einen letzten Versuch zu starten, noch etwas von Knuds Mutter zu erfahren, was ihnen bei der Suche weiterhelfen konnte.

„Sie sind im Anschluss wohl ab und zu etwas trinken gegangen. Wer genau dabei war und ob sich daraus eine Freundschaft entwickelte, kann ich nicht sagen. Wir waren nicht so eng, dass sie mir alles aus ihrem privaten Bereich anvertraut hat", erklärte Greta Petersen.

„Gut, dann beenden wir die Befragung an dieser Stelle", übernahm der Revierleiter erneut die Führung. „Vielen Dank für Ihre Informationen, Frau Petersen. Bitte melden Sie sich, wenn Ihnen noch etwas einfällt. Fahrt bitte alle drei nach Garding. Wenn Ihr Heike Niemeyer nicht antrefft, untersucht Ihr die Wohnung, schaut nach dem Auto und befragt die Nachbarn. Ich halte hier die Stellung und versuche, mehr herauszubekommen."

Lilly war hocherfreut, bei dem Einsatz vor Ort dabei zu sein. Einen Moment lang hatte sie befürchtet, wieder zum Innendienst verdammt zu werden, aber Fiete hielt Wort: Dieses Mal durfte die junge Kommissarin an vorderster Front ermitteln. Sie war fest davon überzeugt, Heike Niemeyer nicht in ihrer Wohnung zu finden. Lag ein Verbrechen vor oder war der Frau etwas anderes zugestoßen?

Die fünfzehnminütige Fahrt nach Garding verbrachten die drei Kommissare schweigend. Alle hingen ihren Gedanken nach; überlegten, was hinter dem Verschwinden stecken könnte und wappneten sich insgeheim, Heike Niemeyer tot in ihrer Wohnung zu finden. Knud lenkte den Wagen in das Neubaugebiet am Rande der nordfriesischen Kleinstadt und parkte ihn schließlich vor dem Haus, in dem die Vermisste wohnte.

Lilly war beeindruckt. Die Anlage machte einen sowohl einen gehobenen als auch sehr gepflegten Eindruck. Erstaunlich, dass Heike Niemeyer sich von ihrem Gehalt als Sekretärin so eine Wohnung leisten konnte. Insgeheim machte sie sich eine Notiz, in diese Richtung weiter zu recherchieren, und war nun gespannt, was sie drinnen erwartete.

Ein schlaksiger Typ, den Lilly auf Mitte vierzig schätzte, stand vor der Eingangstür. In der Hand hielt er ein überdimensionales Schlüsselbund, das er entspannt hin und her schwenkte. Er wirkte weder ungeduldig noch genervt, hier auf die Polizei warten zu müssen.

„Moin! Heribert Clasen“, begrüßte er die Kommissare, nachdem sie aus dem Wagen gestiegen waren. „Ich nehme an, Sie sind die Polizisten aus Ording? Ist was Schlimmes passiert? Dachte, es kommt einer vorbei und nicht gleich eine ganze Truppe!“

„Moin Herr Clasen. Schön, dass Sie sofort Zeit für uns haben“, übernahm Lilly wieder die Führung, bevor die anderen reagieren konnten. Sie stellte sowohl sich als auch die Kollegen kurz vor und kam dann gleich zur Sache. „Ob etwas passiert ist, wollen wir herausfinden. Dafür würden wir gerne zuerst einen Blick in die Garage werfen und uns im Anschluss in der Wohnung umschauen."

„Okidoki", stimmte Heribert Clasen schulterzuckend zu, während er den passenden Schlüssel heraussuchte und den Kommissaren schließlich die Tür aufhielt. „Zur Tiefgarage geht es dort entlang", wies er ihnen den Weg durch das Treppenhaus.

Lilly hielt vor Spannung unwillkürlich den Atem an, als sie den gut ausgeleuchteten Raum betraten, der Platz für circa achtzig Autos bot. Wenn Heike Niemeyers Wagen hier stand, stieg die Wahrscheinlichkeit, sie selbst in ihrer Wohnung zu finden.

„Das ist ja eine riesige Garage", entfuhr es der Kommissarin. „Gehört mehr als ein Stellplatz zu jeder Wohnung?"

„Es ist eine Gemeinschaftsgarage für die drei Wohnblöcke mit insgesamt sechzig Einheiten. Die Eigentümer haben die Stellplätze mit den Wohnungen erworben. Für jeden Käufer war ein Platz reserviert. Wer wollte, konnte für seinen Zweitwagen einen weiteren kaufen." Zielstrebig führte der Hausmeister sie zu einem Stellplatz, auf dem die Nummer 15 prangte, der ansonsten aber leer war.

„Dieser Parkplatz gehört zu der Wohnung von Frau Niemeyer", erklärte er den Kommissaren.

„Frau Niemeyer hat die Wohnung gekauft?", hakte Lilly sofort nach.

„Nein, sie ist Mieterin", antwortete Heribert Clasen.

„Okay. Das heißt aber, dass jeder, der hier in die Garage kommt, auch Zutritt zu den anderen beiden Häusern hat?"

„Nein. Man braucht einen Schlüssel, der nur an die Bewohner des entsprechenden Hauses ausgegeben wird."

„Gibt es eine Kameraüberwachung?", fragte die Kommissarin, während sie ihren Blick durch die Garage wandern ließ.

„Nö", folgte die knappe Antwort.

„Und lässt sich sonst irgendwie feststellen, wann Heike Niemeyer weggefahren ist? Durch ein Chipkartensystem oder so etwas?" Lilly war konzentriert.

„Nein, dieses Haus ist zwar modern ausgestattet, aber so'n Gedöns haben wir hier nicht. Die Bewohner öffnen das Tor mit einem Schlüssel. Da wird nix registriert. Wozu auch?" Wieder zuckte Heribert Clasen mit den Schultern.

Ohne auf die Frage einzugehen, wandte sie sich an die Kollegen. „Das war's dann hier, oder? Gehen wir in die Wohnung."

Als Charlie bestätigend nickte, führte der Hausmeister sie zu dem Fahrstuhl, der sie direkt ins dritte Obergeschoss brachte.

„Das ist ja echt komfortabel", begeisterte sich Lilly. „Von der Garage direkt bis vor die Wohnungstür. Im Winter der pure Luxus."

„Ja, Tiefgaragen sind hier in der Gegend selten", bestätigte Heribert Clasen, ohne es weiter zu kommentieren. „Kommen Sie dann alleine klar? Auf mich wartet eine Menge Arbeit. Hier ist meine Handynummer., falls Sie noch Fragen haben. Ansonsten können Sie die Tür einfach zuziehen, wenn Sie wieder gehen. Ich schließe dann später ab." Er drückte Knud, der direkt neben ihm stand, eine Karte in die Hand, schloss ihnen die Tür auf und verschwand schließlich mit einem Nicken.

Für Lillys Geschmack hatte er es plötzlich ein wenig zu eilig. Eben vor der Haustür hatte er völlig entspannt gewirkt. Warum also jetzt die Eile? Wusste er, was sie in der Wohnung erwartete? Aber welches Motiv sollte der Hausmeister haben, Heike Niemeyer zu töten? Obwohl ihr ein Zusammenhang eher unwahrscheinlich schien, beschloss sie sofort, ihn gründlich zu überprüfen. Immerhin bot ihm dieser Job die Gelegenheit, nah an die Frauen des Hauses heranzukommen. Und nach einem Umzug gab es Etliches zu erledigen, wobei eine helfende Hand nützlich war. Lilly nahm sich außerdem vor, das Umfeld der

Vermissten über deren handwerkliches Geschick zu befragen. War sie auf Hilfe angewiesen oder konnte sie Rollos und Lampen selbst aufhängen?

Mit einem leichten Schmunzeln verglich sie Heribert Clasens Verhalten mit dem von Torge Trulsen, der seine Nase immer so tief wie möglich in jedermanns Angelegenheiten steckte.

Eilig folgte sie Charlie und Knud, die bereits eingetreten waren, während sie über Clasens Verhalten nachdachte. Die Kommissare wurden von hellen Räumen empfangen, die in heimeligen Pastellfarben eingerichtet waren. Weder waren die Zimmer überladen, noch sahen sie nach Selbstdarstellung aus. Heike Niemeyer hatte sich einfach ein gemütliches Zuhause geschaffen.

Als Erstes warfen sie in jedes Zimmer einen Blick, um nach der Bewohnerin zu schauen, aber sie war nicht da. Während Lilly sich einen Augenblick gelähmt fühlte und überlegte, was ihr zugestoßen sein könnte, fingen Charlie und Knud routiniert mit der Durchsuchung der Wohnung an.

Da die beiden im Schlafzimmer begonnen hatten, schaute Lilly sich im Wohnzimmer um, das von Kleinmöbeln dominiert wurde. Keine klotzige Schrankwand, nicht einmal kompakte Bücherregale. Heike Niemeyer hatte ihr Zuhause luftig eingerichtet. Es wirkte hell, aufgeräumt und überschaubar, was der Kommissarin einen schnellen Überblick ermöglichte.

In einer Kommode fand sie schließlich ein Notebook, das bereits in die Jahre gekommen schien. Lilly konnte nicht widerstehen, es sofort aufzuklappen und hochzufahren. Wenn es keinen Passwortschutz gab, konnte sie vielleicht über den Browserverlauf oder die eMail-Korrespondenz etwas herausbekommen, was auf den Verbleib von Heike Niemeyer schließen ließ. Gründlicher würde sie es auf dem Revier untersuchen und außerdem natürlich der KTU übergeben. Es dauerte ziemlich lange, was Lillys Vermutung in Bezug auf das Alter des Geräts bestätigte, aber immerhin war der Akku geladen. Der Laptop wurde also benutzt. Ein eMail-Programm konnte sie nicht entdecken, entweder schrieb die Sekretärin ihre elektronische Post über einen Login beim Provider oder über ihr Smartphone.

Das Internet hatte Heike Niemeyer für ihre Recherche über Hamburg genutzt, was ebenfalls die Buchung des Zimmers einschloss. Ansonsten kaufte sie bei den üblichen Online-Marktplätzen. Lilly überflog die Anschaffungen der letzten zwei Monate. Nichts davon schien im Zusammenhang mit ihrem Verschwinden zu stehen. Alles nur Dinge des täglichen Bedarfs: Bücher, DVDs und Dekogedöns für die neue Wohnung. Enttäuscht klappte die junge Kommissarin das Notebook zu, schalt sich dann aber selbst. Als ob die Aufklärung so einfach wäre! Gründlich durchsuchte sie die Schubladen der Kommode, fand aber nichts, was ihr einen Hinweis gab.

Also guckte sie nach den Kollegen. Vielleicht waren die erfolgreicher gewesen. Das Schlafzimmer wurde von einem großen Kleiderschrank sowie einem breiten Bett dominiert und war ebenfalls hell und freundlich eingerichtet.

„Na, habt Ihr was gefunden, was auf den Verbleib von Heike Niemeyer schließen lässt?", fragte Lilly gespannt.

„Die Frage ist wohl eher, was wir nicht gefunden haben", stellte Knud trocken fest. „Auf jeden Fall hat sie ihr Handy und ihr Portemonnaie mit Papieren und Scheckkarte bei sich. Ob sie fürs Wochenende gepackt hatte, können wir nicht beurteilen. Es befindet sich ein Koffer in dem Schrank, aber sie kann natürlich einen zweiten besitzen – oder eine Reisetasche. Ob Klamotten fehlen, wissen wir ebenfalls nicht." Es klang ungewohnt frustriert. Normalerweise war der Nordfriese pragmatisch und geduldig. „Wir müssen wohl mit einer Person herkommen, die ihr nahe genug stand, um ihre Kleidung zu kennen. Vielleicht fehlen ein paar Lieblingsstücke, die hat ja eigentlich jeder. Ich werde meine Mutter fragen, ob sie das einschätzen kann. Hast du was entdeckt?", fragte er hoffnungsfroh, worauf Lilly von ihrem mageren Fund berichtete.

„Also gut. Schau mal im Bad, ob ihre Hygieneartikel weg sind, auch wenn das ebenfalls keine eindeutige Information liefert. Manche Menschen haben diese Dinge für die Reise doppelt, aber wenn ihre Zahnbürste weg ist, hat sie vermutlich für ihren Aufenthalt in Hamburg gepackt und ist vielleicht sogar aufgebrochen."

Lilly nickte und suchte das Badezimmer auf. Es war sauber und ordentlich. Nichts wies darauf hin, dass Heike Niemeyer ihren Kurztrip vorbereitet hatte. Charlie hatte in der gleichen Zeit die Küche inspiziert. „Hier verschwenden wir nur unsere Zeit", maulte sie, als Lilly zu ihr trat. „Lass uns zu Fiete zurückkehren, er hat die Fahndung nach Heike Niemeyer und ihrem Wagen bereits eingeleitet."

„Wollen wir nicht erst die Nachbarn befragen?", erinnerte Lilly an die Arbeitsanweisung des Revierleiters.

„Ja, sicher, können wir machen, aber davon verspreche ich mir überhaupt nichts. Sie wird irgendwann am Freitagabend ihre Wohnung verlassen und mit dem Auto irgendwo hingefahren sein. Das bestätigt zu bekommen, bringt uns nicht weiter."

Lilly musste unwillkürlich lachen. „Warum so übel gelaunt? Es ist doch immerhin möglich, dass sie einen Bewohner des Hauses in ihre Pläne eingeweiht hat."

„Nach der Aussage von Greta Petersen war sie eher zurückhaltend", widersprach Charlie prompt.

„Ja, und hat trotzdem schnell zu ihr Vertrauen gefasst. Außerdem hat Knuds Mutter zugegeben, Heike Niemeyer nicht besonders gut gekannt zu haben."

„Was ist mit Mama?“, fragte der Kommissar, der gerade seinen blonden Schopf zur Tür hereinsteckte. Die kindliche Bezeichnung seiner Mutter passte im Grunde überhaupt nicht zu dem breitschultrigen Nordfriesen, der die vierzig längst überschritten hat. Das schien den meist entspannten Knud jedoch überhaupt nicht zu kümmern. Auch nicht, wenn er damit aufgezogen wurde.

„Nichts. Wir überlegen gerade, ob Heike Niemeyer vielleicht einem Nachbarn im Schnack anvertraut hat, wohin sie unterwegs war, als sie ihre Wohnung verlassen hat“, erklärte Lilly.

„Dabei stellt sich die Frage, ob sie den Fahrstuhl genommen hat, sonst schränkt das den Kreis der Hausbewohner auf die obere Etage ein.“

„Sie kann ja jemanden im Aufzug getroffen haben“, widersprach Lilly sofort.

„Stimmt. Tja, dann müssen wir wohl Klinken putzen. Arbeiten wir uns von oben nach unten durch“, forderte er seine Kolleginnen auf, woraufhin Charlie ihr Gesicht zu einer Grimasse verzog.

Schneller als erwartet waren die neunzehn Wohnungen des Hauses abgeklappert, ohne den Kommissaren neue Ergebnisse zu liefern. Die meisten Türen blieben verschlossen, vermutlich, weil die Bewohner an ihren Arbeitsplätzen weilten. Andere waren freundlich und hilfsbereit, hatten Heike Niemeyer aber weder am Freitag noch am Samstag gesehen.

„Ich habe ja gesagt, dass es zu nichts führt“, wiederholte Charlie ihren Standpunkt. „War aber trotzdem einen Versuch wert“, fügte sie hinzu, weil sie ihren Kollegen nicht die Laune verderben wollte.

„Vielleicht sollten wir heute Abend wiederkommen“, schlug Lilly vor. „Es scheint hier nicht total anonym zu sein. Vielleicht hat jemand eine Info, die uns weiterhelfen könnte." Sie war nicht bereit, schnell aufzugeben.

Als sie das Haus verlassen wollten, kam ihnen eine ältere Frau mit einem Hackenporsche entgegen. Sofort witterte Lilly ihre Chance. Während Knud verhinderte, dass die Haustür ins Schloss fiel, sprach die Kommissarin die Frau an.

„Moin! Mein Name ist Lilly Morgenroth. Bitte erschrecken Sie nicht. Wir kommen von der Ordinger Polizei ..."

„Polizei?", fragte die Angesprochene und blieb abrupt stehen. „Ist was passiert?"

„Das versuchen wir gerade herauszubekommen", antwortete Lilly mit einem Lächeln, das die Frau entspannen sollte. „Vielleicht können Sie uns helfen." „Ich?" Sie schüttelte ungläubig den Kopf.

„Ja. Seit gestern wird Heike Niemeyer vermisst", erklärte die Kommissarin.

„Die Heike wird vermisst?", echote die Frau.

„Genau. Können Sie uns sagen, wann Sie sie zuletzt gesehen haben?"

„Hhm. Lassen Sie mich mal überlegen. Am Wochenende wollte sie ja nach Hamburg fahren. Ist ihr dort was zugestoßen?"

Lilly überlegte, wie viel sie der Frau von ihren Informationen preisgeben sollte, entschied sich dann komplett dagegen. „Haben Sie sie vielleicht am Freitagabend gesehen? Wissen Sie, ob sie eine Verabredung hatte oder einfach ausgegangen ist?"

„Freitag? ... Ja, natürlich! Am Freitag habe ich Heike im Hausflur getroffen. Ich kam gerade von meiner Tochter zurück. Wissen Sie, sie ist vor drei Monaten zum ersten Mal Mutter geworden. So ein süßer Fratz, mein kleiner Enkel. Er heißt Janos. Ich hätte ihn ja lieber ..."

„Herzlichen Glückwunsch, das ist wirklich wunderbar. Bitte entschuldigen Sie, dass ich Sie unterbreche, aber es ist wichtig, mehr über Heike zu erfahren. Wir müssen sie unbedingt finden!“ Lilly lächelte versöhnlich. „Wann haben Sie sie im Hausflur getroffen?“

„Das muss so zwischen acht und halb neun gewesen sein“, überlegte die Frau.

„Sie kamen also nach Hause und Heike Niemeyer wollte gerade gehen?“, mutmaßte die Kommissarin.

„Genau. Heike war richtig herausgeputzt. Ah, das sagt man wohl heute nicht mehr. Sie hatte sich sorgfältig frisiert und ein bisschen stärker geschminkt als üblich. Zur Jeans trug sie eine Bluse. Außerdem hatte sie ihre Sneaker gegen Schuhe mit Absatz getauscht. Sie sah wirklich flott aus.“

Lillys Aufregung stieg. Es schien sich doch zu lohnen, die Nachbarn zu befragen. Nun war sie gespannt, ob die Frau genauer wusste, was Heike Niemeyer für diesen Abend geplant hatte. „Wissen Sie, wohin sie wollte?“

„Sie war auf dem Weg zu einer Verabredung in St. Peter.“

„Hat sie Ihnen Genaueres erzählt? Wollte sie einen Mann treffen?“ Lillys Stimme überschlug sich.

„Das hat sie mir nicht verraten, aber ich würde fest darauf tippen. Wir haben nur kurz geschnackt, weil sie in Eile und ich ziemlich groggy war.“

„Haben Sie Heike danach wiedergesehen?“, fragte die Kommissarin.

„Nein. Darüber habe ich mir aber keine Gedanken gemacht, weil sie ja am Samstag relativ früh nach Hamburg aufbrechen wollte. Am Wochenende genieße ich es immer, ein bisschen länger zu schlafen.“

Lilly nickte automatisch. Sie hoffte, von der Frau mehr über die Vermisste zu erfahren. „Sie wohnen also auf der gleichen Etage wie Heike?“

„Ach, wie unhöflich von mir. Ich habe mich gar nicht vorgestellt. Mein Name ist Clara Förster. Ich wohne direkt Tür an Tür mit Heike – auf der rechten Seite."

Lilly kramte eine Karte aus der Tasche. „Bitte rufen Sie mich an, wenn Ihnen noch etwas einfällt oder Heike sich bei Ihnen meldet. Es ist wichtig", fügte sie hinzu, was sie umgehend bedauerte, als sie das erneute Erschrecken auf dem Gesicht ihres Gegenübers sah.

Charlie in St. Peter-Ording

Donnerstag, den 6. Oktober

Kommissarin Charlotte Wiesinger versprach sich mehr von den Gesprächen mit den Mitarbeitern der *Weißen Düne*. Auch wenn Heike Niemeyer dort erst wenige Monate gearbeitet hatte, verbrachte sie mit den Kollegen die meiste Zeit des Tages. Mit Glück hatte sie dem einen oder anderen etwas über ihren Alltag anvertraut, was für die Suche wertvolle Hinweise geben konnte. Mit jeder Stunde, die verrann, stieg Charlies Unruhe und die Befürchtung, schließlich mit dem Leichnam der Verschwundenen konfrontiert zu werden. Allerdings machte es keinen Sinn, unstrukturiert nach ihr zu suchen, weil sie überhaupt keinen Anhaltspunkt hatten, wo sich die Vermisste aufhalten könnte. Die Kommissare mussten strategisch vorgehen und dafür brauchten sie mehr Informationen über Heikes Gewohnheiten.

Knud hatte sich sofort bereit erklärt, nach Husum zu fahren, um die Tanzschule aufzusuchen, in der sie ihre Flamencostunden absolvierte. Vermutlich würde er den Ausflug außerdem für ein Mittagessen mit Fiona Jensen nutzen. Diese Vorstellung versetzte Charlie einen Stich, obwohl ihr bewusst war, dass es sich dabei um hausgemachtes Leiden handelte.

Umso mehr freute sie sich auf den gemeinsamen Tag mit Lilly, deren Tatendrang nicht zu überbieten war. Da die jüngere Kommissarin quasi die Leitung in diesem Fall übernommen hatte, legte sie sich ordentlich ins Zeug. Sie wollte weder die Kollegen enttäuschen, noch irgendetwas vermasseln. Allen war klar, dass sie durch gründliche Arbeit die Chance hatten, einen Mord zu verhindern. Auch Lilly war sich dieser Verantwortung bewusst und sie hielt den Druck aus. Es war einfach großartig zu sehen, wie sie sich entwickelt und in das Team eingefügt hatte.

Also brachen die Kommissarinnen am Donnerstagvormittag nach einer kurzen Besprechung mit ihren männlichen Kollegen zu der Ferienanlage *Weiße Düne* auf. Auf jeden Fall wollten sie mit Klarissa Hinrichs von der Rezeption und mit Torge Trulsen sprechen, der in der Regel zu allem, was auf Eiderstedt passierte, Informationen beisteuern konnte. Charlie ging fest davon aus, dass er dann und wann auch mit Heike Niemeyer geschnackt hatte, vermutlich bei einem großen Pott Kaffee und einem Franzbrötchen in der nachmittäglichen Pause. Möglicherweise hatte sich die neue Kollegin anfangs ein wenig einsam oder verloren gefühlt. Trulsen in seiner freundlichen Art schaffte es immer schnell, das Vertrauen seines Gegenübers zu gewinnen. Vielleicht hatte sie ihm dabei etwas aus ihrem Leben anvertraut, was bei der jetzigen Suche nützlich sein konnte.

Trotzdem begannen sie ihre Befragung mit Klarissa Hinrichs, die sich nach Greta Petersens Aussage in den letzten Wochen mit der Vermissten angefreundet hatte. Dieser Umstand vergrößerte die Chancen auf vertrauliche Details. Immerhin war die Info über das Hamburger Hotel, in dem Heike Niemeyer absteigen wollte, von der Rezeptionistin gekommen. Bestimmt wusste Klarissa noch mehr über die Kollegin.

„Haben Sie Neuigkeiten über Heike?“, fragte diese, nachdem sie in einem Besprechungsraum Platz genommen hatten. Weder hielt sie sich mit einer Begrüßung noch mit Small Talk auf.

„Nein, leider nicht. Heike ist spurlos verschwunden, ihr Handy ist ausgeschaltet, das Auto ebenfalls nicht auffindbar. Können Sie uns etwas erzählen, was uns weiterhilft?“, entgegnete Lilly.

Charlie überließ ihr gerne die Gesprächsführung und verlegte sich aufs Zuhören.

„Was wollen Sie denn wissen?“, fragte Klarissa.

„Nach Aussage einer Nachbarin hatte Heike am Freitagabend eine Verabredung. Wissen Sie, mit wem sie sich treffen wollte?“

„Am Freitagabend? Da wollte sie eigentlich in Ruhe packen und für die Tage in Hamburg planen. Was sie sich wann anschauen wollte und wie sie mit öffentlichen Verkehrsmitteln hinkam und so.“

„Warum haben Sie den Trip eigentlich nicht zusammen unternommen?“, fragte Lilly.

„Ich wäre gerne mitgefahren, aber an diesem Wochenende musste ich arbeiten. Heike wollte den Feiertag ausnutzen. Sie ist ja in der Probezeit und bekommt deshalb noch keinen Urlaub. Da gibt es bei Frau Lessing keine Ausnahme“, antwortete Klarissa ohne Wertung.

„Kommen wir auf den Freitagabend zurück“, wechselte Lilly das Thema. „Mit wem könnte Heike Niemeyer sich spontan getroffen haben?“

„Na ja, da gibt es mehrere Möglichkeiten“, gab die Rezeptionistin zögernd zu, was die Kommissarinnen überraschte.

„Ja? Nach unserer Information lebt sie erst seit einigen Monaten hier im Norden“, führte Lilly die Befragung fort.

„Das stimmt. Heike war zwar eine ruhige, eher zurückhaltende Person, hatte aber trotzdem keine Probleme, Kontakte zu knüpfen. Deshalb plante sie die Fahrt nach Hamburg auch allein.“

„Und mit wem könnte sie sich getroffen haben?“

Klarissa druckste ein wenig herum. Bei Charlie entstand der Eindruck, als würde sie bewusst immer wieder von dem Freitagabend ablenken. Sie schien etwas zu wissen, was sie den Kommissarinnen nicht mitteilen wollte.

„Wir bekommen es ohnehin heraus“, schob Lilly sie ein wenig an. „Es dauert nur länger – und bisher wird Heike lediglich vermisst. Sie wollen doch sicher auch, dass wir sie lebendig finden.“

Klarissa riss die Augen auf. Charlie fand die Ausdrucksweise etwas drastisch und manipulativ, aber sie schien die gewünschte Wirkung nicht zu verfehlen.

„Sie glauben, Heike könnte ... einem Verbrechen zum Opfer gefallen sein?“, presste sie hervor.

„Darüber können wir zum jetzigen Zeitpunkt lediglich mutmaßen. Allerdings hat sie weder in dem Hotel in Hamburg eingecheckt, noch sich in den letzten Tagen bei irgendjemandem gemeldet. Das heißt, sie ist bereits den dritten Tag unentschuldigt ihrem Arbeitsplatz ferngeblieben. Sie kannten Heike ein wenig. Trauen Sie ihr zu, einfach ohne jemanden zu benachrichtigen, verschwunden zu sein? Den Kurzurlaub in Hamburg sausen zu lassen, um spontan woanders hinzufahren?“

Wenigstens erwähnte Lilly nicht, dass Heike nicht einmal ihre Zahnbürste eingepackt hatte.

Klarissa schüttelte den Kopf. „Nein, das passt überhaupt nicht zu ihr. Ich habe sie bisher als absolut loyal und zuverlässig kennengelernt."

„Aber da ist etwas, das Sie uns nicht erzählen wollen", sagte Lilly der Rezeptionistin auf den Kopf zu und bestätigte damit Charlies Eindruck.

„Ja, allerdings habe ich Heike versprochen, mit niemandem darüber zu reden." Es war ihr anzusehen, wie ungern sie sogar diese Information preisgab.

„Es ist sehr ehrenvoll, sich an Ihr Versprechen halten zu wollen", schaltete sich nun Charlie in die Befragung ein. „Ich denke, Sie haben aber verstanden, wie ernst die Lage ist. Alles, was uns zu Heike führt, kann ihr Leben retten. Würde Ihre Freundin Sie unter diesen Umständen von der Bitte zu schweigen entbinden?"

Lilly warf ihr einen dankbaren Blick zu, den sie mit einem kurzen Nicken erwiderte. Dann konzentrierte Charlie sich wieder auf ihre Gesprächspartnerin. Diese rang einen weiteren Augenblick mit einer Entscheidung. Schließlich atmete sie einmal tief durch und stimmte der Kommissarin zu.

„Ja, also gut. Ich mache mir wirklich große Sorgen um Heike. Natürlich möchte ich helfen, sie wohlbehalten wiederzufinden", begann Klarissa leise ihren Bericht.

Charlie und Lilly wechselten einen weiteren Blick. Beide waren gespannt, ob sie nun wirklich etwas Zielführendes erfahren würden.

„Heike ist hierher umgezogen, nachdem sie sich von ihrem Lebensgefährten getrennt hat."

„Ja, davon haben wir bereits gehört", bestätigte Lilly.

Charlie gab ihr ein Zeichen, Klarissa nicht zu unterbrechen, sondern sie in ihrem eigenen Tempo erzählen zu lassen.

Die Angestellte der *Weißen Düne* nickte. „Wissen Sie, warum sie ihn verlassen hat?", fragte sie, was Lilly verneinte. „Ich glaube, das hat sie sonst niemandem erzählt", vermutete Klarissa. „Heike war vor circa drei Jahren für diesen Mann von Lübeck nach Köln gezogen, weil sie glaubte, der Liebe ihres Lebens begegnet zu sein. Anfangs war alles rosarot, aber nach und nach hat er – sein Name ist Peter – sich verändert. Es war ein derart schleichender Prozess, dass es ihr eine ganze Weile gar nicht auffiel. Bei vielen Paaren lässt ja die anfängliche Euphorie nach, wenn der Alltag kommt. Peter hat sich allerdings zum absoluten Kontrollfreak entwickelt. Während er sich alle Freiheiten nahm, durfte sie immer weniger eigene Pläne machen. Schließlich konnte sie sich nicht einmal mehr mit ihren Freundinnen treffen, geschweige denn mal ein ganzes Wochenende alleine verreisen. Weder für Wellness noch für ein Seminar oder so."

„Gab es körperliche Übergriffe?", unterbrach Lilly nun doch Klarissas Ausführungen.

„Nein, aber diese psychische Gewalt hat Heike als genauso belastend empfunden. Es dauerte eine Weile bis ihr überhaupt bewusst wurde, in welche Situation sie geraten war. Anschließend brauchte sie Zeit, um sich zu lösen – um die Realität des geplatzten Traumes zu akzeptieren und nicht mehr auf Besserung zu hoffen."

„Sie hat sich lange gewünscht, es würde wieder so werden, wie am Anfang ihrer Beziehung", fasste Lilly zusammen.

Klarissa nickte bestätigend.

„Und Sie glauben, dieser Peter könnte jetzt hier aufgetaucht sein, um Heike umzustimmen und sie weiter unter Druck zu setzen?", fragte Charlie.

„Ich weiß es nicht. Er war auf jeden Fall außer sich, als sie ihn verlassen hat. Eine Weile hat er sie mit Anrufen und Nachrichten bombardiert und dabei die ganze Palette der Gefühle ausgeschöpft: Erst hat er sie gebeten, zu ihm zurückzukehren; dann gebettelt, schließlich gedroht. Vermutlich wissen Sie selbst, wozu Männer in der Lage sind, deren Stolz verletzt wurde. Heike hat ihm unmissverständlich klargemacht, dass es endgültig aus ist. Vielleicht hat er sie entführt oder ..." Klarissa schluckte. Der Rest des Satzes blieb in der Luft hängen.

„Kennen Sie seinen Nachnamen?", fragte Lilly.

„Nein, aber Heike hat mit ihm zusammengelebt. Sie haben sicherlich Zugriff auf ihre Meldedaten, oder?"

„Ja, das haben wir", bestätigte Charlie. „Wir werden dem nachgehen. Gibt es außerdem etwas, was Sie uns mitteilen wollen?" Die Kommissarin folgte einem Gefühl. Auch wenn es lediglich eine Ahnung war, schien es ihr so, als könnte Klarissa noch etwas Wichtiges für die Suche nach Heike Niemeyer beitragen.

„Hhm, da bin ich mir nicht sicher. Mehr weiß ich nicht über diesen Peter", wich Klarissa aus, was Charlies Gefühl verstärkte. „Heike hat nicht gerne darüber gesprochen, aber an zwei oder drei Abenden hat sie es einfach nicht mehr ausgehalten, immer weiter von ihrem Ex belästigt zu werden. Da hat sie mir ihr Herz ausgeschüttet. Sie musste einfach mal mit jemandem reden, um nicht daran zu ersticken."

„Und was hat sie Ihnen anvertraut?", fragte Charlie in sanftem Tonfall.

„Ach, ich weiß nicht, ob das wichtig ist", entgegnete Klarissa lapidar. Offensichtlich ärgerte sie sich, überhaupt eine Andeutung gemacht zu haben.

„Alles kann wichtig sein", motivierte Charlie die Frau, ohne weiteren Druck auszuüben.

Klarissa hob den Blick und sah ihr direkt in die Augen. „An einem Abend, an dem sie mir ihr Herz ausgeschüttet hat, sind wir mit einer Flasche Friesengeist versackt. Irgendwann haben wir darüber nachgedacht, wo man am besten einen Mann kennenlernen könnte, natürlich einen, der sich nicht zu so einem Kontrollfreak entwickelt. Wir gehen ab und zu auf die Piste, aber hier lernt man immer nur Urlauber kennen, die nach kurzer Zeit wieder weg sind. Auch bei ihrem Tanzunterricht war niemand dabei."

„Heike Niemeyer war auf der Suche nach einer neuen Beziehung?", fragte Lilly überrascht.

„Ich weiß nicht, wie ernst sie es meinte. An jenem Abend schien es mir nur ein Gedankenspiel zu sein. Also so allgemein. Wir sind alle möglichen Szenarien durchgegangen, wie man jemanden kennenlernen kann. Dabei haben wir auch über Online-Dating gesprochen. Für mich wäre das nichts, aber sie schien diese Möglichkeit in Betracht zu ziehen."

„Sie hat sich auf einer Datingplattform angemeldet?", hakte Lilly nach.

„Nein, ich glaube nicht. Das heißt, sie hat mir nichts davon erzählt. Boah, wir hatten echt viel an diesem Abend getrunken. Deshalb kann ich mich an manche Details nicht mehr erinnern. Nicht einmal, was ich selbst gesagt habe." Klarissa lächelte verlegen. „Also auf den Punkt gebracht: Ich hätte viel zu viel Angst, im Internet auf genau solche kaputten Typen wie ihren Ex zu treffen."

„Und nun vermuten Sie, Ihre Meinung Heike gegenüber kundgetan zu haben und deshalb nicht eingeweiht worden zu sein", mutmaßte Charlie.

„Ja, vielleicht. Auf diese Idee bin ich allerdings erst nach ihrem Verschwinden gekommen. Manchmal hatte sie etwas vor, worin sie mich nicht einweihte. Dabei habe ich mir nichts gedacht, aber jetzt im Nachhinein könnte es doch sein, dass sie sich mit fremden Männern getroffen hat." Klarissa erschauderte. „Ich hoffe, ich liege falsch", fügte sie flüsternd hinzu.

Die Kommissarinnen legten in der Mitarbeiterkantine der *Weißen Düne* eine Mittagspause ein. Charlie übermittelte die Neuigkeiten an Fiete, damit er bereits weiter recherchieren konnte. Während sie beide etwas appetitlos in ihren Salaten herumstocherten, tauchte Torge Trulsen mit einem gut bestückten Tablett auf.

„Moin!", begrüßte er die Frauen erfreut. „Welch Glanz in meiner Hütte! Wollen Sie zu mir?"

Das war typisch Trulsen. Er konnte sich kaum vorstellen, dass die Kommissarinnen aus einem anderen Grund in seiner *Weißen Düne* weilten, als mit ihm zu sprechen. Charlie hatte sich mittlerweile an sein leicht übersteigertes Selbstbewusstsein gewöhnt, weil sein Herz einfach auf dem rechten Fleck saß. Außerdem war er in der Regel bestens informiert, was auf Eiderstedt passierte. Wie üblich würde er sicherlich auch dieses Mal etwas zu ihrem Fall beitragen.

Sie konnte sich ein Lächeln nicht verkneifen. „Moin Trulsen! Ja, tatsächlich wollen wir auch zu Ihnen. Setzen Sie sich doch zu uns. Wir haben extra einen Tisch gewählt, an dem wir uns ungestört unterhalten können."

Das ließ Torge Trulsen sich nicht zweimal sagen.

„Oh, da haben Sie sich aber etwas vorgenommen. Wenn das Ihre Frau sehen könnte!" Charlie konnte nicht widerstehen, den Hausmeister ein wenig auf die Schippe zu nehmen. Dass Annegret Trulsen stets um die Ernährung ihres Mannes besorgt war, hatte sich auch bis zu ihr herumgesprochen.

Trulsen raufte sich die wirren blonden Locken. „Frau Wiesinger, Sie werden mich ja wohl nicht verpetzen", tat er zerknirscht. „Wenn Currywurst mit Pommes auf der Karte steht, kann ich nicht widerstehen."

„Mit einer extra großen Portion", stichelte Charlie weiter.

„Nun fangen Sie auch noch an! Greta hat mich vorgestern bereits zurechtgewiesen. Haben Sie sich alle gegen mich verschworen?" Trulsen tat beleidigt. „Das ist übrigens eine ganz normale Portion", murmelte er schließ und nahm ihren Teller ins Visier. Er schien noch etwas hinzufügen zu wollen, schluckte es aber hinunter.

Charlie lachte. „Dann lassen Sie es sich schmecken. Von mir erfährt Ihre Frau nichts."

Torge nickte, während er sich ein paar Minuten auf die üppige Mahlzeit konzentrierte. Als der erste Hunger gestillt war, fiel ihm wieder ein, dass die Kommissarinnen tatsächlich mit ihm sprechen wollten. „Sie sind wegen Heike Niemeyer hier, oder?", fragte er. „Haben Sie bereits erste Erkenntnisse über ihren Verbleib?"

„Nein, leider nicht, aber Sie schnacken doch immer mit Gott und der Welt. Da haben wir gedacht, Sie können vielleicht etwas beisteuern, was sie Ihnen erzählt oder sogar anvertraut hat", behielt Charlie die Gesprächsführung.

„Hhm, darüber denke ich nach, seit Greta mir am Dienstag von ihrem Verschwinden berichtet hat. Wir haben ab und zu zusammen einen Kaffee getrunken. Das ist allerdings schon eine Weile her. Kurz nachdem sie in der *Weißen Düne* anfing, saß sie oft etwas einsam in der Mitarbeiterkantine, da habe ich sie ein wenig unter meine Fittiche genommen."

Charlie musste unwillkürlich lächeln. Das war ebenfalls typisch Trulsen und machte ihn einfach liebenswert, auch wenn er gleichzeitig eine notorische Nervensäge war. Die Kommissarin mochte den schrulligen Hausmeister und stand mittlerweile dazu. „Und hat sie Ihnen etwas anvertraut, was uns bei der Suche weiterhelfen könnte?"

„Anfangs habe ich vermutet, dass die junge Deern einfach ihr Wochenende in der großen Stadt ,n büschen verlängert.

Wir waren ja alle mal jung. Und da die Lessing in dieser Woche Urlaub hat, war die Gelegenheit günstig. Als sie aber auch nach Tagen nicht auftauchte, bin ich im Geiste unsere Gespräche durchgegangen."

„Kommen Sie zum Punkt, Trulsen", forderte die Kommissarin ihn auf. Wie üblich wurde sie schneller ungeduldig als Lilly. Aus den Augenwinkeln konnte sie sehen, wie diese sich ein Grinsen verkniff.

„Ich weiß wirklich nicht, ob das von Bedeutung ist", antwortete Torge Trulsen in einer Zurückhaltung, die Charlie sonst gar nicht bei ihm kannte.

„Hauen Sie es einfach raus", ermutigte sie ihn.

„Hhm. Es war lediglich ein kleiner Vorfall, der völlig belanglos sein kann. Es soll ja wegen meiner Aussage niemand unschuldig verdächtigt werden", wich er weiter der Beantwortung der Frage aus.

„Trulsen! Seit wann eiern Sie denn so herum? Nun mal Butter bei die Fische. Wir werden nicht gleich einen Haftbefehl ausstellen, aber ich muss Ihnen ja wohl nicht erklären, wie wichtig jede noch so kleine Info für uns sein kann." Charlies Stimme war eindringlicher geworden. Da sie aber keine unnötige Aufmerksamkeit erregen wollte, behielt sie die gedämpfte Lautstärke bei.

Um Zeit zu gewinnen, steckte sich Trulsen ein weiteres großes Stück von seiner Currywurst in den Mund und kaute demonstrativ darauf herum.

„Okay, wenn Sie nicht wollen, suchen wir uns einen anderen Gesprächspartner, der kooperativer ist", drohte die Kommissarin, was er prompt ernst nahm.

„Frau Wiesinger, das können Sie nicht machen", protestierte Trulsen umgehend. „Also gut, ich erzähle es Ihnen. Es muss Mitte August gewesen sein – als es so heiß war und sich alle abends nach einer kühlen Dusche gesehnt haben. Heike Niemeyers Durchlauferhitzer war in dieser Zeit kaputtgegangen."

„Den sie für eine kalte Dusche allerdings nicht brauchte", parierte Charlie.

„Ja, abends nicht, aber wer will morgens kalt duschen, wenn man sich die Haare wäscht und so? Also Frau Kommissarin, das muss ich Ihnen doch nicht erklären. Und darum geht es ja auch gar nicht. Wollen Sie jetzt hören, was ich zu sagen habe, oder nicht?" Nun verlor Trulsen die Geduld.

„Klar!"

„Also, sie hat sich natürlich an den Hausmeister gewandt, der für diese Reparaturen zuständig ist. Nur wenn der es nicht reparieren kann, wird eine Firma beauftragt."

„Und?"

„Da sie tagsüber immer arbeitet, kam er am Abend, um sich die Sache anzugucken." Wieder legte er eine Pause ein, die an Charlies Nerven zerrte.

„Mann Trulsen, Sie lassen sich doch sonst nicht jedes Wort aus der Nase ziehen! Sind Sie so zögerlich, weil es sich um einen Berufskollegen handelt?"

„Hhm, ja, kann sein. Er kam also an jenem Abend zu Heike Niemeyer in die Wohnung und hatte wohl schon ein paar Bierchen gezischt. So jedenfalls ihr Eindruck. Er war leicht angeschickert und hatte eindeutig eine Fahne", setzte Torge Trulsen seinen Bericht fort.

„Okay, das ist nicht gerade professionell, kann aber bei einem spontanen abendlichen Einsatz vorkommen", relativierte Charlie die Aussage.

„Spontan war es ja nicht, weil sie den Termin bereits am Vormittag vereinbarten. In meinen Augen geht so etwas gar nicht", echauffierte er sich.

„Das spricht für Sie. Aber das ist sicher nicht alles, oder?“, hakte die Kommissarin nach.

„Sie sagen es. Statt sich einzig und allein um den Durchlauferhitzer zu kümmern, hat er Heike Niemeyer angemacht.“

„Wie genau sah das aus?“ Ärger wallte in Charlie hoch. Männer, die sich nicht im Griff hatten, fand sie verabscheuungswürdig.

„Wegen der Hitze war sie nur leicht bekleidet. Schon als er ankam, zog er sie quasi mit seinen Blicken aus. So hat sie sich ausgedrückt. Am liebsten hätte sie ihm die Tür vor der Nase zugeknallt, aber dann wäre ihr Warmwasserproblem ungelöst geblieben.“

„Hätte sie bloß Sie angerufen“, bemerkte Charlie mit einem kurzen Lächeln.

„Ja, das habe ich ihr auch gesagt. Scherz beiseite. Heike hat ihn also trotz ihres schlechten Gefühls reingelassen. Ich kann es nicht mehr wörtlich wiedergeben, aber er hat sie anschließend mit aufdringlichen Bemerkungen belästigt: Sie könne ja auch sein Bad benutzen, wenn sich die Reparatur hinzöge. Seine anzüglichen Blicke haben ihr dabei eindeutig zu verstehen gegeben, wie gerne er mit ihr zusammen duschen würde.“ Verlegen raufte sich Trulsen wieder die ohnehin wirren Locken. Es war ihm offensichtlich peinlich, so etwas zu wiederholen. Charlie fand diese Verlegenheit irgendwie rührend.

„Und wir reden dabei von Heribert Clasen?“, schaltete sich Lilly in das Gespräch ein.

„Sie kennen ihn?“ Trulsen reagierte erstaunt.

„Sein Verhalten kam mir gleich ein wenig verdächtig vor“, antwortete die Gefragte.

„Wirklich?“ Nun war Charlie überrascht.

„Ist dir nicht aufgefallen, wie eilig er es plötzlich hatte, nachdem die Wohnung aufgeschlossen war? Ich hatte eher befürchtet, ihn nicht loszuwerden, aber er zeigte überhaupt keine

Neugier. So als wüsste er bereits, dass es in der Wohnung nichts Interessantes zu sehen gab, zumindest keine Heike Niemeyer." Lilly redete sich in Rage.

„Das ist mir tatsächlich nicht aufgefallen. Gut beobachtet, Lilly. Ich lasse Clasen durch Fiete überprüfen." Charlie tippte eine SMS und wandte sich dann wieder an Trulsen.

„Er ist aber nicht wirklich übergriffig geworden?", stellte sie klar.

„Nein, er hat sie nicht angefasst, oder so. Aber ein derartiges Verhalten ist ja bereits schlimm genug!", erwiderte der Hausmeister mit Nachdruck.

„Da gebe ich Ihnen ausnahmsweise vollkommen recht." Wieder huschte ein kleines Lächeln über das Gesicht der Kommissarin, bevor sie schnell wieder ernst wurde. „Und wie ging es dann weiter? Hat sich dieses Verhalten fortgesetzt?"

„Nein, das Gerät wurde durch eine Firma repariert. Sie hat sich natürlich nie wieder bei Clasen gemeldet."

„Und wissen Sie sonst etwas, was uns auf ihre Spur bringen könnte?", fragte Charlie schließlich.

Torge Trulsen verneinte. „Wenn mir was einfällt, erfahren Sie es als Erste." Immerhin hatte er seine gute Laune wiedergefunden.

Charlie und Lilly befragten im Anschluss noch einige Mitarbeiter der *Weißen Düne*, erfuhren aber nichts Neues. Also kehrten sie schließlich auf das Revier zurück und hofften sehr, dass ihre männlichen Kollegen eindeutigere Hinweise auf den Aufenthaltsort von Heike Niemeyer ermittelt hatten.

Immerhin waren die beiden in ein angeregtes Gespräch vertieft, außerdem hatte Knud bereits erste Notizen auf ihr Whiteboard geschrieben. Obwohl er sich viel Mühe gab, hatte sich die Leserlichkeit seiner Schrift nur geringfügig verbessert. Trotzdem entzifferte Charlie einen neuen Namen, der sofort ihr

Interesse weckte. War Heike schon mal verheiratet gewesen oder handelte es sich um ein Familienmitglied?

„Moin!", begrüßte sie die Kollegen. „Wie ich sehe, habt Ihr Neuigkeiten."

„Jo. Knud hat mit der Leiterin der Tanzschule gesprochen und ist dabei auf einen familiären Konflikt gestoßen. Ob es tatsächlich einen Zusammenhang mit Heike Niemeyers Verschwinden gibt, können wir allerdings nicht sagen. Meine Recherchen und Abfragen laufen, aber wie immer dauert das alles. Weih' unsere Deerns doch mal ein, Knud. Ich warte inzwischen auf ein paar Ergebnisse, danach kann ich deine Ausführungen ergänzen."

„Gern. Der Flamenco-Unterricht findet immer am Mittwochabend statt, dorthin war Heike Niemeyer am Freitag also nicht unterwegs. Vor zwei Wochen kam es dort zu einem Zwischenfall. Die Gruppe tanzte bereits im Übungsraum, als ein Mann die Schule betrat. Die Leiterin, Miriam Getjens, saß am Empfang. Er stellte sich als Tom Niemeyer vor und verlangte seine Schwester zu sprechen."

„Er verlangte es?", fragte Lilly.

„Ja, so hat sie sich ausgedrückt. Als sie ihm erklärte, dass die Tanzstunde bereits begonnen hätte und er bitte warten sollte, ist er an ihr vorbeigestürmt, um seine Schwester aus dem Unterricht zu holen."

„Das hat sie sich gefallen lassen?", wunderte sich Lilly.

„Nicht sofort, aber da er die ganze Gruppe gestört hat, gab sie schließlich nach und forderte ihn auf, in der Umkleide auf sie zu warten. Auf dem Weg dorthin warf sie Frau Getjens einen bittenden Blick zu und ließ die Tür offen. Dadurch konnte diese das Gespräch mithören", führte Knud weiter aus.

„Klingt ja dramatisch. Um was ging es denn?"

„Ja, das ist wirklich eine interessante Geschichte und liefert eindeutig ein Motiv" trieb Knud die Spannung auf den

Höhepunkt. „Vor ungefähr einem Jahr ist die Mutter der Geschwister gestorben. Den Vater hatten die beiden bereits im Kindesalter verloren. Da Tom nicht nach ihren Vorstellungen lebte, war er enterbt worden und das Vermögen fiel allein Heike Niemeyer zu."

„Über welche Summe reden wir denn?", fragte Charlie.

„Genau wissen wir das nicht, aber Tom forderte von seiner Schwester eine Zahlung in Höhe von fünfzigtausend Euro."

„Nicht schlecht. Und welcher Lebenswandel hat zu seiner Enterbung geführt?"

„Direkt nach der Schule hat sich Tom Niemeyer auf Weltreise begeben. Was ursprünglich für ein bis zwei Jahre angedacht war, entwickelte sich zum Dauerzustand. Das heißt, nach dem Abitur mit neunzehn ist er losgezogen und jetzt seit rund zehn Jahren unterwegs."

„Wobei er sich mit irgendwelchen Jobs über Wasser hält", mutmaßte Charlie.

„Genau."

„Und hat er Kontakt zu der Familie gehalten?", fragte sie weiter.

„Auch das wissen wir noch nicht."

„War er auf der Beerdigung seiner Mutter?" Charlie konnte sehen, wie Knud sich über ihre gezielten Fragen freute.

„Nein, und genau das hat Heike ihm im darauffolgenden Streit vorgeworfen. Möglicherweise verfügte sie über eine Telefonnummer oder eMail-Adresse und hat ihn informiert. Alles ist aber bislang Mutmaßung", erklärte der Kommissar.

„Auf jeden Fall hat sie sich geweigert, mit ihrem Bruder die Erbschaft zu teilen", riet Charlie weiter.

„Den Eindruck hatte Frau Getjens. Und unsere Vermisste wollte ganz offensichtlich eine Zeugin für die Auseinandersetzung haben."

„Was auf den ersten Blick nicht unbedingt einen Sinn ergibt. Hat sie später mit der Leiterin der Tanzschule über den Streit gesprochen? Etwas kommentiert oder erklärt?", wollte Lilly wissen.

„Nein, am gleichen Abend ergab sich dazu keine Gelegenheit. Und auch später hat Heike Niemeyer dazu keine Erklärungen abgegeben."

„Komisch, was wollte sie damit bezwecken, eine Zeugin für den Streit zu haben?", überlegte Lilly laut. „Und warum hat ihr Bruder sie nicht zu Hause aufgesucht? Das wirkt ja wie eine Inszenierung."

„Vielleicht hat er es versucht, aber sie hat ihm nicht aufgemacht", schlug Charlie vor. „Hast du ihn im System gefunden, Fiete?"

„Nein, wie nach den bisherigen Informationen zu erwarten war, ist er nicht in Deutschland gemeldet. Er besitzt nicht einmal ein deutsches Handy. Das wird nicht einfach, ihn aufzustöbern. Ich hoffe sehr, dass er mit dem Verschwinden seiner Schwester nichts zu tun hat, allerdings ist es nicht auszuschließen. Wenn er sie tötet, fällt die Erbschaft vermutlich an ihn."

„Wenn davon überhaupt noch etwas übrig ist", gab Charlie zu bedenken. „Die Wohnung kostet bestimmt mehr, als sie sich von einem Sekretärinnengehalt leisten kann. Dazu kommt die Einrichtung. Die wirkte zwar nicht luxuriös, aber hochwertig und relativ neu."

„Irgendwie stand sie mit allen Männern in ihrem Umfeld auf Kriegsfuß. Da stellt sich die Frage, ob es an den Männern oder an ihr lag", wechselte Lilly das Thema.

„Trulsen ist gut mit ihr ausgekommen", versuchte Charlie einen Scherz.

„Trulsen kommt mit jedem gut aus. So eine Bemerkung bringt uns wirklich nicht weiter, Charlie", wies Lilly die ältere Kollegin zurecht.

„Hast ja recht", wurde diese wieder ernst. „Tja, da kommt eine Menge Arbeit auf uns zu. Was mich jedoch am meisten umtreibt: Hat einer von euch eine Ahnung, wo sich Heike Niemeyer aufhalten könnte? Gibt es den kleinsten Hinweis auf ihren Aufenthaltsort? Ich habe nach wie vor die Hoffnung, dass wir sie lebendig finden, leider aber überhaupt keine Idee, wo und wie."

Betroffen schwiegen die Anwesenden. Ausgesprochen bekam dieser Aspekt mehr Gewicht. Alle schienen ratlos, wie sie diese zentrale Frage lösen sollten.

Torge in St. Peter-Ording

Freitag, den 7. Oktober

Nichts genoss Torge Trulsen mehr, als an einem freien Tag zusammen mit seiner Annegret in der gemütlichen Friesenküche seiner Reetkate in Tating zu frühstücken. Das lag natürlich insbesondere daran, dass sie ihm dann ein Rührei mit Speck briet, auf das er an Arbeitstagen in der *Weißen Düne* verzichten musste. Zum einen war er bereits etliche Male mitten in der Mahlzeit aufgesprungen, weil irgendein Notfall in der Ferienanlage plötzlich wichtiger war – ein Umstand, der sogar seine sanfte Annegret fuchsig machen konnte. Zum anderen achtete sie nicht nur auf seine gesunde Ernährung, sondern auch auf seine Figur. Da er Müsli nicht als Frühstück akzeptierte, gab es sonst Vollkornbrot mit wechselnden Belägen, was für den Hausmeister akzeptabel war.

Diesen Morgen hätte er also in vollen Zügen genießen können, aber seine Unzufriedenheit, nichts wirklich Brauchbares über den Aufenthaltsort von Heike Niemeyer herausbekommen zu haben, verhagelte ihm die Stimmung.

„Torge! Du isst ja gar nicht! Ist das Ei nicht in Ordnung oder bist du krank?“, fragte Annegret besorgt. Erst fühlte sie ihm die Stirn, dann probierte sie von dem Rührei. „Also, daran kann es nicht liegen. Nun sag schon, was ist los mit dir?“

„Ach, es geht um Heike Niemeyer“, brummelte er.

„Was ist mit ihr?“, fragte Annegret.

„Sie ist Gretas Nachfolgerin und wird gerade von ihr eingearbeitet“, antwortete Torge geistesabwesend.

„Torge, ich weiß, wer sie ist. Warum sorgst du dich um sie?“, wiederholte Annegret mit einem Anflug von Ungeduld, der Torge aufhorchen ließ.

„Ach, entschuldige. Ich dachte, ich hätte dir davon erzählt. Sie ist seit Dienstag verschwunden. Genau genommen, wissen wir es erst seit Dienstag. Gut möglich, dass sie schon am Freitag verschleppt wurde.“

„Verschleppt? Das ist ja fürchterlich.“

„Ja, und ich habe in den letzten Tagen so gut wie nichts herausgefunden.“

„Gehen die Kommissare denn wirklich von einem Verbrechen aus oder besteht die Möglichkeit eines freiwilligen Verschwindens? Vielleicht ist sie durchgebrannt oder so.“

„Alle halten das eher für unwahrscheinlich. Wenn ich bloß wüsste, wo ich sie suchen könnte!“, lamentierte Torge.

„Du musst ja nicht immer den Helden spielen“, wies Annegret ihn sanft zurecht. „Lass die Polizei einfach ihre Arbeit machen.“

„Annegret! Hast du mir nicht zugehört? Sie wird vielleicht schon fast eine Woche vermisst. Wie hoch ist in so einem

Fall die Chance, sie lebend zu finden?", echauffierte sich der Hausmeister.

„Jetzt widersprichst du dir aber selbst. Wenn die Kommissare sie nicht lebendig finden können, wird es dir erst recht nicht gelingen", belehrte Annegret ihren Mann.

„Sie war wirklich eine reizende junge Deern und hat gern bei uns in der *Weißen Düne* gearbeitet. Sie wäre eine würdige Nachfolgerin für Greta gewesen. Was für ein Jammer!", überging er geflissentlich ihre Bemerkung.

„Torge! So kenne ich dich ja gar nicht. Seit wann gibst du eine Sache verloren, bevor du über Fakten verfügst?"

„Aber wo soll ich denn suchen?", antwortete er mit einer Gegenfrage.

„Das kann ich dir auch nicht sagen", musste Annegret zugeben, während sie gedankenverloren in seinem Rührei herumstocherte. „Aber tu nicht so, als wäre sie bereits verstorben, bevor du darüber endgültig Bescheid weißt!"

Das Klingeln von Torges Handy unterbrach den Wortwechsel und ließ beide zusammenschrecken. Würden sie jetzt etwa über Heikes Tod informiert werden?

„Nanu! Das ist Freddie Jakobsen. Was ruft der denn zu dieser frühen Stunde an?", murmelte Torge überrascht.

„Geh ran, dann erfährst du es", antwortete seine bessere Hälfte pragmatisch, was Torge mit einem Schmunzeln quittierte.

„Moin Freddie, alter Junge! Lange nichts von dir gehört. Kannst du auch nicht schlafen?", begrüßte er den alten Bekannten.

„Moin Torge. Ich wünschte, es gäbe einen erfreulichen Anlass für meinen Anruf, aber so ist es nicht. Bist du in der *Weißen Düne*?" Freddie schien mühsam beherrscht.

„Nein, ich bin zu Hause, habe heute einen freien Tag. Worum geht es denn?"

„Torge! Es ist fürchterlich. Hier unter dem Pfahlbau sitzt eine tote Frau! Oh, Mann, eigentlich kann man sie kaum noch so bezeichnen. Alles, was sie weiblich erscheinen ließ, wurde ihr genommen. So etwas Schreckliches habe ich noch nie gesehen. Torge! Du hast doch schon oft die Polizei unterstützt. Kannst du die Kommissare anrufen? Oh, warte, mir wird ganz schlecht, ich muss mich erst mal setzen."

Torge vernahm ein Stöhnen.

„Bist du noch dran?"

„Natürlich. Wo steckst du denn?" Nun hatte die Aufregung auch den Hausmeister erfasst.

„Unter der *Arche*. Bin bei der Getränkeauslieferung, so wie jeden Morgen. Erst habe ich sie gar nicht bemerkt. Torge, kannst du bitte herkommen? Sie werden mir bestimmt einen Haufen Fragen stellen, dabei ist mir überhaupt nicht wohl. Heute brauche ich mal deine Hilfe. Du kennst dich mit diesen Dingen einfach besser aus", flehte Freddie, wobei seine Stimme etwas schrill klang.

„Klar, ich komme sofort. Bleib dort und pass auf, dass sich niemand der Toten nähert. Ich bringe eine Rolle Absperrband mit", versprach Torge sofort.

„Rufst du die Polizei an?", wiederholte Freddie seine Bitte.

„Ja, auch das. Versuch, dich zu beruhigen und sicher' den Fundort. Ich springe in meinen Kombi und komme so schnell wie möglich zu dir."

„Danke", flüsterte Freddie, bevor er auflegte.

Annegret hatte genug mitgehört, um ihn nicht mit zahlreichen unnötigen Fragen aufzuhalten. „Ich sehe es dir an, wie du darauf brennst, sofort loszustürmen. Ist es Heike Niemeyer?"

„Das weiß ich nicht, min seute Deern. Freddie hat da so Andeutungen gemacht, vielleicht kann man sie nicht auf einen

Blick identifizieren. Ich muss los, melde mich aber nachher bei dir", beendete er das Gespräch.

„Vergiss in deiner Eile aber nicht, bei Knud anzurufen", rief sie ihm hinterher, als er schon aus der Tür war.

Wie gewöhnlich nahm der Kommissar bereits beim zweiten Klingeln ab. Kurz war Torge versucht gewesen, sich erst selbst ein Bild zu machen, aber im Grunde hasste er den Anblick von Leichen und natürlich gab es keine Zeit zu verlieren, mögliche Spuren am Fundort zu erfassen und auszuwerten. Noch war es früher Morgen und der Strand damit leer.

„Moin Torge, hast du etwa Langeweile an deinem freien Tag?", begrüßte ihn der langjährige Freund.

„Woher kennst du meinen Dienstplan?", fragte Torge irritiert.

„Ach, war nur ins Blaue geraten. Eigentlich erwarte ich dein Auftauchen auf dem Revier bereits seit Tagen. Warst du zu eingespannt oder ist ein Vermisstenfall für dich nicht spannend genug?"

„Knud, es ist nicht der richtige Moment für dumme Scherze. Freddie Jakobsen hat unter der *Arche Noah* eine Frauenleiche gefunden. Trommel alle zusammen und komm sofort hin. Wir treffen uns dort."

„Scheibenkleister! Handelt es sich um Heike Niemeyer?", fragte Knud atemlos.

„Das kann ich dir nicht sagen. Ich glaube kaum, dass Freddie sie überhaupt kennt. Außerdem ..." Torge brachte es nicht über die Lippen, von der angedeuteten Verstümmelung zu sprechen, obwohl ihm das Wort auf der Zunge lag. „Sie sieht wohl verändert aus. Frag nicht weiter, komm einfach schnell dorthin. Freddie ist mit der ganzen Situation völlig überfordert."

„Okay, bis gleich!", antwortete Knud, ohne Torge vom Auftauchen am Fundort abbringen zu wollen. Was sich der Hobbyermittler in den Kopf gesetzt hatte, das zog er durch.

Torge legte auf, um sich aufs Fahren zu konzentrieren. Selbst wenn er Gas gab, würde er vermutlich nicht vor den Kommissaren eintreffen, allein schon, weil er nicht auf den Strand fahren durfte. Vielleicht sollte er sich so einen Elektroroller zulegen. Heute wäre der ihm auf jeden Fall nützlich.

Als er schließlich schnaufend wie eine Lokomotive bei der *Arche Noah* ankam, waren Knud und seine Kolleginnen tatsächlich bereits da. Kommissarin Wiesinger bedachte ihn mit einem warnenden Blick, obwohl er gebührenden Abstand zu dem Leichnam hielt. Natürlich durfte er keine möglichen Spuren zerstören. Außerdem, wollte er sich, insbesondere vor den Deerns, keine Blöße geben. Schon aus der Entfernung mehrerer Meter konnte er sehen, was der Täter der Frau angetan hatte. Trotz der optischen Veränderung war er sich ziemlich sicher, dass es sich um Heike Niemeyer handelte. Immer wieder musste er sich abwenden, konnte das gesamte Bild nur Stück für Stück erfassen. Zu fürchterlich war der Anblick, den die Tote bot.

Der Leichnam saß gegen einen Pfahl des hochgestellten Hauses gelehnt im feuchten Sand. Die Beine waren leicht gespreizt, die Arme hingen schlaff an den Seiten ihres nackten Körpers herunter. Das allein war bereits schockierend, dem Täter aber scheinbar nicht genug der Demütigung gewesen. Heikes Haare waren bis auf ein paar Millimeter kurz geschoren, außerdem wiesen die Brüste Schnitte auf, die Brustwarzen waren nicht mehr zu erkennen. Torge mochte gar nicht so genau hingucken. Zum einen empfand er es respektlos, zum anderen spürte er, wie sein Magen rebellierte. Er war froh, nicht den gesamten Speck verdrückt zu haben.

„Sie sehen aber ziemlich blass um die Nase aus, Trulsen. Immerhin finde ich es beruhigend, dass Sie sich an den Anblick von Toten noch nicht gewöhnt haben."

Obwohl sie sich mal wieder auf seine Kosten amüsierte, freute er sich, die vertraute Stimme der Kommissarin Wiesinger zu hören. Endlich konnte er sich von der abscheulichen Szene losreißen und auf die Umgebung konzentrieren. Knud und Lilly Morgenroth unterhielten sich gerade mit Freddie, der demonstrativ mit dem Rücken zu der Toten stand, ansonsten jetzt aber wieder entspannter wirkte.

„Wer hat Heike so etwas angetan?", fragte Torge, ohne ernsthaft eine Antwort zu erwarten.

„Sind Sie sicher, dass es sich um Ihre Kollegin aus der *Weißen Düne* handelt?", fragte Kommissarin Wiesinger. „Gehen Sie ruhig zwei Schritte näher heran, wenn Sie Zweifel haben."

Der Speck rumorte weiter und ließ seinen Magen rebellieren. Trotzdem folgte Torge tapfer der Aufforderung, während sie direkt an seiner Seite blieb.

„Geht's?", erkundigte sie sich nun frei von jeglicher Ironie.

„Das ist Heike – oder sollte ich lieber sagen: Das war Heike? Du meine Güte, was für eine Brutalität! Sind ihr die Brustwarzen ... entfernt worden?"

„Ja." Die Antwort kam knapp und gepresst. „Davon dürfen auf keinen Fall Fotos in die Presse gelangen. Ist Ihr Bekannter zuverlässig oder trauen Sie ihm zu, mit so einer Aktion sein Konto aufzubessern?"

Torge warf Freddie einen Blick zu. Um das einschätzen zu können, kannte er ihn nicht gut genug. Immerhin war der Getränkelieferant lange genug mit der Toten allein gewesen. Die Gelegenheit wäre günstig gewesen.

„Ich kläre das. Wann kommt die Gerichtsmedizinerin? Meist füllt sich der Strand sehr schnell, wenn die Leute etwas

Ungewöhnliches bemerken. Wir sollten einen Sichtschutz aufbauen. Vielleicht können Sie etwas Geeignetes aus dem Restaurant organisieren. Ich kümmere mich mal eben um Freddie."

Torge war froh, eine Aufgabe zu haben, die ihn ablenkte. Es würde ohnehin lange dauern, diese schrecklichen Bilder wieder aus dem Kopf zu bekommen.

„Hey Freddie, alles klar bei dir?", rief er. „Ich störe nur einen kleinen Moment", raunte er Knud zu, bevor er sich wieder an Freddie wandte. „Kannst du mir mal eben dein Handy leihen? Mein Akku hat sich verabschiedet und ich muss dringend telefonieren." Er warf dem Kommissar einen eindringlichen Blick zu, damit dieser ihm nicht die Tour vermasselte.

„Klar, kein Problem", antwortete der Gefragte und angelte sein Smartphone aus der Tasche. „Deine Freunde von der Polizei sind wirklich nett. Ich komme ohne deine Hilfe zurecht. Hier hast du es."

Freddie reichte ihm das Telefon und Torge entfernte sich außer Hörweite. Schnell rief er die Kamerafunktion auf und checkte die Bilder. Erleichtert stellte er fest, dass Freddie den Leichnam nicht fotografiert hatte. Also tippte er Annegrets Nummer ein und lauschte dem Freizeichen, damit seine Flunkerei nicht entlarvt werden konnte.

„Annegret Trulsen", meldete sie sich nach dem dritten Freizeichen.

„Moin, min Deern, ich bin's", begrüßte Torge seine bessere Hälfte.

„Torge! Warum rufst du von einem fremden Handy an?", fragte sie irritiert.

„Das erkläre ich dir, wenn ich nach Hause komme. Der ganze Anruf dient nur einem Vorwand. Leider hat Freddie tatsächlich die Leiche von Heike Niemeyer gefunden. Es wird heute also ein bisschen später", nutzte er die Gelegenheit, um sich Zeit zu verschaffen. Er hoffte sehr, bei der anschließenden Besprechung der Kommissare dabei sein zu dürfen. Immerhin war die Tote ja eine Kollegin aus der *Weißen Düne*. Das war in seinen Augen Grund genug für seine Anwesenheit.

„Ah, haben die Kommissare deine Unterstützung angefordert?" Annegret konnte sich die Spitze nicht verkneifen.

„Nicht direkt", gab Torge offenherzig zu. „Genau genommen hatten sie aber bislang keine Gelegenheit", fügte er mit einem Grinsen hinzu, das seine Frau sicherlich am anderen Ende der Leitung hören konnte. „Ich melde mich wieder. Mach's gut."

„Du bist wirklich unverbesserlich. Wir sehen uns heute Abend."

Torge nutze den Moment der Ruhe, um sich zu überlegen, wie er den Kommissaren seine Beteiligung an der Ermittlung schmackhaft machen konnte. Da er selbst bisher nichts herausbekommen hatte, würde ihm die Besprechung auf dem Revier bestimmt neue Fakten liefern, mit denen er anschließend wieder alleine weitermachen konnte. Doch dafür musste er dabei sein!

Das Klopfen auf seiner Schulter ließ ihn zusammenschrecken.

„Hey Torge! Was träumst du vor dich hin?", riss ihn Freddies Stimme aus seinen Gedanken. „Ich muss dann mal weiter. Bin eh schon spät dran. Kann ich mein Telefon wiederhaben?"

Erleichtert drehte sich der Hausmeister um. „Na klar. Vielen Dank dafür." Sollte er Freddie erneut auf den Leichnam ansprechen? Aber was konnte der ihm darüber berichten? Außerdem schien er jetzt in Eile zu sein.

„Kein Problem, war schön, dich mal wiederzusehen. Auch wenn die Umstände unangenehm sind. Melde dich, dann trinken wir ein Bierchen zusammen. Jetzt muss ich aber wirklich los."

Torge wandte sich wieder dem Pfahlbau zu, der das Restaurant *Arche Noah* beherbergte. Mittlerweile hatte die Spurensicherung aus Heide ihre Arbeit aufgenommen, den Wagen der Gerichtsmedizin konnte der Hausmeister allerdings nicht entdecken. Immerhin war ein Sichtschutz installiert worden. Die Kommissare drängten die ersten Schaulustigen zurück und schienen sie zu befragen. Torge hielt es für unwahrscheinlich, dass einer von ihnen beobachtet hatte, wie die Tote hierhergebracht wurde. Das war ja sicherlich mitten in der Nacht passiert. Trotzdem überwog seine Neugier. Natürlich wollte er so viel wie möglich von den Ermittlungsergebnissen der Polizei mitbekommen. Außerdem hatte er mal gelesen, dass ein Mörder immer wieder an den Ort des Verbrechens zurückkehrt. War es möglich, den Täter unter den Anwesenden zu entlarven? Auch wenn Torges Zweifel überwogen, auf diese Weise neue Erkenntnisse zu gewinnen, nahm er sich vor, genau zu beobachten.

Lilly in St. Peter-Ording

Montag, den 10. Oktober

Das gesamte Wochenende hatte Lilly über den mageren Fakten gebrütet, ohne eine zündende Idee zu bekommen, wie sie in dem Fall weiter vorgehen sollte. Obwohl die Fotos einfach schockierend waren, übten sie auf die junge Kommissarin eine magische Anziehungskraft aus. Immer wieder studierte sie die Details, als würde sie dadurch plötzlich eine Eingebung erhalten, wer Heike Niemeyer so etwas angetan haben könnte.

Das Verhör mit Heribert Clasen am Nachmittag des Leichenfundes hatte die Ermittler nicht wirklich weitergebracht. Für den Freitagabend der vorangegangenen Woche konnte er ein Alibi vorweisen. Er hatte ihn Skat spielend mit zwei Kumpels verbracht – bis in die frühen Morgenstunden, was beide unabhängig voneinander bezeugten. Dabei war es feuchtfröhlich zugegangen. Obwohl nicht feststand, ob das Opfer tatsächlich bereits in dieser Nacht verschwunden war, reichten die Indizien nicht aus, um den Hausmeister festzuhalten. Lilly konnte sich ohnehin nicht vorstellen, dass der Mann so dumm war, sich an einer Bewohnerin der Häuser zu vergreifen, für die er zuständig war. Aber das hatte natürlich nichts zu bedeuten. Auf Dummheit traf man schließlich überall.

Der Aufenthaltsort von Tom Niemeyer war nach wie vor unbekannt. Nicht einmal ein Rechercheprofi wie der Revierleiter Fiete Nissen konnte irgendeinen Hinweis finden. Auch der er war für die Kommissarin nicht gerade der Verdächtige Nummer eins. Die Ausführung der Tat sah nach einem Verbrechen aus Leidenschaft aus. Persönlich abgewiesen oder verschmäht worden zu sein, schien ihr als Mordmotiv wesentlich wahrscheinlicher zu sein, als die Enttäuschung des Bruders, enterbt worden zu sein. Heike war ihrer Attraktivität beraubt worden. Es hatte dem Mörder nicht ausgereicht, sie zu töten. Er nahm ihr alle Attribute der Schönheit und stellte sie anschließend in ihrer verbliebenen Hässlichkeit zur Schau. War Tom Niemeyer dazu fähig, weil ihm ein Teil des familiären Vermögens vorenthalten wurde?

Lilly bezweifelte es.

Viel eher hatte der Ex Peter ein Motiv. Frei nach dem Motto: Wenn er sie nicht besitzen konnte, dann sollte es auch kein anderer tun. Außerdem konnte er seinen verletzten Stolz an der Sekretärin abreagiert haben. Fiete hatte seine Meldeadresse ausfindig gemacht, er war jedoch nicht erreichbar. Da es sich als absolute Zeitverschwendung herausstellen konnte, nach Köln zu fahren, um ihn zu überprüfen, baten sie die Polizei vor Ort, den Verdächtigen zu überwachen. Trotzdem hätte Lilly sich am liebsten in ihr Auto gesetzt und wäre losgefahren. Alles war besser, als untätig herumzusitzen und auf eine Eingebung zu warten, die nicht kam. Allerdings hatte der Revierleiter eine klare Anweisung gegeben und die Kommissarin wollte nicht wegen eines impulsiven Ausflugs ihre Führungsrolle in dem Fall verlieren. Ihr Hauptverdächtiger blieb trotzdem Peter Gruber.

Da die Ergebnisse der Spurensicherung und aus der Gerichtsmedizin frühestens am Montag vorliegen würden, starrte Lilly wieder und wieder auf die Fotos der Toten und versuchte irgendwelche Hinweise auf den Täter abzuleiten. Die Bilder der lebendigen Heike, die Klarissa Hinrichs bei einem gemeinsamen Ausflug nach Sylt von der Freundin aufgenommen und der Polizei zur Verfügung gestellt hatte, legte sie daneben. Lachend hatte Heike Niemeyer in die Kamera geschaut. Ihre langen braunen Haare fielen ihr in sanften Wellen über die Schultern. Das Gesicht war dezent, aber sichtbar geschminkt. Eine weitere Aufnahme zeigte, wie sie die Haare bändigte, die der Wind aufgewirbelt hatte. Ihre Hände waren sehr gepflegt, die Nägel wohl manikürt und mit einem klaren Lack überzogen. Alles in allem war die Sekretärin eine sehr attraktive Erscheinung gewesen, die sicherlich ohne Mühe den Männern in ihrer Umgebung den Kopf verdreht hatte.

Widerstrebend analysierte Lilly zum wiederholten Male die Veränderungen, die der Mörder bei der Toten vorgenommen hatte: Die wunderschönen Haare waren nahezu abrasiert worden. Das Gesicht hatte er abgeschminkt und mit einer weißen Puderschicht überzogen. Die Fingernägel waren kurz, dabei aber nicht sauber geschnitten worden. Es sah vielmehr so aus, als wären sie abgerissen worden. An einigen Stellen war das rohe Fleisch des Nagelbettes zu sehen. Unwillkürlich erschauderte die Kommissarin und hoffte, dass Heike Niemeyer bereits tot gewesen war, als ihr das angetan wurde. Wahrscheinlich würden die Ergebnisse aus der Gerichtsmedizin diese Frage beantworten.

Noch verstörender waren allerdings die Verstümmelungen der Brüste, die ihr, nach erster Aussage von Fiona Jensens Mitarbeitern am Fundort der Leiche, mit hoher Wahrscheinlichkeit post mortem zugefügt wurden. Es sei denn, der Täter hatte sich die Mühe gemacht, sie im Anschluss gründlich zu waschen ... Die Bilder, die dazu in Lillys Kopf entstanden, waren nur schwer zu ertragen.

Als sie es schließlich nicht mehr aushielt, schnappte sie sich ihr Board samt Kite und fuhr an den Strand. Bereits am frühen Nachmittag hatte ein leichter Nieselregen eingesetzt, der die meisten Urlauber in ihre Quartiere vertrieb. Lilly sollte es recht sein, weil eine kräftige Brise das nordische Schmuddelwetter komplettierte. Ideale Bedingungen, um den Kopf freizubekommen. Die herbstliche Nordsee tobte, so dass sich die Kommissarin voll auf die Beherrschung ihres Sportgerätes konzentrieren musste, was sie die grausamen Eindrücke wenigstens für eine Weile vergessen ließ und ihr Energie für die neue Woche schenkte.

Am Montagmorgen trafen alle vier sehr früh auf dem Revier ein. Knud beschäftigte sich damit, Kaffee für das gesamte Team zu kochen, während Charlie die Besprechung vorbereitete. Lilly war gespannt, ob die Kollegen sich die gleichen Gedanken über die Verdächtigen gemacht hatten; fragte sich aber gleichzeitig unzufrieden, was dabei herauskommen sollte, die mageren Fakten von allen Seiten zu beleuchten. Sie empfand es als großen Misserfolg, Heike nicht rechtzeitig gefunden zu haben, obwohl es natürlich sein konnte, dass der Täter sie bereits Anfang der Woche getötet hatte und sie ohne Chance gewesen waren, ihr Leben zu retten. Trotzdem nagte der Frust an ihr.

Als sich die Tür öffnete und eine Frau das Polizeirevier betrat, schwankte die Kommissarin zwischen Erleichterung über die Ablenkung und Ungeduld, sich jetzt mit etwas anderem beschäftigen zu müssen. Lilly schätzte die relativ große und stämmige Frau auf Anfang dreißig. Sie kam mit forschen Schritten und ernstem Gesichtsausdruck näher.

„Guten Morgen! Ach, Gott sei Dank treffe ich Sie so früh hier an. Ich mache mir furchtbare Sorgen um meine Mitbewohnerin. Sie ist gestern Nacht nicht nach Hause gekommen. Das allein ist zwar nicht so ungewöhnlich, aber normalerweise schickt sie mir dann immer eine SMS, damit ich Bescheid weiß. Das ist quasi unser Sicherheitssystem", sprudelten die Worte aus ihr heraus.

Die Aussage traf Lilly wie ein Schlag in die Magengrube. Sofort tauchten wieder die Bilder des verstümmelten Leichnams vor ihrem geistigen Auge auf. Die Angst, es nun mit einem zweiten Fall einer Serie zu tun zu haben, kroch eiskalt in ihr hoch und lähmte sie für einen Augenblick. Genauso hatte es bei Heike Niemeyer angefangen! Insgeheim war sie froh, dass Fiete sich in der Diskussion, ob sie die Presse einschalten sollten, durchgesetzt und eine vorläufige Nachrichtensperre verhängt hatte.

Da es Lilly vorübergehend die Sprache verschlagen hatte, übernahm Charlie: „Guten Morgen, mein Name ist Charlotte Wiesinger. Wollen Sie sich setzen?"

Die Frau nickte und ließ sich auf den Stuhl fallen, den die Kommissarin ihr anbot. „Bitte entschuldigen Sie, aber ich bin echt durch den Wind. Ich heiße Gesa Schlüter. Ich habe Chrissy so oft gebeten, nicht dermaßen sorglos mit neuen Bekanntschaften umzugehen. Genau genommen bin ich ihr ziemlich oft damit auf die Nerven gegangen, weil sie so unvorsichtig ist. In letzter Zeit wurde das immer schlimmer und hat mir schlaflose Nächte bereitet, aber sie hat mich nur ausgelacht. Ich mache mir solche Sorgen, dass ihr etwas zugestoßen ist!", jammerte sie und sah Charlie dabei hilfesuchend an.

Knud kam Becher balancierend an den Tisch. Sofort war der Raum von Kaffeeduft erfüllt. Auf ein Zeichen stellte er den für Charlie vorbereiteten Pott vor die aufgelöste Frau.

„Dankeschön!" Ihre Besucherin nahm ihn in beide Hände, als wollte sie sich daran festhalten. „Boah, Sie müssen mich ja für eine rasende Irre halten, aber man liest doch ständig von irgendwelchen Verrückten oder Triebtätern! Ich habe in der letzten Nacht vor lauter Angst kein Auge zugetan. Obwohl Chrissy bestimmt ausgerastet wäre, habe ich sogar gegen zwei Uhr ihre Handynummer angerufen. Die Mailbox ist direkt angesprungen, obwohl sie nie ihr Telefon ausschaltet, schon gar nicht, wenn sie ein Date hat. Das hat sie mir fest versprochen."

Während Charlie keinerlei Emotionen zeigte, zuckte Lilly zusammen. Ein Date! Waren alle bisherigen Überlegungen zu Heike Niemeyers Verschwinden völlig falsch gewesen? Gab es einen Zusammenhang zwischen den beiden Fällen? Dann schwebte auch die aktuell Verschwundene in Lebensgefahr! Oder war das lediglich ein Zufall? Amüsierte sich diese Chrissy vielleicht gerade mit ihrer neuen Eroberung und wollte einfach nicht von der übergriffigen Mitbewohnerin gestört werden? Niemand konnte bisher bestätigen, dass Heike für den Freitag überhaupt eine Verabredung hatte, geschweige denn mit einem Unbekannten. Lilly riss sich zusammen und konzentrierte sich auf den Wortwechsel.

„Versuchen Sie sich zu beruhigen, Frau Schlüter. Am besten erzählen Sie uns die ganze Geschichte von Anfang an. Je mehr Einzelheiten wir erfahren, desto besser können wir die Situation einschätzen. Kann es sein, dass Ihre Mitbewohnerin sich bereits an ihrem Arbeitsplatz befindet oder bei einer Freundin übernachtet hat?" Charlie sprach in ruhigem Tonfall. Offensichtlich vermutete sie nicht sofort einen Zusammenhang mit dem Fall, den sie aufzuklären hatten.

„Das kann ich mir nicht vorstellen. Sie fängt ja erst um neun Uhr an und kommt eigentlich immer vorher nach Hause, um zu duschen und sich umzuziehen, wenn sie bei einem Lover übernachtet hat. Bei einer Freundin schläft sie nie. Genau genommen hat sie keine enge Freundin." Gesa Schlüter nahm einen Schluck aus dem Kaffeebecher. „Hhm, das war mir bisher gar nicht so bewusst."

„Am besten erzählen Sie uns ein bisschen mehr von Chrissy, von sich selbst und ihrem Verhältnis zueinander. Teilen Sie sich lediglich eine Wohnung oder sind Sie befreundet?"

Lilly war die Vorgehensweise der Kollegin vertraut. Bewusst bot sie ihr mehrere Antwortmöglichkeiten, um sie aufzulockern und gleichzeitig viel von dem Hintergrund zu erfahren.

Die Gefragte zögerte. Ob sie sich gerade überfordert fühlte oder einfach überlegte, was sie den Kommissarinnen erzählen sollte, blieb Mutmaßung.

„Chrissy und ich wohnen jetzt seit ungefähr einem Jahr zusammen. Anfangs war es eine reine Zweckgemeinschaft. Wir haben uns bei einer Wohnungsbesichtigung kennengelernt und sind ins Schnacken gekommen. Weil man hier auf Eiderstedt einfach nichts Bezahlbares findet, ist die Idee entstanden, unsere Kohle zusammenzuschmeißen. Dadurch stiegen unsere Chancen auf eine schöne Bleibe. Tatsächlich waren wir nach kurzer Zeit erfolgreich."

„Sie sind also beide berufstätig?", fragte Charlie nach.

Ganz offensichtlich entspannte sich Gesa Schlüter langsam. „Ja, Chrissy ist Friseuse und ich arbeite als Masseurin in einer Rehaklinik hier in St. Peter."

„Das ist bestimmt nicht einfach, mit einer fremden Person zusammenzuziehen. Haben Sie sich angefreundet oder gibt es häufig Spannungen?", führte die Kommissarin die Befragung fort.

„Anfangs gab es tatsächlich häufiger Streit. Wir sind sehr unterschiedlich. Darüber haben wir in unserer Begeisterung für die Idee nicht nachgedacht. Chrissy ist unglaublich unordentlich. Außerdem musste ich mich erst an ihre Fixierung auf ihr Äußeres gewöhnen. Sie sieht wirklich großartig aus, aber es gibt auch kaum ein anderes Thema als kalorienarme Ernährung, das neueste Workout und die angesagteste Schminktechnik", vertraute Gesa Schlüter den Frauen an.

Knud hatte für Charlie einen weiteren Becher Kaffee geholt und sich dann mit etwas Abstand ebenfalls zu ihnen gesellt. Ihre Besucherin schien ihn allerdings nicht wahrzunehmen.

„Und das hat Sie gestört?", wollte Charlie wissen.

„Na ja, gestört hat mich daran eigentlich nur, wie lange sie morgens unser gemeinsames Bad blockierte. Das hat immer wieder zu Streit geführt, weil sie sich nicht an die vereinbarten Zeiten hielt. Daneben fand ich es ziemlich oberflächlich, aber jeder kann ja nach seinen Vorstellungen glücklich werden." Sie zuckte mit den Schultern.

„Schließlich haben Sie sich aber zusammengerauft?"

„Ja. Tatsächlich hatten wir ein ultimatives Krisengespräch, bei dem wir uns alles, was nervte, an den Kopf geworfen haben. Da wir uns die Wohnung beide nicht alleine leisten können und es auch keine Alternativen gab, sind wir zusammen dortgeblieben."

„Einfach so?", fragte Lilly.

„Nein, einfach war das nicht. Aber mithilfe eines Putzplanes, Toleranz für die Lebensweise der anderen und Ordnung in den gemeinsam genutzten Räumen haben wir es schließlich geschafft. Mittlerweile wissen wir einander zu schätzen. Wir sind keine engen Freundinnen, nehmen aber trotzdem am Leben der anderen teil."

„Und Sie sind Singles?"

„Ja, das ist richtig. Im Moment legen wir beide keinen Wert auf eine feste Beziehung. Am Ende lebt man ja doch nur das Leben des anderen. Ich verbringe meine Zeit lieber mit Lesen oder mit kulturellen Unternehmungen. Dabei ist mir eine Freundin, die genauso viel Spaß daran hat, lieber als ein mauliger Mann, der missmutig hinter mir hertrottet, weil es ihn im Grunde überhaupt nicht interessiert."

Das klang nach einem handfesten Vorurteil, was jedoch weder Charlie noch Lilly kommentierten. Knud griente vor sich hin, verzichtete jedoch ebenfalls auf eine Bemerkung.

„Chrissy dagegen will einfach ihren Spaß haben. Aufgrund ihres tollen Aussehens laufen ihr die Männer ohnehin scharenweise hinterher. Sie ist schlank und durchtrainiert. Dazu hat sie ein wirklich hübsches Gesicht, das sie in Szene zu setzen weiß. Gepaart mit den langen blonden Haaren kann sich kaum einer ihrer Ausstrahlung entziehen."

Es klang sachlich, trotzdem vermutete Lilly ein wenig Neid hinter den vorgetragenen Fakten. „Das heißt, sie amüsiert sich gerne?"

„Ja, klar! Sie lässt kaum eine Party aus, weder am Strand, noch in irgendeinem Club oder einer Bar. Aufgrund ihrer extrovertierten und unkomplizierten Art steht Chrissy eigentlich immer sofort im Mittelpunkt des Geschehens. Darauf fahren die Männer ab."

„Und sie ist dabei leicht zu haben", brachte Lilly es auf den Punkt.

„So kann man es ausdrücken. Ich glaube, sie lässt nicht viel anbrennen", antwortete die Mitbewohnerin.

„Wissen Sie das genau oder ist es lediglich eine Vermutung?" Charlies Tonfall war eine Spur schärfer geworden.

Sofort wirkte Gesa Schlüter verunsichert.

„Hat Chrissy ihre Eroberungen mit in die gemeinsame Wohnung gebracht?", fragte die Kommissarin weiter.

„Nein."

„Warum nicht?" Charlie setzte der Masseurin bewusst zu, so gut kannte Lilly ihre Kollegin. Was sie damit bezwecken wollte, war ihr jedoch nicht klar.

Gesa Schlüter schaute peinlich berührt zu Boden. „Auch das gehörte zu unserer Vereinbarung." Ihre Antwort war kaum mehr als ein Flüstern. „Anfangs hatte sie häufig Besuch von Männern, die dann oft die ganze Nacht blieben." Die Erinnerung trieb ihr die Röte ins Gesicht. „Unsere Wohnung ist relativ hellhörig ..., außerdem fand ich es eher befremdlich, ständig mit wechselnden Typen in Boxershorts am Frühstückstisch zu sitzen."

Lilly verkniff sich ein Grinsen, auch Knud schien die Vorstellung zu amüsieren.

„Das kann ich gut verstehen", zeigte sich Charlie empathisch, woraufhin die Masseurin ihr einen prüfenden Blick zuwarf.

„Wirklich?"

„Ja, wirklich. Ich bin eher der monogame Typ", bestätigte die Kommissarin. „Haben Sie Ihre Mitbewohnerin für ihr flatterhaftes Liebesleben verurteilt? Gab es deswegen ebenfalls Streit?"

„Ja, schon. Also wir haben heftig darüber diskutiert. One-Night-Stands sind einfach nicht mein Ding und ich habe nicht verstanden, was sie daran findet", gab Gesa Schlüter zu.

„Fanden Sie Chrissys Verhalten nuttig?", wollte Lilly es ganz genau wissen.

„Ja, schon irgendwie."

„Haben Sie ihr das so gesagt?"

„Ja, in einem Streit habe ich mich wohl entsprechend geäußert."

„Und wie hat Chrissy darauf reagiert?"

„Sie hat mir vorgeworfen, neidisch zu sein, weil ich bei den Männern nicht so gut ankomme", gab die Masseurin leise zu.

„Und stimmt das? Sind Sie neidisch auf Chrissys Erfolg bei Männern?" Dieses Mal fragte Lilly hartnäckig nach und konnte sehen, wie sich die Gefragte in die Enge getrieben fühlte.

Prompt fing sie an, sich zu wehren: „Was soll das eigentlich? Sie glauben doch nicht etwa, dass ich mit ihrem Verschwinden etwas zu tun habe, oder?"

Das war ein interessanter Gedanke, der Lilly so direkt noch gar nicht gekommen war. Hatte die Schöne vielleicht ihrer weniger attraktiven Mitbewohnerin den einen oder anderen Mann ausgespannt? Die Kommissarin hielt den Gedanken nicht gerade für eine heiße Spur, nahm sich aber trotzdem vor, den Aspekt im Gedächtnis zu behalten.

„Nein, das glauben wir nicht", übernahm Charlie wieder die Gesprächsführung, woraufhin sich Gesa Schlüter ein flüchtiges Lächeln abrang, das trotzdem ihre Erleichterung zeigte. „Aber dieser Streit ist länger her und seitdem brachte Ihre Mitbewohnerin ihre Lover nicht mehr mit in die gemeinsame Wohnung, verstehe ich das richtig?"

„Ja, genau."

„Hat sie Ihnen erzählt, mit wem sie sich gestern Abend treffen wollte?"

„Nein. Was hätte mir die Nennung eines Namens genützt? Oftmals kannte sie selbst ja nur die Vornamen und einen Tag später waren die wieder Schnee von gestern."

„Aber immerhin standen Sie für den Empfang einer Notfall-SMS zur Verfügung. So ein Sicherheitssystem ist allerdings ohne die Kenntnis eines Namens nicht besonders effizient."

„Hhm ja, kann sein. Sie hätte ihn mir dann ja immer noch schicken können."

„Es sei denn, sie hatte dazu keine Gelegenheit mehr“, setzte Lilly nach, was ihre Besucherin wieder erschreckte.

„Frau Kommissarin, Chrissy und ich waren trotz aller Unterschiede ein Team. Kein Dream-Team, aber eine funktionierende Zweckgemeinschaft. Auch wenn es sich für Sie vielleicht nicht so anhört, ich mache mir echte Sorgen“, wechselte sie das Thema, wahrscheinlich, weil ihr dazu nichts mehr einfiel. „Eigentlich schon die ganze Zeit, seit sie sich auf dieser Datingplattform angemeldet hat.“

„Auf einer Datingplattform?“, fragten beide Ermittlerinnen wie aus einem Mund. Gesa Schlüter nickte.

„Warum das denn, wenn sie ohnehin andauernd Männer kennenlernte?“, fragte Lilly erstaunt.

„Ja, ich war genauso überrascht wie Sie, als ich zum ersten Mal davon hörte. Aber so war sie eben. Manchmal erschien sie mir wirklich ein bisschen nymphomanisch. Das klingt jetzt abwertend, aber so war es eben.“

„Ich dachte, sie war gar nicht auf der Suche nach einer festen Beziehung“, warf Charlie ein.

„Das ist richtig. Mir hat sie jedoch erklärt, es würde sie nerven, ständig nur flüchtige Abenteuer in Bars zu generieren. Sie wollte nichts Festes und nicht unbedingt monogam leben, aber genauso wenig bei ständig wechselnden Männern aufwachen. Ich glaube, sie ist davon ausgegangen, dass sie den gleichen Typen auch mit nach Hause bringen könnte. Wir haben das nicht im Detail ausdiskutiert. Manchmal war ich es einfach leid, über dieses Thema zu reden.“

„Wissen Sie, wie die Plattform heißt?“, fragte Charlie.

„Nein, ich fand die Idee bescheuert und hatte keine Lust mich weiter damit auseinanderzusetzen“, gab die Masseurin zu.

Lilly fand, das hörte sich überhaupt nicht danach an, als wären die beiden ein Team gewesen, hielt sich aber vorerst zurück. Irgendwie schien diese Gesa Schlüter der Kommissarin verdächtig.

„Und wie lange war Chrissy dort bereits online?", fragte sie stattdessen.

„Muss ich mal überlegen. Hhm, so circa zwei Monate würde ich sagen, vielleicht auch länger."

„Wissen Sie, was dabei herausgekommen ist? Hatte sie Verabredungen?"

„Ich denke schon, allerdings gibt es bislang keinen männlichen Dauergast. Ist ja auch lediglich eine Vermutung. Eigentlich hat Chrissy ihre Freiheit immer genossen. Wenn sich ein Typ an ihr festzukrallen drohte, hat sie die Reißleine gezogen."

„Zurück zum gestrigen Abend. Gehen Sie davon aus, dass sie ein Blind Date hatte, das über das Internet zustande gekommen ist?"

„Mir hat sie darüber nichts erzählt, aber ich dachte, es könnte vielleicht interessant für Sie sein."

Charlie nickte. „Haben Sie ein Foto von Chrissy dabei?"

Gesa Schlüter kramte ihr Handy aus der Tasche. „Wir haben vor einiger Zeit ein paar gemeinsame Selfies aufgenommen. Warten Sie mal eben, ich suche sie heraus ... ah, hier sind sie ja."

Charlie reichte das Smartphone an Fiete weiter, der sich komplett im Hintergrund gehalten hatte und mit weiteren Recherchen beschäftigt schien.

„Okay, wir brauchen die kompletten Daten von Chrissy und die Angaben zu ihrem Arbeitsplatz. Wohnen Sie direkt in Sankt Peter?"

„Ja, in Böhl. Es war wirklich ein riesiges Glück, diese Wohnung zu bekommen. Deshalb haben wir auch trotz unserer Konflikte daran festgehalten. Sie heißt mit vollständigem Namen Christine Rohde, aber alle nennen sie Chrissy. Der Salon, in dem sie arbeitet, befindet sich im Bad. Am besten schreibe ich Ihnen alles auf."

Charlie schob ihr ein Blatt Papier und einen Kugelschreiber hin. „Möglicherweise müssen wir uns in Ihrer Wohnung umschauen, insbesondere in dem Zimmer von Frau Rohde könnten wir Hinweise auf ihren Verbleib finden. Fahren Sie jetzt zur Arbeit?"

„Ja, ich bin bereits spät dran, aber das war mir jetzt wichtiger als pünktlich zu sein. Gegen 17.30 Uhr bin ich zurück, aber versprechen Sie sich nicht zu viel davon. Chrissy hat alle Kontakte und sonstige Infos in ihrem Smartphone gespeichert. Sie hat es außerdem für ihre Internetshoppings und die Daterei genutzt. Einen anderen Computer besitzt sie nicht. Eigentlich befinden sich in ihrem Zimmer nur massenhaft Klamotten und ihr Schminktisch."

„Gut, wir melden uns bei Ihnen, wenn wir in die Wohnung wollen."

„Bitte informieren Sie mich, wenn Sie irgendetwas über Chrissy in Erfahrung bringen", bat Gesa Schlüter zum Abschied, was Charlie bestätigte.

Für einen Moment legte sich beklommenes Schweigen über das Revier von St. Peter-Ording. Bislang gab es weder eine heiße Spur noch einen konkreten Ermittlungsansatz, um den Mörder von Heike Niemeyer zu finden. Und nun bahnte sich bereits ein zweiter Fall an. Alle fragten sich automatisch, ob sie den Wettlauf gegen die Zeit dieses Mal gewinnen konnten. Handelte es sich um den gleichen Täter? Wenn ja, bedeutete das vermutlich die Entlastung für Peter Gruber.

Lilly sprach aus, was alle überlegten: „Wie gehen wir nun vor? Vermutet Ihr einen Zusammenhang zwischen den beiden Fällen? Und was könnte das Bindeglied sein?"

„Klarissa Hinrichs von der Rezeption der *Weißen Düne* hat ebenfalls angedeutet, Heike könnte sich auf einer Datingplattform angemeldet haben ..."

„Das war aber lediglich eine vage Vermutung. Eigentlich haben sie nur kurz darüber gesprochen. Klarissa konnte nichts Konkretes berichten", widersprach Lilly sofort.

„Was in meinen Augen nichts zu heißen hat. Sie hat ja selbst eingeräumt, Heike möglicherweise mit ihrer Kritik verschreckt zu haben, sie in mögliche Unternehmungen einzuweihen", verteidigte Charlie ihren Denkansatz. „Außerdem: Was haben wir sonst? Auf die Schnelle sehe ich keine Verbindung zwischen den beiden Frauen, die vom Typ her sehr unterschiedlich waren – sowohl charakterlich als auch optisch."

„Aber beide sehr attraktiv", meldete sich Knud zu Wort. „Außerdem sind beide Frauen relativ klein und schlank. Keine Ahnung, ob das was zu bedeuten hat."

Charlie warf ihm einen Blick zu, den Lilly nicht zu deuten wusste. „Sag mal, hat deine Mutter irgendwas darüber verlauten lassen, ob Heike Niemeyer wieder auf der Suche nach einem Partner war und dafür das Internet genutzt hat?"

„Nein, Ihr habt ja alles mitbekommen, was sie uns über Heike berichtet hat. Von Dating war keine Rede."

„Vielleicht ist es ihr entfallen, weil Heike das Thema in letzter Zeit nicht angeschnitten hat. Frag sie doch einfach mal. Ich denke, das könnte eine heiße Spur sein. Dafür brauchen wir aber den Namen der Plattform", überlegte Charlie laut.

„Vielleicht finden wir die Profile der Frauen ja auch so. Ein Gesichtsabgleich wäre einen Versuch wert." Lilly war gleich Feuer und Flamme von ihrer Idee und setzte sich an den Computer.

„Es gibt so viele Plattformen. Das ist ein ziemliches Stochern im Nebel." Charlie war nicht überzeugt.

„Ich fahre heute Abend bei meiner Mutter vorbei. Vielleicht weiß sie ja wirklich etwas darüber", versuchte Knud zu schlichten. „Was haben wir außerdem?"

„Die Wohnung sollten wir auf jeden Fall durchsuchen", meldete sich Fiete zu Wort. „Einen Beschluss habe ich bereits beantragt. Ansonsten hoffe ich, dass uns die Ergebnisse der Spusi und der Gerichtsmedizin weiterbringen, aber die liegen bislang nicht vor."

Greta in Osterhever

Montag, den 10. Oktober

Seit Torge die altgediente Sekretärin am Freitagmittag angerufen hatte, um sie über das Auffinden von Heikes Leichnam zu informieren, konnte sich Greta auf nichts anderes mehr konzentrieren. Zwei Stunden später hatte sie aufgegeben und Feierabend gemacht. Um nicht den ganzen Nachmittag unruhig durch ihr Haus oder den Garten zu tigern, fuhr sie kurz entschlossen ins Katinger Watt, wo es selbst in der Ferienzeit wesentlich ruhiger war und man in der Regel von größeren Touristenströmen verschont blieb. Sollte sie sich täuschen und in dem Gebiet rund um das Naturzentrum des NABU doch zu viel Trubel herrschen, konnte sie einen Spaziergang durch den angrenzenden und für Eiderstedt untypischen Wald unternehmen. Greta hatte vor einiger Zeit nachgelesen, dass dieser erst circa 1868 nach dem Bau des Eidersperrwerks angelegt wurde. Wenn sie entspannter war, liebte sie es, die zahlreichen Vögel zu beobachten und ihrem Gesang zu lauschen. Ob sie dafür heute die innere Ruhe aufbrachte, war ungewiss. Vielleicht kehrte ihre Ausgeglichenheit aber dadurch ein wenig zurück.

Am Abend war sie von der ungewohnten körperlichen Anstrengung und der vielen frischen Luft wohlig erschöpft. Sie zündete für die Kollegin eine Kerze an und gönnte sich nach einem leichten Abendessen ein Glas Rotwein.

Wer konnte Heike bloß nach dem Leben getrachtet haben? Torge hatte ihr ein paar Einzelheiten über den Zustand des Leichnams berichtet, auf die sie im Nachhinein gerne verzichtet hätte. Trotzdem sagten diese schrecklichen Details etwas über den Mörder aus. Handelte es sich um eine zufällige Tat oder kam der Täter etwa aus dem direkten Umfeld der Kollegin? Samstag und Sonntag überlegte sie, ob Heike ihr irgendetwas anvertraut hatte, was Knud und seinen Kollegen weiterhelfen konnte, aber ihr fiel beim besten Willen nichts ein. Mehrfach war sie in Versuchung, ihren Sohn anzurufen, aber damit würde sie ihn sicherlich nur bei der Arbeit stören. Also hielt sie sich zurück und wartete vorerst darauf, dass er sich bei ihr meldete.

Torge schien dieses Mal ebenfalls keinen wirklichen Ansatzpunkt für seine eigenmächtigen Ermittlungen zu haben, was allemal ungewöhnlich war. Ein wenig hoffte Greta, wenigstens von ihm einen Anruf zu erhalten, aber ihr Telefon schwieg das gesamte Wochenende beharrlich, beide Männer waren anderweitig beschäftigt. Den Sonntagabend verbrachte sie schließlich in der Gesellschaft einer Freundin bei ihrem Lieblingsitaliener in St. Peter-Bad. Es herrschte ein unglaublicher Trubel, alle Tische waren besetzt, die Kellner wirkten gestresst und ausgelaugt von der Saison. Es war zwar besser, als alleine zu Hause zu sitzen, aber richtig wohl fühlte sich Greta trotzdem nicht.

Am Montag war die Sekretärin froh, zur *Weißen Düne* fahren zu können, auch wenn Heikes leerer Schreibtisch nur schwer zu ertragen war. Es erfüllte sie mit unfassbarer Traurigkeit, die neue Kollegin auf so furchtbare Weise verloren zu haben.

Umso mehr freute sich Greta über Knuds Anruf, verbunden mit der Frage, ob sie sich am Abend treffen wollten. Sofort lud sie ihn zu einem selbst gekochten Essen ein. Sowohl das Einkaufen als auch die Zubereitung einer gemeinsamen Mahlzeit stellten eine willkommene Ablenkung dar. Außerdem war sie natürlich trotz ihrer Trauer um die Kollegin gespannt, was sich Neues in dem Fall ergeben hatte. Der Mörder musste auf jeden Fall gefasst werden und sie wollte gerne etwas Nützliches dazu beitragen.

„Moin Mama", begrüßte Knud sie herzlich, als er pünktlich, aber in gedrückter Stimmung bei ihr eintraf.

„Komm rein, mein Junge. Ich habe uns was Leckeres gekocht. Gibt es etwas Neues?"

„Lass uns erst mal setzen. Tatsächlich ist eine weitere Frau verschwunden und natürlich befürchten wir einen Zusammenhang."

„Noch eine Frau! Das ist ja schrecklich! Kennen sich die beiden oder was könnte die Verbindung sein?", fragte Greta. Sie versuchte trotz des Schocks, ruhig zu bleiben.

„Genau darüber will ich mit dir schnacken. Vielleicht kannst du uns weiterhelfen. Lass uns etwas später essen, fürs Erste genügt mir ein Glas Wasser."

„Ja, wenn ich kann, gerne", antwortete Greta erstaunt. „Nimm Platz. Also, worum geht es?", fügte sie hinzu, nachdem sie Knuds Getränkewunsch erfüllt hatte.

„Es ist bisher lediglich ein vager Ansatz, aber natürlich müssen wir dem trotzdem nachgehen. Sollten wir es mit dem gleichen Täter zu tun haben, wollen wir natürlich alles tun, damit Christine Rohde ihm nicht ebenfalls zum Opfer fällt", erklärte ihr Sohn einleitend.

„Christine Rohde?", fragte Greta erschrocken. „Die Frau, die verschwunden ist, heißt Christine Rohde?"

„Ja", bestätigte Knud. „Kennst du sie etwa?"

„Sie ist seit Jahren meine Friseuse. Reden wir von dieser Christine Rohde? Alle nennen sie Chrissy."

Knud nickte nachdenklich. „Interessant, dass du beide Frauen kennst."

„Und was hat das zu bedeuten?", fragte Greta irritiert. „Bist du deswegen zu mir gekommen?" Kaum, dass sie es ausgesprochen hatte, wurde ihr bewusst, wie unsinnig diese Frage war. „Vergiss es", fügte sie verlegen hinzu. „Das macht mich wirklich konfus. Ich kann mich seit Freitag nicht mehr richtig konzentrieren. Also, wie kann ich dir helfen?"

Knud antwortete nicht. Er schien seine Gedanken neu zu sortieren.

„Willst du doch erst mal essen? Du siehst erschöpft aus. Vielleicht tut dir eine Stärkung gut", meinte Greta besorgt. Außerdem würde es ihm ein wenig Zeit verschaffen. Die Information über Chrissy schien ihn zu beschäftigen.

Obwohl er nickte, fragte sie sich, ob er überhaupt zugehört hatte. Trotzdem stand sie auf, um den Tisch zu decken. Schweigend aßen sie eine Weile, bis Knud schließlich sein Besteck zur Seite legte. Greta war gespannt.

„Gibt es etwas, worüber beide Frauen mit dir gesprochen haben?", fragte er.

„Was meinst du damit?" Greta fühlte sich verunsichert.

„Wir suchen nach einer Verbindung. Kannten sich die beiden Frauen? Ist Heike zum Beispiel ebenfalls dort zum Friseur gegangen?“

„Zu Chrissy? Oh, das kann ich dir nicht beantworten. Das wäre aber ein großer Zufall!“

„Sie hat dich also nicht um eine Empfehlung gebeten?“, hakte Knud nach.

Greta schüttelte den Kopf.

„Okay, fällt dir sonst etwas ein? Worüber hast du mit Chrissy gesprochen, wenn du bei ihr im Salon warst? Wirkte sie offenherzig? Hat sie dir etwas aus ihrem Privatleben erzählt?“

„Chrissy ist eine echte Plaudertasche, die ihr Herz auf der Zunge trägt“, bestätigte Greta mit einem schwachen Lächeln. „Dabei ist sie sehr unterhaltsam. Wenn man schlechte Laune hat, braucht man eigentlich nur zu ihr zu gehen. Sie ist fast immer gut drauf und wird nie müde, ihre Zuhörer mit den neuesten Modetrends und Anekdoten über Männer zu versorgen.“

„Mode und Männer“, murmelte Knud. „Sprich weiter“, forderte er sie schließlich auf. „Was hat sie dir in Bezug auf Männer erzählt?“

„Na ja, wen sie wo erobert hat, was die Typen für Macken hatten, was sie genervt oder amüsiert hat – sowas eben. Willst du etwa die Einzelheiten hören?“

Das entlockte ihm sein typisches Grienen, das Greta bereits vermisst hatte.

„Hhm, ich weiß nicht, ob uns das weiterbringt. Bisher haben wir lediglich ein paar vage Vermutungen, müssen aber jedem Ansatz nachgehen. Also konkret: Hat Chrissy dir von ihren Erfahrungen mit Online-Dating erzählt?“

„Hhm, kann sein“, überlegte Greta. „Glaubt Ihr etwa, eine Internetbekanntschaft könnte für ihr Verschwinden verantwortlich sein?“

„Möglich. Es handelt sich um die Vermutung ihrer Mitbewohnerin, wir haben darüber bislang keine konkreten Angaben. Kannst du dich daran erinnern, ob Heike Niemeyer es in Betracht gezogen hat, sich bei so einer Plattform anzumelden?" Erwartungsvoll guckte Knud ihr direkt in die Augen.

„Heike? Das kann ich mir nicht vorstellen. Sie hatte die Trennung von ihrem Partner in Köln ja noch gar nicht verwunden."

„Vielleicht wollte sie sich einfach trösten oder ihr Selbstwertgefühl aufpeppen. Denk bitte darüber nach, ob sie es erwähnt hat. In einem Nebensatz oder irgendwie beiläufig – vielleicht gar nicht als Plan oder Erfahrung. Habt ihr mal über das Thema gesprochen? Also wo und wie man heutzutage am besten jemanden kennenlernen kann?" Knud wurde eindringlicher, es schien ihm wirklich wichtig zu sein.

„Das kann sein. Wir haben über alles Mögliche gesprochen. Auf was willst du hinaus? Wie ich dich kenne, interessiert dich ein ganz bestimmter Punkt. Vielleicht solltest du einfach konkreter werden", forderte sie ihn auf.

Knud lächelte. „Ja, da gebe ich dir recht. Also gut: Hat eine der Frauen mal den Namen einer solchen Datingplattform erwähnt? Vielleicht waren es ja auch mehrere. Wenn du dich an irgendwelche Details in dieser Richtung erinnern könntest, würde uns das sehr weiterhelfen."

„Hhm, lass mich überlegen. Darüber haben wir tatsächlich mal gesprochen, das war mir völlig entfallen. Ist allerdings eine Weile her, bestimmt sechs oder acht Wochen. Seitdem war es nie wieder Thema, deshalb habe ich es nicht mit ihrem Verschwinden in Zusammenhang gebracht."

„Du spannst mich ja auf die Folter!", musste Knud unwillkürlich lachen.

„Entschuldige, manchmal bin ich in letzter Zeit etwas umständlich. Leider auch vergesslich. Das ist wohl dem Alter geschuldet. Also, wir haben erst über die großen bekannten Anbieter gesprochen. Heike hat einige Nachteile aufgezählt. Schließlich erzählte sie mir, sie hätte eine App namens *Nordfriesenliebe* entdeckt. Sie fand, das würde unglaublich romantisch und irgendwie vertrauenerweckend klingen. Wenn sie wieder für eine neue Beziehung bereit sei, würde sie dort ihr Glück herausfordern." Greta freute sich, dass ihr dieses Detail wieder eingefallen war.

„Das ist ja schon mal was. Aber ob sie sich wirklich angemeldet hat, weißt du nicht?", bohrte Knud weiter.

„Nein, sie hat es nie wieder erwähnt und weder von irgendwelchen Kontakten noch von Verabredungen gesprochen. Das passte aber zu ihr. Ich hatte das Gefühl, dass sie manche Dinge mit sich selbst ausmachen wollte. Erst wenn etwas spruchreif war, weihte sie ihr Umfeld ein."

„Ja, nicht jeder muss immer alles mit anderen teilen. Hol doch mal deinen Laptop, dann gucken wir nach einem Profil von ihr", schlug Knud vor.

„Und von Chrissy." Aufregung erfasste Greta – und gleichzeitig Angst. Drohte der lebenslustigen Friseuse etwa das gleiche Schicksal wie Heike? Sie hoffte sehr, dass die Kommissare das verhindern konnten.

Schneller als erwartet fanden sie nicht nur ein Profil von Heike, sondern ebenfalls eins von Chrissy, was Gretas Aufregung weiter steigen ließ – und gleichzeitig ihre Verwunderung. Bei aller Hoffnung, auf diesem Weg eine Spur der vermissten Friseuse zu finden, hatte sie doch insgeheim nicht daran geglaubt, ein Profil von der eher zurückhaltenden Heike zu entdecken. So konnte man sich in den Menschen täuschen! Ob es weitere Geheimnisse im Leben der verstorbenen Kollegin gab?

„Glaubst du wirklich, die beiden Frauen haben über diese Single-Börse den gleichen Mann kennengelernt? Was für eine fürchterliche Vorstellung! Du fährst in großer Erwartung zu einem Blind Date, hoffst darauf, die große Liebe zu treffen, und begegnest stattdessen deinem Mörder!", malte sich Greta das Szenario in grellen Farben aus.

„Ja, man kann gar nicht vorsichtig genug sein. Bitte entschuldige mich einen Moment. Ich will eben die Kollegen informieren und einen Durchsuchungsbeschluss für den Betreiber dieser Plattform beantragen. Wie es aussieht, dürfen wir keine Zeit verlieren. Wir brauchen schnellen Zugriff auf die Kontakte beider Frauen, vielleicht haben wir dann eine Chance, Chrissy lebend zu finden." Knud rief zuerst Fiete an und berichtete über den kleinen Ermittlungserfolg. Anschließend schickte er ihm Links auf die Profile der Frauen und meldete sich bei Charlotte Wiesinger und Lilly Morgenroth. Letztere würde die Nacht sicherlich für weitere Recherchen im Internet nutzen. Schließlich wandte sich Knud wieder an Greta.

„Dass du dich an den Namen *Nordfriesenliebe* erinnert hast, könnte für uns den Durchbruch in dem Fall bedeuten", freute sich Knud und zollte ihr damit seine Anerkennung.

Gretas Stimmung blieb gedämpft. „Ich habe trotzdem den Eindruck, versagt zu haben. Wenn es mir sofort eingefallen wäre, hättet Ihr Heike vielleicht retten können. Weißt du, wie lange sie bereits tot war, als sie gefunden wurde?"

Knud zögerte mit seiner Antwort: „Am Freitag waren wir erst mal auf den Ex-Partner und den Bruder fixiert, außerdem haben wir einige der Tanzschüler befragt. Niemand wusste über ihre Datingaktivitäten Bescheid. Wie sollten wir darauf kommen? Und Ihr beide hattet lediglich ein theoretisches Gespräch darüber. Du brauchst dir keine Vorwürfe machen, Mama."

„Er hat sie also nicht sofort getötet", schlussfolgerte Greta aus seinen Ausführungen.

„Nein, das hat er nicht", gab Knud widerstrebend zu. „Heike Niemeyer ist erst am Donnerstagabend gestorben."

„Er hat sie also fast eine Woche gefangen gehalten!"

„Ja, wir gehen derzeit davon aus, dass er sie bereits am Freitagabend getroffen und verschleppt hat", fügte Knud hinzu.

„Und wurde sie ... sexuell missbraucht?", fragte Greta leise.

„Nein."

„Oh, wirklich?", zeigte sie sich überrascht. „Äh, das klingt jetzt vielleicht etwas merkwürdig, aber was hat er denn die ganzen Tage mit ihr gemacht?"

„Das kann ich dir nicht beantworten", antwortete Knud, obwohl ihre Frage eher rhetorisch gemeint war.

„Torge hat von Verstümmelungen gesprochen. Hat er ihr die etwa zugefügt, als sie noch am Leben war?"

„Nein, davon geht Fiona nicht aus. Der Blutverlust wäre wesentlich größer gewesen", erklärte Knud, was sie umgehend erleichterte.

„Na, wenigstens sind ihr diese Qualen erspart geblieben. Trotzdem: Was sollte das dann? Geht Ihr davon aus, dass er euch damit etwas sagen wollte?"

„Bislang können wir lediglich mutmaßen. Mich beschäftigt mehr die lange Zeit, die er das Opfer festgehalten hat. Wenn wir den Grund dafür herausfinden, stoßen wir vielleicht auf das Motiv."

„Auf jeden Fall bedeutet es mit großer Wahrscheinlichkeit, dass Chrissy noch am Leben ist, das gibt Hoffnung", versuchte Greta die Stimmung wieder etwas zu heben. „Hast du Zeit für einen Nachtisch oder musst du jetzt los?"

„Gegen einen Nachtisch habe ich nur selten etwas einzuwenden", schmunzelte der Gefragte. „Wir müssen den Beschluss abwarten. Vor morgen früh können wir nicht viel bewirken. Also, was hast du vorbereitet?"

„Ach, es ist nichts Besonderes. Ich habe nur ein bisschen Eis gekauft."

„Eis rutscht immer", antwortete Knud. „Bleib sitzen. Ich hole es."

Schließlich saßen sie beide bei einem Espresso zusammen und hingen ihren Gedanken nach. Wie Greta ihren Sohn kannte, schmiedete er bereits Pläne für den kommenden Tag. Sie selbst fühlte sich jetzt wesentlich entspannter, als am Morgen und nach diesem Wochenende, das überhaupt kein Ende nehmen wollte. Plötzlich fiel ihr wieder die flüchtige Beobachtung des gestrigen Abends ein. War das wirklich Chrissy gewesen, die sie dort am anderen Ende des Restaurants gesehen hatte? Allerdings war diese in Gesellschaft einer anderen Frau gewesen, auf die Greta ebenfalls nur einen kurzen Blick erhaschen konnte. Spontan hatte sie gedacht, es würde sich um Chrissy und vielleicht ihre Mitbewohnerin handeln, die sie einmal abgeholt hatte, als es im Salon spät geworden war.

Allerdings passte die Beobachtung überhaupt nicht zu der Theorie, die Knud gerade entwickelt hatte. Sollte sie ihm davon berichten oder würde sie damit lediglich unnötige Verwirrung stiften? Wirklich sicher konnte sie nicht behaupten, die Vermisste gesehen zu haben. Je länger sie darüber nachdachte, desto unsicherer wurde sie.

Schließlich entschied Greta sich dagegen, weil Knud ja heute ohnehin nichts mehr ausrichten konnte. Am besten fuhr sie morgen selbst zu dem Restaurant und fragte nach einem EC-Beleg oder der Kellnerin, die an diesem Abend an dem entsprechenden Tisch serviert hatte. Die Kommissare konnte sie informieren, wenn sie etwas Konkretes wusste.

Charlie unterwegs auf Eiderstedt

Dienstag, den 11. Oktober

Die Information, dass beide Frauen auf der gleichen Plattform für Online-Dating angemeldet waren, hatte Charlie geradezu elektrisiert. Das war bestimmt die Verbindung zwischen den beiden Fällen! Nun hieß es, schnell zu sein, damit sie das Leben von Chrissy retten konnten.

Sofort war ihr der Gedanke gekommen, sich ebenfalls ein Profil auf dem Portal *Nordfriesenliebe* einzurichten, weil das womöglich der schnellste Weg war, um an den Mörder heranzukommen. Richtig konnte sie das erst beurteilen, wenn sie bei dem Betreiber der Plattform alle Daten rund um die Frauen einsehen durfte. Das klang vordergründig sehr einfach, aber würde es das auch sein? Beide Frauen waren optisch äußerst attraktiv. Schon allein deswegen hatten sie es vermutlich mit einer Flut von möglichen Verehrern zu tun. Je nachdem wie aktiv Heike und Chrissy die App nutzten, könnte das eine Fülle von Daten und Kontakten bedeuten. Wie schnell würden sie die entsprechenden Männer ausfindig machen? War es überhaupt nötig, die wahre Identität preiszugeben, wenn man sich dort einen Account erstellte? Wenn nicht, würde die Recherche wertvolle Zeit verschlingen, die ihnen am Ende vielleicht fehlte.

Charlie fand die Idee, als Lockvogel zu agieren außerdem genial, weil sie sowohl vom Alter, als auch von der Statur perfekt in das Beuteschema des Täters zu passen schien. Euphorisch teilte sie die Idee am Morgen mit ihren Kollegen, als sie in einer kurzen Besprechung die Aufgaben des Tages verteilten.

„Bist du von allen guten Geistern verlassen?", grantelte Knud sie sofort an.

Selbst Fiete und Lilly waren über die heftige Reaktion des sonst so besonnenen Nordfriesen überrascht.

„Warum wartest du nicht ab, was wir bei dem Betreiber der Plattform herausbekommen?! Der Durchsuchungsbeschluss liegt bereits vor. Wir können sofort nach Husum aufbrechen, um uns einen Überblick über die Kontakte der beiden Frauen zu verschaffen. Warum willst du so ein unnötiges Risiko eingehen?"

„Das habe ich doch eben erklärt", ging Charlie auf Konfrontation. „Wir verlieren womöglich kostbare Zeit."

„Genau das kannst du jetzt noch überhaupt nicht beurteilen." Auch Knud zeigte sich unnachgiebig. Machte er sich wirklich Sorgen um sie oder ging es nur darum, sich durchzusetzen? „Ich glaube übrigens kaum, dass er im Moment auf der Plattform aktiv ist. Solange er sich mit Chrissy beschäftigt, wird er bestimmt keinen Kontakt zur nächsten Frau aufnehmen."

Dieses Argument war nicht von der Hand zu weisen.

„Es nützt Chrissy nichts, wenn du deine Zeit und Energie jetzt mit Männern vergeudest, die gar nichts mit dem Fall zu tun haben", legte Knud nach.

Überhaupt schien ihm die Vorstellung zu missfallen, dass Charlie auf einem Datingportal online ging und von allen möglichen Männern angebaggert wurde. Das ließ sie bei aller Verärgerung kurz lächeln. Irgendwie wurde sie in letzter Zeit aus dem Kollegen nicht wirklich schlau, aber das beruhte wohl auf Gegenseitigkeit.

Letzten Endes musste sie ihm recht geben. Im ersten Schritt war es sinnvoller, die Daten zu analysieren. Wenn sich daraus keine heiße Spur ergab, konnte sie im zweiten Schritt online gehen. Gerade wollte sie in diesem Sinne antworten, da sprach Fiete ein Machtwort.

„Eure Streitereien der letzten Zeit gehen mir auf die Nerven. Wenn dahinter private Konflikte oder Animositäten stehen, tragt die bitte in eurer Freizeit aus. Wir haben einen Mordfall aufzuklären, und wenn unsere bisherigen Schlüsse richtig sind, einen weiteren zu verhindern. Benehmt euch also nicht wie alberne Teenager, sondern wie ausgewachsene Kommissare. Auch wenn Lilly die Leitung dieses Falles hat, wollen wir nicht die ganze Arbeit alleine machen. Habe ich mich klar ausgedrückt?"

„Jawohl, Chef", parierte Charlie, was ihr einen warnenden Blick einbrachte.

„Du fährst mit Knud nach Husum. Verschafft euch einen Überblick. Wie professionell arbeitet die Firma? Wie wird mit den Daten umgegangen und vor allem, wie transparent sind sie? Was kann uns nützlich sein, um den vermeintlichen Entführer von Chrissy zu finden?"

„Und was ist mit mir?", fragte Lilly sofort. „Ich dachte, ich behalte die Leitung in dem Fall – und nun darf ich nicht dabei sein?"

„Du wirst eine Pressekonferenz vorbereiten“, erklärte Fiete gelassen, was die junge Kollegin sofort strahlen ließ.

„Wirklich? Nur vorbereiten oder auch durchführen?“, fragte sie aufgeregt.

„Sowohl als auch. Wir besprechen gleich, was wir den Journalisten preisgeben wollen und was wir vorerst für uns behalten. Ich will in erster Linie einen Zeugenaufruf starten. Dabei werden wir die verstörenden Details zurückhalten. Vielleicht sind die Frauen am Abend ihres Verschwindens von irgendjemandem gesehen worden.“

„Vielleicht ist sogar einem Nachbarn etwas aufgefallen. Immerhin war Heike wahrscheinlich fast eine Woche in seiner Gewalt.“ Lillys Wangen glühten.

„Es gibt hier in der Gegend viele alte Häuser, die sich nahezu in Alleinlage befinden. Trotzdem versuchen wir natürlich, alle Möglichkeiten auszuschöpfen.“

„Was ist mit Chrissys Zimmer beziehungsweise der Wohnung, die sie mit ihrer Mitbewohnerin teilt?“, fragte Charlie. „Die haben wir bisher nicht durchsucht.“

„Der Beschluss dafür liegt uns jetzt ebenfalls vor. Nehmt Kontakt mit Gesa Schlüter auf, dann könnt Ihr das im Anschluss erledigen“, erteilte Fiete klare Anweisungen.

„Eigentlich müsste diese Gesa mehr über ihre Mitbewohnerin wissen, als sie uns bisher erzählt hat. Laut meiner Mutter war Chrissy eine echte Plaudertasche, die gerne allen in ihrem Umfeld von ihren Erlebnissen berichtet hat. Das gilt dann wohl erst recht für ihre Eroberungen. Kommt mir merkwürdig vor, dass Gesa Schlüter darüber nichts wissen will“, teilte Knud seine Überlegungen mit den Kollegen.

Charlie nickte zustimmend. „Ich fand den Auftritt ebenfalls etwas merkwürdig. Wir sollten ihr auf den Zahn fühlen.“

Vorerst schien die Harmonie zwischen Charlie und Knud wieder hergestellt zu sein, was den gemeinsamen Tag auf jeden Fall angenehmer machen würde.

„Also gut, dann an die Arbeit. Meldet euch bei mir, wenn Ihr irgendwelche Erkenntnisse habt. Ich werde Lilly bei der Vorbereitung der Pressekonferenz unterstützen, aber in erster Linie ist das ihr Job. Ich stehe also für Recherche nach weiterführenden Daten gerne zur Verfügung."

Die Büros der Plattformbetreiber befanden sich in unspektakulärer Lage im Gewerbegebiet von Husum, das Knud und Charlie fünfzig Minuten später erreichten. Die Fahrt hatten sie überwiegend schweigend verbracht, was immerhin nicht ihre fragile Harmonie gefährdete. Charlie war froh, dass er das Streitthema des heutigen Morgens ruhen ließ, und konzentrierte sich auf die bevorstehende Durchsuchung und Befragung.

Auf ihr Klingeln öffnete ihnen ein pickeliger Typ, den die Kommissarin auf kaum älter als achtzehn schätzte. Vermutlich war es der Azubi der Firma. Zu was man hier wohl ausgebildet werden konnte?

„Ja?", fragte er in einem Tonfall, der deutlich machte, wie störend er ihr Erscheinen empfand.

„Kommissarin Charlotte Wiesinger. Das ist mein Kollege Knud Petersen. Wir würden gerne jemanden von der Geschäftsleitung sprechen."

„Geschäftsleitung. Äh, ... ja, steht vor Ihnen, würde ich sagen."

„Sie sind der Geschäftsführer von *Nordfriesenliebe*?", entfuhr es Charlie.

„Tja, klingt etwas hochtrabend. Genau genommen bin ich hier das Mädchen für alles - jedenfalls, was den administrativen Kram angeht. Die Programmierung macht Lars. Uns gehört der Laden", fügte er hinzu, als Charlie gerade widersprechen wollte.

„Ihnen gehört der Laden?“, echote sie.

„So ist es. Um was geht es denn überhaupt?“

„Es geht um einen Mordfall ...“

„Mord?“ Augenblicklich war seine Coolness verschwunden. Erschrocken riss er die Augen auf und fingerte an einem seiner Pickel herum, der ohnehin kurz vorm Platzen schien. „Sie glauben aber doch nicht etwa, dass wir in einen Mord verwickelt sind? Heilige Scheiße! Wir sind ehrliche Typen, die einer geregelten Arbeit nachgehen. Und sogar Steuern zahlen“, fügte er mit einem schiefen Grinsen hinzu.

Weder Knud noch Charlie reagierten.

„Okay, war einen Versuch wert, um die Atmosphäre ein bisschen aufzulockern. Aber ernsthaft. Mit Mord haben wir wirklich nichts zu tun.“

Charlie verkniff sich ein Grinsen. Auch wenn der Jüngling es überspielen wollte, die Erwähnung des Mordes hatte ihn in helle Aufregung versetzt. Sie ließ ihn einen Moment zappeln, dann erwiderte sie: „Sie stehen nicht unter Verdacht. Aber eine Frau, die auf ihrer Plattform registriert war, wurde getötet.“

Das Lid seines linken Auges fing an zu zucken.

„Eine Weitere wird vermisst“, fügte Charlie mitleidlos hinzu.

„Und ... und die war auch auf unserem Portal aktiv?“, fragte er, während das Lid weiter zuckte.

„Ja. Wir brauchen die Daten der beiden Frauen. Mit wem haben sie wann Kontakt gehabt, gechattet oder persönliche Treffen angebahnt. Haben Sie Informationen über die Identitäten Ihrer Kunden?“, übernahm Knud.

„Äh, ja, klar. Aber das fällt alles unter den Datenschutz. Da dürfen wir uns keine Fehler erlauben, sonst sind wir schneller weg vom Fenster als wir uns vorstellen können.“ Der Pickelige reckte sich, um seinen Worten Nachdruck zu verleihen.

Knud zog den Durchsuchungsbeschluss aus der Tasche. „Besser Sie kooperieren. Es geht um Leben und Tod. Aber wir sind rechtlich abgesichert. Wie ist überhaupt Ihr Name?"

„Sven Feddersen", antwortete er automatisch, während er das Papier entgegennahm und auseinanderfaltete. Er studierte es gründlich und nickte schließlich. „Okay, das sieht echt aus. Kann ich noch Ihre Marken sehen?"

„Ausweise. Ja, sicher." Beide zückten ihre Plastikkarten.

Die Erledigung der Formalitäten schien ihn zu beruhigen und schließlich seine Selbstsicherheit zurückzubringen. „Geht klar", versuchte er sich locker zu geben. „Was können wir zu Ihrer Unterstützung tun?"

Charlie erklärte ihr Anliegen, woraufhin er sie endlich einließ. „Folgen Sie mir. Da brauchen wir auf jeden Fall Lars. Er managt den ganzen Technikkram."

Die Geschäftsräume der Firma *Nordfriesenliebe* erinnerten mehr an eine Lagerhalle als an ein Büro. Sowohl die kahlen Wände als auch der Fußboden waren aus nacktem Beton – komplett Grau in Grau. Nichts wies auf den romantischen Hintergrund hin, den man sich bei dem Namen der Plattform ausmalen würde. Lediglich ein paar Grünpflanzen gaben einen Hauch von Atmosphäre.

„Wir sind eher nüchterne Typen", kommentierte Sven Feddersen Charlies kritischen Blick. „Außerdem gibt uns hier erst knapp zwei Jahre. Wir haben echt Wichtigeres zu tun, als ein heimeliges Büro einzurichten und Publikumsverkehr gibt es hier sowieso nicht." Er zuckte die Schultern.

„Haben Sie Mitarbeiter oder besteht die Firma bislang nur aus Ihnen beiden?", wechselte die Kommissarin das Thema.

„Nee, feste Mitarbeiter haben wir nicht. Erst mal muss sich der ganze Laden tragen und dann wollen wir nicht gleich wieder zu viel Kohle raushauen. Das Einzige, was wir nicht selber machen, sind Buchhaltung und Steuererklärung. Ist auch echt dröge, da kann man seine Zeit besser verbringen", fügte der junge Unternehmer hinzu, bevor er eine Tür öffnete, hinter der sich die Technik der Firma verbarg. „Hey Kumpel. Hier sind zwei Cops aus Ording, die in einem Mordfall ermitteln und ein paar Daten von uns brauchen. Haben einen Beschluss. Lass es dir kurz erklären, ich muss eben telefonieren und dann komme ich dazu."

„Moin, kommt rein. Ich bin Lars, aber das hat Sven euch bestimmt schon gesagt. Ihr ermittelt in einem echten Mordfall? Das ist ja abgefahren. Was haben wir damit zu tun?"

Charlie war sich nicht sicher, wie sie darauf reagieren sollte. Weder hatte sie Lust, sich von diesem Halbwüchsigen duzen zu lassen, noch fand sie seine Wortwahl angemessen – Jugend hin oder her. Immerhin war er bereits Unternehmer, da konnte sie ein bisschen mehr Reife erwarten!

„Das Mordopfer war auf Ihrer Plattform aktiv ..."

„Krass!", fiel er Knud ins Wort.

„... deshalb benötigen wir alle Daten rund um ihre Person. Welche Kontakte hat sie gehabt und wann? Chatverläufe, Anbahnungen von Treffen, eben alles." Knud versuchte sachlich zu bleiben, aber Charlie hörte ein leichtes Beben in seiner Stimme. Ob er es leid war, ständig ihr Anliegen zu wiederholen, oder ebenfalls genervt von dem saloppen Auftreten ihres Gesprächspartners war, konnte sie nicht erkennen.

„Okay, Mann, kein Problem. Hast du einen Stick dabei oder soll ich alles ausdrucken?", fragte er lässig.

„Drucken Sie es gerne aus", antwortete Knud.

„Echt jetzt? Ihr seid aber ganz schön old school, Leute." Lars grinste sie breit an, bevor er sich dem Bildschirm zuwandte. „Ah, ich weiß ja noch gar nicht wie die Verblichene heißt."

„Die Ermordete heißt Heike Niemeyer“, antwortete Knud. „Und wir erwarten ein bisschen mehr Respekt. Das gilt sowohl für das Opfer als auch uns gegenüber. Wir bevorzugen es, gesiezt zu werden. Statt mit Mann oder Leute dürfen Sie uns mit Kommissar beziehungsweise Kommissarin anreden.“

„Alles cool“, ließ der Technikfreak sich nicht aus der Ruhe bringen. „Wie Ihr wollt – ich meine, wie Sie wollen, Herr Kommissar. Also Heike Niemeyer.“

„Ja, mit i e und e y.“

„Häh?“

„Niemeyer – mit i e und e y.“

„Ach so.“

Lars hackte im Zwei-Finger-System auf seine Tastatur ein, was Charlie die Gelegenheit gab, sich in dem Raum umzuschauen. Der Wortwechsel hatte sie amüsiert. Knud schien gut in Form zu sein. Es freute sie, dass er sich dieses Verhalten nicht gefallen ließ. Oftmals war er einfach zu pragmatisch, um gegenanzugehen.

Auf dem großen Schreibtisch standen drei Monitore. An zweien schien Lars zu arbeiten, auf dem Dritten lief ein Spiel.

„Hhm, diese Heike ...“

„Frau Niemeyer“, fiel Knud ihm ins Wort. So langsam schien es ihm Spaß zu machen, den Jungunternehmer in seine Schranken zu weisen.

„Ja, meinetwegen auch Frau Niemeyer. Wir sind hier nicht so förmlich. Also, sie war erst seit sechs Wochen auf *Nordfriesenliebe* angemeldet und dabei nicht sonderlich aktiv. Ein paar Nachrichten, wenige Chats, zwei Männer hat sie als Favoriten gespeichert. Soll ich Ihnen das wirklich alles ausdrucken?“

„Ja, bitte.“

„Wie Sie wollen.“

„Können Sie sehen, mit wem sie ein Treffen angebahnt hat?", schaltete sich Charlie in das Gespräch ein.

„Da müsste ich in den Chat oder die Nachrichten reinlesen. Wollen Sie das nicht lieber selbst machen? Ich kann Ihnen alles zusätzlich auf einen Stick ziehen. Zusammen mit den Daten ihrer Kontakte", bot er schließlich an.

„Wenn Sie uns einen Datenträger zur Verfügung stellen, wäre das großartig", nahm Charlie das Angebot an.

Lars nickte und bearbeitete weiter seine Tastatur.

„Darüber hinaus brauchen wir die Daten von Christine Rohde", teilte sie ihm mit, als er den Stick aus dem Computer zog.

„Es gibt noch eine tote Frau?"

„Nein, bisher wird sie lediglich vermisst", antwortete die Kommissarin.

Lars' Augen weiteten sich, als ihm die Tragweite der Aussage bewusst wurde. „Ach du Scheiße!", entfuhr es ihm.

„Ja, genau. Wir müssen schnell und gründlich sein."

„Ich verstehe. Mit h?", fragte er mit einem schwachen Grinsen.

„Ja. Ch und h", kommentierte sie, was er dieses Mal sofort verstand. Immerhin war er nicht auf den Kopf gefallen.

Die Chats und Nachrichten der vergangenen Woche vor dem Verschwinden der jeweiligen Frau hatte Charlie sich zusätzlich ausdrucken lassen, damit sie sie bereits auf der Rückfahrt studieren konnte. Wie erwartet war Chrissy wesentlich aktiver als Heike gewesen. Allerdings gab es keine Überschneidungen in den Kontakten. Waren sie etwa schon wieder in einer Sackgasse gelandet? Oder gab es etwa zwei Täter, die gemeinsam agierten? Das war eher ungewöhnlich, aber nicht auszuschließen. Sie würden das später im Team besprechen.

„Was hältst du von den beiden?", fragte sie Knud, der sich auf den Verkehr konzentrierte.

„Von Sven und Lars?“, fragte er mit einem Augenzwinkern.

„Ja, genau.“

„Sind eben noch grün hinter den Ohren. Waren wir ja auch mal“, behauptete er salopp.

„So wie die war ich nie“, widersprach Charlie vehement. „Mir geht gerade ein anderer Gedanke durch den Kopf. Kannst du dir vorstellen, dass die beiden in die Sache involviert sind?“

„Ernsthaft? Wie kommst du denn da drauf?“

„Ist nur so eine Idee. Es gibt keine Überschneidungen zwischen den Frauen, keine übereinstimmenden Kontakte. Das macht mich stutzig. Immerhin ist dadurch das einzige Bindeglied die Plattform selbst – und ihre Betreiber“, weihte Charlie ihn in ihre Überlegungen ein. „Dieser Sven war alles andere als begeistert, als wir vor der Tür standen.“

„Wer ist schon begeistert, wenn wir auftauchen?“, versuchte Knud einen Scherz, der jedoch verpuffte.

„Oder sie stecken irgendwie mit drin. Immerhin wäre es für sie ein Leichtes, die Daten zu manipulieren“, blieb Charlie bei ihrer Argumentation.

„Warum sollten sie das tun?“ Knud hingegen war skeptisch.

„Na, dafür kann es viele Gründe geben, allen voran Geld. Hast du dich in dem Büro mal umgeschaut?“

„Ja, kalt wie ein Gefängnis. Also da könnte ich nicht arbeiten.“

„Nun bleib doch mal ernst, Knud!“, wies Charlie ihn zurecht. „Die Räume sind groß und wirklich gut ausgestattet, zumindest was die Technik angeht. Das kostet alles eine Menge Geld! Woher haben die das? Lässt sich mit so einer Internetplattform viel verdienen?“

„Das kann ich dir alles nicht beantworten. Soll ich umkehren, damit wir ihnen diese Fragen stellen?“

„Das heben wir uns für später auf. Lilly und Fiete können sich um die Fülle von Daten kümmern, während wir uns die

Wohnung in Böhl anschauen." Charlie checkte die Uhrzeit. „Gesa Schlüter wird uns bereits erwarten, wenn wir zurück sind. Vielleicht erfahren wir auch von ihr noch etwas."

„Die finde ich verdächtiger als die beiden Jungspunde mit ihrer Datingplattform. Auf der einen Seite tut sie unglaublich besorgt, auf der anderen Seite gibt sie vor, nichts über ihre Mitbewohnerin zu wissen. Die verschweigt uns was, da bin ich mir sicher!"

Charlie war gespannt auf die Wohnung der beiden Frauen, für die Gesa offensichtlich einige Opfer brachte. Aber aus eigener Erfahrung wusste die Kommissarin, wie schwierig es war, auf Eiderstedt etwas zum dauerhaften Wohnen zu finden, was hübsch und gleichzeitig bezahlbar war. Sie selbst hatte nach ihrer Versetzung geraume Zeit in einem Feriendomizil gewohnt, bevor sie von Trulsen den Tipp für das kleine Haus im Dorf von St. Peter bekam, dessen Mietvertrag sie dann ohne Zögern unterschrieb.

Gesa Schlüter erwartete die Kommissare bereits. Sie bot ihnen Kaffee an, den Charlie gerne annahm und führte sie zu Chrissys Zimmer. Die Ermittlerin bemerkte ein kurzes Zögern oder täuschte sie sich? Für einen Moment schien es, als wollte Gesa ihnen etwas sagen, öffnete aber schließlich schweigend die Tür und betrat vor ihnen den Raum.

Wie die Küche war auch Chrissys Zimmer geräumig und lichtdurchflutet. Kein Wunder, dass die Frauen trotz der Schattenseiten des Zusammenlebens an dieser Wohnung festhielten. Gesa lehnte sich in der Nähe des Fensters an die Wand. Ihr über die Unordnung wandernder Blick drückte deutlich Missfallen aus.

„So wie ich Ihnen gesagt habe: Klamotten und Schminkutensilien. Vermutlich werden Sie nichts anderes finden, aber bitte ... vergewissern Sie sich selbst."

In Charlies Ohren klang es ein wenig schnippisch, so als passte es Gesa nicht in den Kram. Befürchtete sie, dass die Kommissare auch ihr eigenes Zimmer durchsuchen würden? Dafür bestand bislang keine Veranlassung.

„Machen wir", antwortete Charlie lapidar. „Sie brauchen nicht dabei sein. Wir kommen klar."

Gesa Schlüter zog sich widerwillig zurück. Ganz offensichtlich wäre sie gerne geblieben, fand dafür aber kein Argument. Während Knud die Türen des großen Schranks öffnete, zog Charlie einige Schubladen auf.

„Das ist ja merkwürdig! Guck dir das mal an", forderte sie ihren Kollegen auf.

„Hast du sofort etwas entdeckt?", fragte dieser überrascht und inspizierte die Schublade, auf die Charlie deutete. „Ja? Ich sehe nur Unterwäsche."

„Genau. Und was fällt dir daran auf?"

„Äh, es ist schöne Unterwäsche – mit viel Spitze und scheinbar sehr hochwertig", beschrieb er den Inhalt, ohne zu wissen, worauf sie hinauswollte.

„Ah, du kennst dich aus", frotzelte sie, bevor sie wieder ernst wurde. „Was fällt dir außerdem daran auf?"

„Chrissy hat ein Faible für farbige Wäsche."

Charlie musste lachen. „Ja, das auch. Das meine ich aber nicht."

„Keine Ahnung. Sonst finde ich daran nichts ungewöhnlich."

„Dann schau dich mal im Zimmer um. So wie Gesa uns berichtet hat, ist Chrissy ein unordentlicher Mensch. Überall liegt und steht etwas herum. Zahlreiche Klamotten sind einfach über die Stuhllehne geworfen. Im Gegensatz dazu sind die Schubladen alle aufgeräumt – bis auf die Letzte hier unten", fügte sie triumphierend hinzu, nachdem sie diese geöffnet hatte.

„Ja, da sind nur Socken drin. Vielleicht mochte sie diese schöne Wäsche lieber ordentlich einsortiert", überlegte Knud.

„Ja, vielleicht. Wie sieht es denn in dem Kleiderschrank aus?", fragte sie.

„Hhm, eher chaotisch. Die Fächer könnten auf jeden Fall mal aufgeräumt werden", musste Knud zugeben. „Ich verstehe trotzdem nicht, was das bedeuten soll."

„Hast du eben Gesas Blick gesehen, wie missbilligend sie diese Unordnung gemustert hat? Ich wette, bei ihr befindet sich alles im rechten Winkel zur Erdachse", behauptete die Kommissarin.

„Ja, und?" Knud zeigte sich weiter begriffsstutzig.

„Ich bin davon überzeugt, dass sie hier in den Schubladen etwas gesucht hat. Dabei ging ihr das Chaos gegen den Strich und statt einfach alles wieder achtlos in die Schublade zu schmeißen, wie es Chrissys Art war, hat sie die Teile fein säuberlich hineingelegt."

Knud wiegte den Kopf. „Damit könntest du recht haben. Und was kann sie gesucht haben?"

„Das fragen wir sie am besten selbst, wenn wir hier fertig sind."

Schweigend setzten sie ihre Arbeit fort, fanden jedoch nichts, was einen Hinweis auf Chrissys Verschwinden gab.

Gesa saß wartend in der Küche und trommelte gedankenverloren mit zwei Fingern auf der Tischkante, als die Kommissare zu ihr zurückkehrten.

„Und haben Sie etwas Interessantes gefunden?", fragte sie.

„Nein, Sie?", konterte Charlie, womit die Gefragte nicht gerechnet hatte.

Sie senkte für einen kurzen Moment die Augenlider, was sie unsicher und verletzlich aussehen ließ. Dann hatte sie sich wieder im Griff und ging prompt auf Konfrontation: „Was wollen Sie denn damit andeuten?"

Charlie hielt dem herausfordernden Blick stand. „Ich will gar nichts andeuten. Ich bin mir sicher, dass Sie einen Teil des Zimmers durchsucht haben. Ganz offensichtlich sind Sie fündig geworden, sonst hätten Sie Ihre Suche nicht vorzeitig abgebrochen."

Gesa Schlüter zuckte leicht zusammen und wich dem Blick aus. Ihre Selbstsicherheit schwand so schnell, wie sie gekommen war. Offensichtlich wog sie ab, ob es sich lohnte, die Behauptung der Kommissarin abzustreiten. Schließlich wurde ihr Gesichtsausdruck trotzig. „Ja, ich war in Chrissys Zimmer, aber das hat überhaupt nichts mit ihrem Verschwinden zu tun!"

„Das entscheiden wir!", stellte Charlie klar. „Und worum ging es bei Ihrer Suche?"

„Das hat ebenfalls nichts mit Chrissys Verschwinden zu tun", wiederholte Gesa stoisch.

„Dann können Sie es uns ja erzählen", provozierte die Kommissarin, was ein Stirnrunzeln bei der Mitbewohnerin zur Folge hatte.

„Und wenn ich das nicht will?"

„Wir können Sie auch mit aufs Revier nehmen, um Sie dort ausführlich zu befragen. Vielleicht wissen Sie ja mehr, als Sie uns berichten wollen. Eine Nacht in der Untersuchungszelle kann Wunder bewirken", behauptete Charlie.

Gesa schien die Aussage der Ermittlerin zu bezweifeln, ging aber kein Risiko ein. „Also gut. In Chrissys Zimmer war der alte Füllfederhalter von meinem Großvater. Den wollte ich wiederhaben."

„Ist er wertvoll?"

„Es geht dabei nicht um Geld. Er ist sehr alt und hat für mich einen emotionalen Wert."

„Und warum war er in Chrissys Besitz? So etwas verleiht man doch normalerweise nicht", bohrte Charlie weiter. Hier ging es um mehr, als einen verliehenen Füller, davon war sie überzeugt. „Wollen Sie uns doch begleiten?", hakte sie nach, als sie keine Antwort erhielt.

„Nein."

„Dann erzählen Sie uns, was es mit dem Füller auf sich hat. Wenn wir weiter in Ihrem Umfeld herumfragen, bekommen wir es ohnehin heraus." Das war bloße Mutmaßung, aber vielleicht war ihre Ahnung richtig.

„Also gut. Ungefähr drei Monate nachdem wir hier eingezogen sind, habe ich jemanden kennengelernt – einen Mann. Wir haben uns beide verliebt und ein paar schöne Monate verbracht. In der ersten Zeit habe ich immer bei ihm übernachtet, weil ich mich ja über Chrissys Typen am Frühstückstisch geärgert hatte."

„Die Boxershorts", murmelte Knud mit einem Grienen.

„Ja, genau. Wir wären natürlich diskreter gewesen, aber ich wollte ihr keine Angriffsfläche bieten", erklärte Gesa.

„Aber irgendwann haben Sie ihn Ihrer Mitbewohnerin vorgestellt", mutmaßte Charlie.

Gesa nickte und nahm dabei einen verkniffenen Gesichtsausdruck an. „Er hat sich sofort in Chrissy verknallt und mich fallenlassen wie die buchstäbliche heiße Kartoffel", flüsterte sie.

„Und den schönen Füller, den sie ihm in einem schwachen Moment geschenkt hatten, reichte er einfach an seine neue Flamme weiter", vollendete die Kommissarin den Satz.

Gesas Gesicht nahm einen erstaunten Ausdruck an. „Woher wissen Sie das?"

„War nur eine Vermutung."

„Und trotzdem sind Sie hier in der Wohnung geblieben?", wunderte sich Knud.

„Ja. Das habe ich Ihnen doch erklärt. Außerdem war das für Chrissy sowieso nichts Ernstes. Der Trottel hatte es verdient, gleich wieder abserviert zu werden. Im Nachhinein war ich froh, dass mir so schnell die Augen geöffnet wurden und ich ihn wieder los war. Ein Auszug wäre eine glatte Überreaktion gewesen."

„Aber auf den Füller wollten Sie nicht verzichten", übernahm Charlie wieder.

„Ich habe Chrissy gebeten, ihn mir zurückzugeben, aber sie hat mich nur ausgelacht. Das sei eine gute Lektion, einem Mann keine wertvollen Dinge anzuvertrauen. Wenn er ihn einer anderen geschenkt hätte, bekäme ich ihn ja auch nicht zurück."

„Das hat Sie scheinbar mehr geärgert, als den Mann ausgespannt zu bekommen", kommentierte Knud.

„Ja, mit etwas Abstand schon", gab Gesa zu. „Aber Chrissy hatte dafür kein Verständnis und blieb stur."

Torge in Tating

Dienstag, den 11. Oktober

Torges Unruhe hatte in den letzten Tagen stetig zugenommen. Trotz seiner Meldung des Leichenfundes an die Polizei, fühlte er sich im absoluten Abseits der Ermittlungen. Nachdem er vom Verschwinden der zweiten Frau hörte, zapfte er alle verfügbaren Quellen seines umfangreichen Netzwerks auf Eiderstedt an, aber niemand konnte ihn mit dem kleinsten Hinweis auf die Spur des Täters bringen.

Daneben verstand er nicht, warum die Kommissare sich nicht längst an die Presse und damit an die breite Masse der Öffentlichkeit wandten. Er war in größter Versuchung, das selbst zu übernehmen – immerhin kannte er den Reporter Christiansen von *N3 von der Küste* bestens. Der wäre sofort bereit, den Hobbyermittler zu interviewen und ihm damit zumindest

Sendezeit im Regionalfernsehen zu verschaffen, davon war Torge überzeugt.

Aber das konnte er nicht machen, so viel war sicher. Kommissarin Charlotte Wiesinger würde ihn ungespitzt in den Boden rammen. Und selbst bei Knud lief er Gefahr, mit einer derartigen Überschreitung seiner Kompetenzen, endgültig die Freundschaft gekündigt zu bekommen. Dazu schob sich Annegrets mahnendes Gesicht vor sein inneres Auge. Sie würde ihn mit einem süffisanten Lächeln fragen, welche Kompetenzen er denn genau meinte. Also verwarf er den Gedanken schweren Herzens. Diesen Schritt überließ er den offiziellen Stellen, aber es musste doch irgendetwas geben, womit er sich einbringen konnte. Er war kurz davor, in seinen alten Kombi zu steigen und kreuz und quer über Eiderstedt zu brausen, um nach dieser Chrissy zu suchen, aber das wäre vermutlich reine Energieverschwendung.

Torge brauchte einen Plan, eine Strategie, die ihn sicher ans Ziel führte. Blinder Aktionismus ging im Zweifel nach hinten los. So viel hatte er mittlerweile gelernt. Vielleicht konnte seine bessere Hälfte ihn mit einem Tipp auf die richtige Idee bringen. Auch wenn sie gerne mal den Zeigefinger hob, fieberte sie grundsätzlich mit ihm mit, war empathisch und über die Landfrauen ebenfalls gut vernetzt.

Die Gelegenheit bot sich am frühen Abend, als beide in ihre gemütliche Reetkate in Tating zurückgekehrt waren. Annegret hatte den Wocheneinkauf erledigt und schob gerade einen Zwiebelkuchen in die Röhre.

„Komm Torge, lass uns mal ins Regionalprogramm gucken. Vielleicht gibt es etwas Neues in dem Fall“, schlug sie vor, nachdem er sie in seine düsteren Gedanken eingeweiht hatte.

„Hhm. Knud hat nichts davon erwähnt“, brummelte er vor sich hin.

„Und wann hast du ihn zuletzt gesprochen?", fragte seine seute Deern prompt.

„Gestern. Aber nur ganz kurz. Die meisten Informationen habe ich von Greta. Wir sind natürlich beide erschüttert, dass es ausgerechnet unsere Kollegin aus der *Weißen Düne* getroffen hat."

„Das verstehe ich. Schlimm ist es aber so oder so", bemerkte sie. „Also, das hört sich für mich so an, als wärst du dieses Mal nicht ganz auf dem Laufenden. Schalt den Fernseher ein. Dann sehen wir ja, ob es Neuigkeiten gibt."

Kaum hatten Annegret und Torge es sich auf dem alten Ledersofa gemütlich gemacht, kündigte der Moderator eine Pressekonferenz der Ordinger Polizei an. Vorgeschaltet war ein Bericht von Christiansen, der die zeitlichen Abläufe der letzten eineinhalb Wochen seit dem Verschwinden von Heike Niemeyer zusammenfasste. Tatsächlich waren keine Fotos von dem Leichnam durchgesickert, nicht einmal über alle verstörenden Details war die Presse informiert worden. Stattdessen zeigten sie ein zu Lebzeiten aufgenommenes Bild von Heike Niemeyer, dazu den Pfahlbau der *Arche Noah*, unter dem sie gefunden worden war. Es folgte die Vermisstenmeldung von Christine Rohde, genannt Chrissy, verbunden mit der Ankündigung, dass zwei Kommissare aus Sankt Peter-Ording sich gleich im Anschluss mit einem Zeugenaufruf an die Zuschauer wenden würden.

Torge tippte auf die beiden Kommissarinnen, weil weder Knud noch Fiete sich gerne vor einer Kamera präsentierten. Außerdem sahen die Frauen ohnehin besser aus und konnten so einen Aufruf bestimmt wesentlich emotionaler rüberbringen. Stattdessen saß die Jungkommissarin zusammen mit dem Revierleiter hinter dem Tisch, auf dem sich eine Menge Mikrofone angesammelt hatten. Die Presse war also umfangreich vertreten.

Mit kräftiger Stimme begrüßte Lilly Morgenroth die Journalisten, die aufmerksam ihrem Bericht über die bisherigen Ermittlungsergebnisse lauschten. Torge war gespannt, was sie der lauernden Meute alles preisgeben würde. Seine Überraschung über die mageren Fakten hielt sich in Grenzen. Statt viel zu berichten, wollten die Kommissare etwas erfahren. Ganz eindeutig stand der Zeugenaufruf im Vordergrund.

Dazu wiederholte die Kommissarin die Daten, damit keiner sie durcheinanderbrachte: „Nach unseren Erkenntnissen ist Heike Niemeyer bereits am Freitagabend verschwunden." Es folgte eine präzise Personenbeschreibung, zusätzlich wurden Bilder sowohl von ihr selbst als auch von ihrem Auto eingeblendet, einem roten Kleinwagen, dessen Marke und Kennzeichen Lilly ebenfalls nannte. „Wer hat Heike Niemeyer am Freitag, den 30. September in den Abendstunden zwischen Garding und St. Peter-Bad gesehen? Möglicherweise war sie in männlicher Begleitung in einem Restaurant oder am Strand unterwegs. Wir gehen davon aus, dass sie zwischen acht und halb neun bei ihrer Wohnung aufgebrochen ist. Zu dieser Zeit war ihr Handy dort eingeloggt. Wir wissen sicher, dass sie ins Bad gefahren ist. Ihr Wagen wurde mittlerweile im Parkhaus gefunden. Außerdem war ihr Smartphone dort registriert. Inzwischen ist es allerdings nicht mehr erreichbar."

Sofort brach ein kleiner Tumult aus, weil das endlich Neuigkeiten waren. Etliche der Reporter schnackten durcheinander und stellten die ersten Fragen, die bestimmt keiner der Anwesenden verstehen konnte.

„Meine Damen und Herren, ich bitte um Ruhe", verschaffte sich Lilly Morgenroth wieder Gehör. „Sie alle bekommen die Gelegenheit, Ihre Fragen zu stellen, aber zuerst will ich den zweiten Tathergang beschreiben. Wir gehen jedenfalls fest von einem Zusammenhang mit dem Vermisstenfall Christine Rohde aus. Ihr Fahrrad, mit dem sie am Abend ihres Verschwindens von Böhl ins Bad gefahren ist, wurde in einer Seitenstraße der Badallee gefunden." Wieder folgten Fotos, Datum und mutmaßliche Uhrzeit.

Fiete beugte sich kurz zu ihr, um ihr etwas zuzuflüstern.

Lilly nickte. „Kommissar Nissen hat mich gerade darauf hingewiesen, dass ich die Angaben zu Heike Niemeyers Fundort übersprungen habe."

Ein Raunen ging durch die Menge, als Lilly die Fakten aufzählte, ohne dabei im Detail die Verletzungen zu nennen. „Wir gehen derzeit von einem Einzeltäter aus. Alle Hinweise, die zu Heike Niemeyer eingehen, können uns also auch helfen, Christine Rohde zu finden. Wenn Sie irgendetwas beobachtet haben, melden Sie sich bitte ..."

„Das ist wirklich fürchterlich", entfuhr es Annegret. „Was sind das bloß für Zeiten? Früher war es hier auf Eiderstedt so friedlich, man brauchte nachts nicht einmal seine Haustür abzuschließen. Und jetzt gibt es seit Jahren Mord und Totschlag! Hat denn keiner deiner Kumpels irgendetwas beobachtet?"

In Torges Ohren klang es fast wie ein Vorwurf, aber natürlich meinte seine seute Deern es nicht so. Ihn selbst wurmte es ja, in diesem Fall überhaupt nichts zu der Aufklärung beitragen zu können. Auch nach dieser Zusammenfassung der Fakten durch Lilly Morgenroth sah er keinen Ansatzpunkt, um die Arbeit der Kommissare zu unterstützen.

„Nein", brummelte er. „Ganz ehrlich? Mich selbst nervt das gewaltig. Ich erinnere mich nicht, je in einem Fall so nutzlos gewesen zu sein, aber ich kann mir schließlich nichts aus den Fingern saugen."

Es folgte ein bedrücktes Schweigen, in dem beide ihren Gedanken nachhingen und überlegten, wie sie an Informationen über den Verbleib von Chrissy kommen konnten. Beide Frauen waren aus dem Touristengewühl in St. Peter-Bad verschwunden. Auch wenn es in den Ferienzeiten voll und unübersichtlich war, musste irgendjemand etwas beobachtet haben!

„Wenn das alles so stimmt, wie die Kommissare die Tathergänge rekonstruieren, ist der Täter aber ganz schön leichtsinnig gewesen", durchbrach Annegret seine Gedanken. „Sich mitten im Bad mit attraktiven Frauen zu verabreden, die selbst im großen Getümmel eine gewisse Aufmerksamkeit erregt haben müssen, halte ich für unvorsichtig."

Dieser Aspekt war neu, aber nicht von der Hand zu weisen. Hatte der Täter damit irgendetwas bezweckt? Oder war er erst später auf der Bildfläche erschienen? Die Kommissare gingen derzeit davon aus, dass sich der Entführer der jungen Frauen über diese Datingplattform mit ihnen verabredet hatte, aber vielleicht war das eine falsche Fährte. Genauso konnte er sie am Ende des Abends und damit im Anschluss an die Dates verschleppt haben!

Aufregung kribbelte durch seinen gesamten Körper, als er seine bessere Hälfte in seine Gedanken einweihte.

„Ja, das ist ebenfalls möglich, aber weiterbringen tut es uns für den Moment nicht", holte sie ihn mit ihrer berechtigten Kritik wieder auf den Boden der Tatsachen.

„Scheibenkleister! Die Lage ist richtig verzwickt. Und es steht ja nicht einmal fest, ob es wirklich einen Zusammenhang zwischen den beiden Fällen gibt. Was machen wir denn bloß? Wir können doch unmöglich einfach nur herumsitzen und abwarten!" Torge redete sich in Rage. Er fühlte sich hilflos, etwas, womit er gar nicht umgehen konnte.

Gerade als Annegret antworten wollte, klingelte sein Telefon, was sofort neue Hoffnung in ihm auslöste. Vielleicht hatte jemand aus seinem Dunstkreis etwas beobachtet und wollte erst ihn informieren, bevor er damit zur Polizei ging! Ein Blick auf das Display zeigte ihm eine bekannte Nummer.

„Greta! Moin! Guckst du gerade die Pressekonferenz?“, begrüßte er die Kollegin und langjährige Freundin.

„Ja, und es könnte sein, dass ich etwas gesehen habe, was mit dem Fall zusammenhängt. Es war allerdings nur ein flüchtiger Blick und passt nicht in die Theorie der Polizei. Kann ich zu euch kommen und wir schnacken darüber, ob ich Knud davon erzählen soll?“ Gretas Stimme zitterte, so aufgewühlt hatte Torge sie nur selten erlebt.

„Ja, klar!“ Die Aufregung sprang auf den Hausmeister über. Vielleicht war das die heißersehnte Info, auf die er die ganze Zeit wartete. „Komm einfach her, Annegret und ich überlegen gerade, was wir tun können.“

Bereits eine Viertelstunde später klingelte es an der Haustür. Obwohl sie den kurzen Weg von Osterhever offensichtlich mit dem Auto gefahren war, wirkte Greta atemlos. Ohne große Vorrede erzählte sie sofort nach ihrem Eintreffen von ihrem Abend beim Italiener im Bad, bei dem sie meinte, Chrissy in Gesellschaft einer Frau gesehen zu haben.

Torge verschlug es die Sprache. Mit solch einer Wendung hatte er am allerwenigsten gerechnet. Eine Frau! Das könnte sogar zu seiner gerade erdachten Theorie passen.

„Warum hast du Knud nicht längst von deiner Beobachtung berichtet?“, fragte Annegret kritisch.

Greta verzog das Gesicht. „Tatsächlich überlege ich seit Chrissys Verschwinden, ob ich es ihm erzählen soll. Allerdings bin ich mir einfach nicht sicher – ich meine, ob es überhaupt Chrissy war. Und auf die andere Frau habe ich lediglich einen flüchtigen Blick erhascht. Eine große, recht stämmige Frau. Viel mehr kann ich aber zu ihrer Beschreibung nicht beitragen. Sie war brünett. Daran erinnere ich mich. Dann schob sich eine Person davor und ich folgte meiner Freundin aus dem Restaurant. Was soll Knud mit diesen mageren Fakten anfangen? Wenn es denn überhaupt Chrissy war."

„Trotzdem lässt es dir keine Ruhe", kommentierte Annegret und drückte kurz Gretas Hand.

„Ja, genau! Vielleicht hat es ja doch etwas zu bedeuten! Ich war vorhin bei dem Restaurant, um die Kellnerin zu befragen, aber die kann sich an nichts erinnern. Was keine Überraschung ist, denn es war wirklich viel los an diesem Abend. Darüber hinaus habe ich sie gefragt, ob an dem Tisch vielleicht mit Karte bezahlt wurde. Auch wenn sie mir die Daten nicht preisgegeben hätte, wäre das ein Ansatzpunkt für die Kommissare gewesen. Das hat sie allerdings verneint. Ob das der Wahrheit entspricht, kann ich natürlich nicht sagen." Erschöpft griff Greta nach dem Glas Wasser, das Annegret ihr eingeschenkt hatte.

Aus der Küche war ein Klingeln zu hören.

„Oh, der Zwiebelkuchen ist fertig. Hast du schon zu Abend gegessen oder willst du uns Gesellschaft leisten?", fragte Annegret ihren Gast.

„Gern, lieb von dir." Ein flüchtiges Lächeln zeigte sich auf Gretas Gesicht.

„Wir müssen auf jeden Fall mit diesen Informationen zu Knud und der Wiesinger gehen", übernahm Torge das Kommando. „Überleg bitte genau, ob dir zu den beiden Frauen noch etwas einfällt."

„Das mache ich bereits, seit ich weiß, dass Chrissy verschwunden ist, Torge", wiederholte Greta und schüttelte leicht frustriert den Kopf. „Wenn ich geahnt hätte, dass meine Beobachtung für eine Mordermittlung wichtig sein könnte, hätte ich natürlich genauer hingeschaut – oder Chrissy nach Hause begleitet, damit so etwas Furchtbares gar nicht erst passiert."

„Entschuldige, so war es nicht gemeint. Lass uns essen. Morgen früh können wir dann zusammen zum Revier fahren – wenn du mich als Begleitung dabeihaben möchtest."

Erleichtert nickte Greta.

Lilly in St. Peter-Ording

Mittwoch, den 12. Oktober

Der gestrige Tag war aufregend und gleichzeitig arbeitsreich gewesen. Das besondere Erlebnis, die erste eigene Pressekonferenz zu leiten, hatte Lilly mit Fietes Unterstützung großartig gemeistert. Der Rest des Tages war mit Datenanalyse und Recherche ausgefüllt gewesen. Der Fall – oder die Fälle? – schien komplex und die junge Kommissarin war hochmotiviert, Chrissy zu befreien und Heikes Mörder zu fassen.

Um keine Zeit zu verlieren, hatte sie die Kollegen zu einer frühen Besprechung auf dem Polizeirevier einbestellt, bei der sie ihr Werk des vorangegangenen Abends vorstellen wollte. Für ihre akribische Kleinarbeit musste mal wieder die Wand herhalten, auf der sie alle Daten, Fakten und Zusammenhänge notiert hatte – perfekt strukturiert und mit Fragen versehen, die vordergründig beantwortet werden sollten. Zufrieden und auch ein wenig stolz hatte sie kurz vor Mitternacht das Büro verlassen. Auf dieser Basis konnten sie die weitere Vorgehensweise planen. Außerdem war sie optimistisch, dass sich einige Anrufer melden würden, um ihre Beobachtungen mitzuteilen. Es konnte doch einfach nicht sein, dass niemand die Frauen gesehen hatte!

„Wow, da war aber jemand fleißig. Das sieht ja super aus", kommentierte Charlie ihre Arbeit der letzten Nacht, was Lilly sofort zum Strahlen brachte.

„Na ja, ich dachte, wir haben es leichter, den Überblick zu behalten, wenn ich alles übersichtlich zusammenfasse", entgegnete sie verlegen. Mit einem derartigen Lob hatte sie nicht gerechnet.

Auch die männlichen Kollegen begutachteten wohlwollend die Fleißarbeit der Kommissarin.

„Ich möchte jetzt gerne den Stand der Dinge mit euch besprechen. Also: Welche Verdächtigen haben wir bei den einzelnen Frauen? Wer ist bereits entlastet, wen sollten wir als Nächstes befragen und so weiter. Außerdem erwarte ich von euch jeweils eine Einschätzung, ob wir es mit einem oder zwei Fällen zu tun haben", gab Lilly klare Anweisungen.

„Hört, hört! Unsere Nachwuchskommissarin mausert sich zur Führungspersönlichkeit", neckte Fiete die Kollegin, die prompt errötete.

„Ich nehme meine Aufgabe eben ernst", verteidigte sie sich.

„Und das ist gut so. Ich bin sehr zufrieden mit dir, lass dich nicht veräppeln. Das dort", der Revierleiter zeigte auf die Wand, „ist eine ausgezeichnete Arbeit. Also, Ihr habt es gehört. Fassen wir die Ergebnisse unserer bisherigen Ermittlungen zusammen und planen das weitere Vorgehen. Lilly, du leitest die Besprechung." Aufmunternd nickte er ihr zu, was ihr Selbstbewusstsein wieder stärkte.

„Danke Fiete. Setzt euch bitte, am besten so, dass Ihr die Wand im Blick habt", tat Lilly wie geheißen. „Bevor wir in die Details einsteigen, möchte ich gerne eure Einschätzung hören, ob wir es mit einem oder zwei Tätern zu tun haben. Wir sollten natürlich den Schwerpunkt der Ermittlungen auf Chrissy legen, damit wir sie möglichst aus der Gewalt des Entführers befreien können. Da sie ebenfalls – so wie Heike – unentschuldigt von der Arbeit ferngeblieben ist, müssen wir von einem unfreiwilligen Verschwinden ausgehen. Inwieweit die Details aus dem ersten Fall uns bei dem Auffinden von Chrissy helfen können, ist schwer zu beurteilen. Also, was meint Ihr: Haben wir es mit demselben Täter oder mit einem Trittbrettfahrer zu tun?" Lilly guckte erwartungsvoll in die Runde. Bewusst hielt sie sich mit ihrer eigenen Meinung zurück. Genau genommen fand sie es extrem schwierig, sich festzulegen, und hörte sich gerne zuerst die Einschätzung der erfahrenen Kollegen an.

„Aufgrund der schnellen Abfolge der Ereignisse würde ich eher von einem Täter ausgehen", ergriff Charlie das Wort. „Heike Niemeyer wurde am Freitag gefunden. Aufgrund unserer Nachrichtensperre ist kaum etwas in die Medien gesickert. Bereits am Sonntagabend ist Chrissy verschwunden. Da wir sie bislang nicht gefunden haben; es aber für eine Entführung einer gewissen Vorbereitung bedarf – immerhin muss sie ja irgendwo untergebracht werden – gehe ich eher von dem gleichen Täter aus."

„Charlie, dabei setzt du voraus, dass Chrissy noch am Leben ist und so wie Heike über mehrere Tage festgehalten wird. Ich will ja nicht den Teufel an die Wand malen, aber ein zweiter

Täter könnte die junge Frau sofort umgebracht und irgendwo verscharrt haben", widersprach Fiete und löste damit betroffenes Schweigen aus.

„Glaubst du an einen derartigen Tathergang?", fragte Lilly schließlich. „Gibt es einen Verdächtigen in ihrem Umfeld?"

„Kontakte hatte sie haufenweise. Dabei ist sie mit den Herren der Schöpfung nicht gerade zimperlich umgegangen. Bestimmt hat sich der eine oder andere mehr als nur ein flüchtiges Abenteuer versprochen. Ob das ausreicht, um einen Mord zu begehen, kann ich auf die Schnelle nicht beantworten. Aber verletzter Stolz kann ein Motiv sein. Um das konkret zu verifizieren, müssen wir die Männer ausfindig machen und mit ihnen reden. Da kommt eine Menge Arbeit auf uns zu", antwortete der Revierleiter.

„Ich stimme Charlotte zu", meldete sich Knud zu Wort. „Erfahrungsgemäß ist die Wahrscheinlichkeit, es nur mit einem Täter zu tun zu haben, größer - insbesondere bei dem engen Zeitfenster. Darauf sollten wir uns konzentrieren, bevor wir uns verzetteln. Die erste Auswertung der Daten von *Nordfriesenliebe* scheint uns in eine Sackgasse zu führen, weil es keine Überschneidungen bei den Kontakten gibt. Heike und Chrissy haben nicht die gleichen Männer gedatet, aber wir sollten trotzdem mit denjenigen reden, die sie augenscheinlich getroffen haben, wenn wir nach den Chats gehen."

Lilly nickte. „Ja, so sehe ich das auch. Heike Niemeyer war zuletzt im Kontakt mit einem Nils Burmeister aus Oldenswort. Chrissy Rohde hat am Sonntag mit einem Stefan Hecht gechattet. Es klang so, als wollten sie sich spontan treffen. Er ist in SPO gemeldet. Charlie und Knud, Ihr übernehmt die Befragungen. Fangt mit Hecht an und findet heraus, ob sich die beiden Männer kennen. Vielleicht ist das die Verbindung. Wir dürfen keinen Aspekt unbeachtet lassen! Wenn dabei nichts herauskommt, müssen wir den zeitlichen Radius vergrößern und Kontakte befragen, die länger zurückliegen. Es kann ihnen allerdings auch nach dem Treffen am Abend ihres Verschwindens jemand aufgelauert haben."

„Boah, das könnte dann jeder sein", warf Charlie ein. „Letzten Endes genauso der Ex von Heike Niemeyer. Wie hieß der noch?"

„Peter Gruber."

„Ja, genau. Was ist eigentlich mit dem? Ist der mittlerweile wieder zu Hause aufgetaucht?", hakte sie nach.

„Nein. Die Kollegen aus Köln observieren sowohl seine Wohnung als auch sein Büro. Er arbeitet allein, ohne Angestellte, ist aber an beiden Orten seit Tagen nicht aufgetaucht. Vielleicht hat er einfach Urlaub, vielleicht ist er involviert und untergetaucht. Sein Handy ist weiterhin ausgeschaltet", antwortete Fiete.

„Klingt auf jeden Fall verdächtig. Aber was sollte er mit dem Verschwinden von Chrissy zu tun haben? Zumal sich die beiden Frauen allem Anschein nach nicht kannten." Charlie schob sich eine widerspenstige Locke hinter das Ohr.

„An dieser Stelle kommen wir im Moment nicht weiter. Wenn wir uns auf Spekulationen einlassen, verzetteln wir uns am Ende gehörig. Lasst uns bei den Fakten bleiben, auch wenn sie derzeit mager sind. Die Kölner Kollegen bleiben an Gruber dran, wir machen hier im Umkreis weiter", forderte Fiete die anderen auf.

„Was ist mit dem Bruder von Heike? Hast du den erreicht?"

„Ja, er ist längst wieder abgereist und befindet sich derzeit in Thailand, will aber nicht zurückkommen, um seine Schwester zu beerdigen. Ich habe seine Angaben überprüft. Er kommt als Täter nicht in Frage. Sein Flug ging bereits am Donnerstag vor dem Verschwinden von Heike."

„Okay, was ist mit Heribert Clasen? Sollen wir ihn ebenfalls befragen?"

„Ich sehe keinen Zusammenhang zwischen dem Verschwinden von Chrissy und dem Hausmeister der Wohnanlage von Heike Niemeyer, das stellen wir zurück. Gleiches gilt für die Tanzschüler des Flamencokurses", fügte Fiete hinzu.

„Konzentrieren wir uns im ersten Schritt auf die Datingkontakte. Außerdem gehe ich davon aus, dass sich Augenzeugen bei uns melden werden. Deren Beobachtungen müssen wir dann ebenfalls überprüfen. Bis es so weit ist, unterstütze ich euch bei den Befragungen. Fiete bleibt hier am Telefon", übernahm Lilly wieder die Führung. „Habt Ihr dazu noch Fragen?"

Während alle verneinten, öffnete sich die Tür. Torge Trulsen und Greta Petersen traten ein. Das Auftauchen des Hausmeisters der *Weißen Düne* war natürlich längst überfällig. Lilly hatte sich bereits gefragt, was die ungewohnte Zurückhaltung von Trulsen bedeutete. Wenn er alleine gekommen wäre, hätte sie dahinter einfach seine Neugier vermutet. Knuds Mutter war allerdings anders. Gab es Neuigkeiten oder konnte sich Greta an etwas erinnern? Immerhin kannte sie beide Frauen.

„Trulsen! Moin. Das wird aber auch Zeit, dass Sie uns mit Ihrer Anwesenheit beehren", begrüßte Charlie ihren Hilfssheriff. „Moin Frau Petersen. Da Sie gemeinsam hierherkommen, nehme ich an, dass Sie uns etwas mitzuteilen haben", brachte sie es sofort auf den Punkt. Ganz offensichtlich wollte sie keine Zeit mit Small Talk verlieren.

„Moin in die Runde", ergriff Greta Petersen das Wort, bevor Trulsen antworten konnte. „Ja, und ich muss sagen, ich habe ein schlechtes Gewissen, mich erst jetzt damit zu melden. Nach wie vor weiß ich nicht, ob es überhaupt etwas zu bedeuten hat, aber ich hätte es nicht allein beurteilen dürfen."

„Beruhigen Sie sich, Frau Petersen. Nehmen Sie Platz und erzählen Sie uns in Ruhe, was passiert ist", forderte Charlie sie auf, während sich Knud zurückhielt.

Stockend berichtete Greta von ihrer vermeintlichen Beobachtung am Sonntagabend. „Erst als ich Ihren Zeugenaufruf gehört habe, kam ich mir dumm vor, weil ich es nicht gleich am Montag Knud erzählt habe."

„Trotzdem sind Sie dann zu Trulsen gegangen", schmunzelte Charlie.

Lilly hätte eher mit einer verärgerten Reaktion gerechnet.

„Ja. Da ich den richtigen Zeitpunkt verpasst hatte, wollte ich seine Meinung dazu hören. Torge kann ja mittlerweile ebenfalls auf eine gewisse Erfahrung zurückblicken. Das finden Sie jetzt vermutlich dumm." Beschämt senkte sie den Kopf. Trulsen dagegen schien ein wenig größer zu werden. „Er hat mich überredet, jetzt zu Ihnen zu kommen. Er hat regelrecht darauf bestanden."

„Okay, wenden wir uns Ihrer Beobachtung zu. Auch wenn Ihr Eindruck vage ist, kannten Sie die Frau? Oder anders gefragt: Würden Sie sie aufgrund eines Fotos oder einer Gegenüberstellung wiedererkennen?", fragte Charlie.

„Das kann ich nicht mit Bestimmtheit sagen. Haben Sie eine Vermutung, wer das gewesen sein könnte? Wenn es überhaupt Chrissy war", fügte sie leise hinzu.

„Ja, mir blitzte eben ein Gedanke durch den Kopf, der zu Ihrer Beobachtung passen könnte. Kennen Sie die Mitbewohnerin von Christine Rohde, Frau Petersen?", fragte die Kommissarin weiter.

„Kennen ist zu viel gesagt. Ich habe sie einmal kurz gesehen, als ich spät im Salon war und sie Chrissy abgeholt hat."

„Halten Sie es für möglich, dass Gesa Schlüter am Sonntagabend mit ihr am Tisch saß?"

Greta Petersen riss die Augen auf. „Sie glauben, dass die Mitbewohnerin für Chrissys Verschwinden verantwortlich sein könnte? Aber welchen Grund sollte sie dafür haben? Ich dachte, die beiden verbindet eine Freundschaft."

„Hat Chrissy das behauptet?", wollte Charlie wissen.

„Na ja, nicht direkt. Aber immerhin wohnen sie ja zusammen."

Charlie in St. Peter-Ording

Mittwoch, den 12. Oktober

Konnte es sein, dass Gesa Schlüter hinter der Entführung ihrer Mitbewohnerin steckte oder gerieten sie mit dieser Annahme komplett auf den Holzweg? Charlie rief sich deren Verhalten bei den beiden Begegnungen in Erinnerung. Bestimmt war Gesa eifersüchtig auf die attraktive Chrissy, allein schon, weil diese ihr den Freund ausgespannt hatte. Setzten sich Streit und Konflikte fort, obwohl sie behauptete, diese beigelegt zu haben? Pfiff sie vielleicht mittlerweile auf die schöne Wohnung in Böhl, weil sie das Zusammenleben mit der lockeren Friseuse einfach nicht mehr ertragen konnte? Möglicherweise gab es weitere Verletzungen, über die Gesa bislang nicht gesprochen hatte. Doch wo hielt sie Chrissy dann versteckt?

„Haltet Ihr es für möglich, dass Gesa für das Verschwinden ihrer Mitbewohnerin verantwortlich ist?", fragte sie in die Runde, weil sie selbst zu keinem Ergebnis kam.

„Schwer zu sagen", meldete sich Fiete zu Wort. „Gerade eben haben wir einen Trittbrettfahrer ausgeschlossen, aber die Beobachtung von Knuds Mutter wirft ein neues Licht auf die Fakten. Ich habe allerdings keine Ahnung, wo wir bei der Suche nach einem möglichen Versteck ansetzen sollten. Und nur, wenn wir von einer Entführung ausgehen, wäre eine Beschattung sinnvoll. Das schaffen wir allerdings nicht alleine. Dafür müsste ich Verstärkung anfordern."

„Wenn Gesa sie nicht gleich umgebracht hat", bemerkte Lilly, was Greta Petersen zusammenzucken ließ.

„Also, wenn Sie mich nicht mehr brauchen, fahre ich jetzt in die *Weiße Düne*", erklärte sie, um der Situation zu entfliehen. „Dort wartet eine Menge Arbeit auf mich."

Charlie nickte. „Vielen Dank für Ihren Besuch und die Infos", antwortete sie mechanisch, während sie weiter überlegte, ob an dieser Theorie etwas dran sein könnte. Der Wettlauf gegen die Zeit, Chrissy möglichst schnell und damit hoffentlich lebendig zu finden, erhöhte den Druck. Dabei durften sie sich keinesfalls mit dem Verfolgen falscher Fährten verzetteln. Aber wie konnten sie diese erkennen?

Das Klingeln des Telefons durchbrach Charlies Gedanken. Fiete nahm den Anruf entgegen. Nach der Begrüßung schwieg er eine Weile, während er lauschte. Seine Miene wurde mit jeder Sekunde ernster. „Und wo genau sind Sie jetzt?", fragte er schließlich.

Alle Anwesenden hielten unwillkürlich den Atem an. Lilly suchte Charlies Blick, die lediglich mit den Schultern zuckte.

„Okay. Bleiben Sie dort. Fassen Sie nichts an und sorgen Sie dafür, dass es auch sonst keiner tut. Wir sind in wenigen

Minuten bei Ihnen." Danach legte er auf und wandte sich an die Kollegen. „Wir haben eine zweite Leiche. Es steht zu befürchten, dass es sich um Christine Rohde handelt. Sie wurde ebenfalls unter die *Arche Noah* gesetzt, nackt und anscheinend genauso zugerichtet wie Heike Niemeyer."

„Wer hat sie gefunden?", fragte Charlie.

„Ein Mann namens Alfons Meier. Verständlicherweise war er außer sich, konnte kaum zusammenhängende Sätze sprechen."

„Was macht er da zu dieser frühen Stunde? Es ist ja noch nicht einmal hell!"

„Das müsst Ihr ihn selbst fragen. Fahrt sofort los, alle drei. Es gibt keine Zeit zu verlieren. Ich informiere die Spusi und die Gerichtsmedizin. Herr im Himmel! Vielleicht sollte ich doch endlich in Pension gehen!"

„Ach Fiete, das machst du ja sowieso nicht. Außerdem brauchen wir dich hier", antwortete Lilly. „Also gut, fahren wir."

Charlie hatte fest damit gerechnet, Torge Trulsen am Fundort der Leiche wiederzusehen, aber bislang war er nicht aufgetaucht. Stattdessen wartete ein kleiner glatzköpfiger Mann ungeduldig auf das Eintreffen der Polizei. An einer kurzen Leine zerrte ein schwarzer Pudel in Richtung des Leichnams. So wie der Finder von Heike Niemeyer hatte auch dieser Mann dem Fundort den Rücken zugewandt, um nicht mehr mit dem schockierenden Bild konfrontiert zu werden.

„Das hat aber lange gedauert", moserte er statt einer Begrüßung, obwohl seit seinem Anruf erst wenige Minuten vergangen waren. „Ich war schon drauf und dran nach Hause zu fahren."

„Wir sind so schnell wie möglich gekommen", entgegnete Charlie leicht genervt. Der Mann strahlte etwas Unsympathisches aus, was die Kommissarin nicht in Worte fassen konnte. War er lediglich durch die Situation verunsichert? „Was machen Sie hier so früh am Morgen am Strand?", fragte sie etwas patziger als beabsichtigt, wodurch er sich sofort provoziert fühlte.

„Ja, was wohl? Ich führe meinen Hund spazieren!"

Die Ungeduld kribbelte Charlie über die Kopfhaut, aber sie versuchte ruhig zu bleiben.

„Meine Kollegin hat sich lediglich gewundert, weil es noch dunkel ist", übernahm Lilly, wobei sie dem Mann ein strahlendes Lächeln schenkte, das bestimmt nicht echt war.

„Hhm, ja. Ist eben ruhig um diese Uhrzeit", erklärte Alfons Meier.

„Haben Sie irgendetwas beobachtet, was mit der Toten in Zusammenhang stehen könnte? Ist jemand herumgeschlichen oder lag in ihrer Nähe etwas, was eigentlich nicht an den Strand gehört?", fragte die junge Kommissarin weiter.

„Nee, hier war sonst niemand. Deswegen komme ich ja so früh."

Es versprach schwierig zu werden. Lilly schien besser damit umgehen zu können, deshalb hielt sich Charlie zurück, während Knud den Leichnam inspizierte.

„Und, haben Sie etwas gefunden", wiederholte die junge Kollegin geduldig ihre Frage.

„Was meinen Sie denn damit? Hier liegt immer ne Menge Müll herum. Die Urlauber schmeißen alles Mögliche weg. Da hätte ich ja viel zu tun, wenn ich mir das angucken würde."

„Ja, da haben Sie recht. Sie sind also häufiger morgens hier am Strand unterwegs?", wechselte Lilly das Thema.

„Ja."

„Jeden Morgen?"

„Nicht jeden Morgen, aber ziemlich oft."

Die Einsilbigkeit zerrte weiter an Charlies Nerven. Gleichzeitig fragte sie sich, ob er wirklich nicht verstand, was sie von ihm wollte.

Lilly dagegen blieb ganz entspannt. „Okay, gehen Sie immer die gleiche Strecke?"

„Warum?" Die Frage wurde von einem misstrauischen Blick begleitet.

„Weil Sie vielleicht ein wertvoller Zeuge für uns sind. Am Freitag wurde hier ebenfalls eine tote Frau gefunden ..."

„Ja, davon habe ich gehört."

„Waren Sie am Freitag ebenfalls hier am Strand?"

„Deshalb wollten Sie wissen, ob ich etwas beobachtet habe." Endlich war der Sinn der Frage in sein Bewusstsein gesickert.

Charlie bezweifelte, dass dieser Mann ihnen bei der Aufklärung nützlich sein konnte. Kurz spielte sie mit dem Gedanken, sich zu Knud zu gesellen, sah dann aber, wie der Wagen der Gerichtsmedizin auf den Strand fuhr. Dieses Mal stieg Fiona Jensen aus. Also blieb sie, wo sie war. Auf eine Begegnung mit Knuds Freundin – oder was auch immer ihr Status war – hatte sie an diesem frühen Morgen keine Lust.

„Ja, genau", blieb Lilly weiterhin freundlich. „Waren Sie auch am Freitag hier am Strand?", wiederholte sie ihre Frage.

„Hhm, warten Sie mal. Freitag ... Da musste ich auf einen Handwerker warten. Nee, da war ich morgens nur kurz draußen und bin dann abends in Böhl spazieren gegangen. Aber nicht am Strand, sondern in der Nähe des Leuchtturms."

Während Lilly seine Personalien aufnahm und ihm schließlich eine Karte in die Hand drückte, beobachtete Charlie aus der Ferne Fiona und Knud. Beide verhielten sich komplett professionell. Wer nicht wusste, dass die beiden etwas miteinander hatten, konnte es aus der Beobachtung nicht erkennen. Charlie dankte Knud still für diese Rücksichtnahme und näherte sich langsam dem Fundort des Leichnams.

Chrissy saß nackt in der gleichen Haltung wie das erste Opfer an einen Stamm des imposanten Pfahlbaus gelehnt. Der Täter hatte auch ihr die Haare kurzgeschoren. Nur zögernd ließ die Kommissarin den Blick weiter nach unten wandern. Sie wusste, was sie erwartete und war nicht scharf darauf, sich erneut verstümmelte Brüste anzuschauen. Schnell nahm sie die Fingernägel ins Visier, die ebenfalls das gleiche Bild wie bei Heike Niemeyer boten – halb abgeschnitten, halb abgerissen.

„Moin Charlotte", wurde sie von der Gerichtsmedizinerin begrüßt, die sich von dem Anblick unbeeindruckt zeigte.

„Fiona." Nach wie vor hätte Charlie sich mit ihr lieber gesiezt, wollte aber nicht albern wirken. „Kannst du schon etwas zu dem Todeszeitpunkt sagen?"

„Tja, auf jeden Fall gestern Abend, genauer bekommt Ihr es nach der Obduktion – zu der ich euch herzlich einlade", antwortete Fiona mit einem Grinsen.

„Das werden wir leider nicht schaffen", parierte Charlotte süffisant.

„Ja, dachte ich mir. Ist eben nur was für Hartgesottene. Aber mal was anderes: Ich finde es echt dreist von dem Mörder, die Leiche am exakt gleichen Ort abzulegen. Habt Ihr darüber nachgedacht? Genau genommen hättet Ihr euch nur auf die Lauer zu legen brauchen, um ihn zu schnappen." Fiona guckte herausfordernd zwischen Charlie und Knud hin und her.

Prompt wallte Unmut in der Kommissarin hoch. Wenn es immer so einfach wäre! Warum kümmerte die sich nicht um ihren Job? Diese Klugschnackerei brauchte nun wirklich keiner. Trotzdem war ihr bewusst, dass Fiona recht hatte, auch wenn niemand davon ausgehen konnte. Natürlich war es keine

Option gewesen, hier zu warten, ob der Täter Chrissy am gleichen Ort platzieren würde, trotzdem wurmte es sie, die Chance auf eine schnelle Festnahme verpasst zu haben. Ein kurzer Blick zu Knud zeigte ihr, dass er mit ähnlichen Emotionen kämpfte.

Charlie ärgerte sich zu sehr, um eine schlagfertige Antwort geben zu können, worüber sie sich dann noch mehr ärgerte. Um die negativen Gefühle abzuschütteln und sich wieder auf den Fall zu konzentrieren, versuchte sie es mit einem Scherz, der jedoch misslang: „Tja, den Tipp hätten wir wohl früher gebrauchen können. Vielleicht solltest du unser Team verstärken."

„Oh, ist das ein Angebot?", konterte Fiona grinsend. „Klingt verlockend. Jeden Tag mit Knud zusammenzuarbeiten, statt an Leichen herumzuschnippeln ... ich überlege es mir."

„Habe ich was verpasst?", fragte Lilly, die den letzten Satz aufgeschnappt hatte. „Hast du Fiona gerade einen Job angeboten?"

Charlie zog eine Grimasse. „Leider haben wir im Moment keine freie Stelle, auch wenn wir weitere Verstärkung gebrauchen könnten. Okay, Scherz beiseite. Guck dir bitte den Leichnam an, Lilly. Die Rechtsmedizin ist hier gleich fertig und wird ihn nach Husum bringen, wenn die Spurensicherung ebenfalls durch ist. Wenn Ihr genug gesehen und keine Fragen mehr an Fiona habt, würde ich gerne aufs Revier zurückkehren, um Fiete zu informieren. Außerdem sollten wir unsere Strategie anpassen. Dazu möchte ich etwas mit euch besprechen."

„Also, nun sag schon! Hast du eine neue Idee, wie wir den Mörder fassen können?", drängte Lilly die Kollegin, nachdem sie alle am Besprechungstisch Platz genommen und dem Revierleiter von den genauen Umständen des Leichenfundes berichtet hatten.

„Nein, nicht direkt. Lasst mich etwas ausholen. Ich denke, wir können jetzt davon ausgehen, es mit einem Täter zu tun zu haben. Chrissy wurde im gleichen Zustand und am exakt gleichen Ort platziert. Die Details der Verstümmelung sind nicht in die Presse gelangt. Ich würde deshalb vorerst die Theorie des Trittbrettfahrers auf Eis legen. Das Bindeglied zwischen den Frauen ist die Datingplattform. Darauf sollten wir uns jetzt konzentrieren." „Aber das haben wir doch längst beschlossen. Wir fangen mit den Befragungen von Nils Burmeister und Stefan Hecht an", echauffierte sich Lilly.

„Ja, so weit, so gut. Ich möchte aber noch einmal die Idee, mich als Lockvogel auf *Nordfriesenliebe* anzumelden, ins Spiel bringen", offenbarte Charlie.

„Das haben wir bereits diskutiert und als zu gefährlich abgetan", widersprach Fiete sofort. „Mittlerweile hat der Fall an Brisanz zugenommen. Du hast gerade gesehen, was mit den Frauen passiert ist. Willst du wirklich so ein Risiko eingehen?"

„Ich schließe mich Fiete an", meldete sich Knud zu Wort. „Es ist viel zu gefährlich!"

„Das sehe ich anders!" Charlie konnte nicht ruhig bleiben, auch wenn sie es sich fest vorgenommen hatte. Mit großen Gesten unterstrich sie ihre Argumente, dabei fingen ihre Locken an zu tanzen. „Es ist für mich eine völlig andere Situation. Ich bin vorgewarnt. Außerdem habe ich die Liste mit den Kontakten der Frauen und bin bewaffnet. Was soll mir denn passieren, wenn ich mich in der Öffentlichkeit, zum Beispiel in einem Restaurant mit ihm treffe? Er wird mich kaum vom Stuhl zerren und verschleppen."

„Charlotte, das ist nicht lustig. Wir meinen es ernst!" Knuds Stimme wurde eindringlich.

„Ja, ich auch. Wir müssen diesen Täter stoppen. Sofort! Es steht zu befürchten, dass er sich zum kommenden Wochenende mit seinem nächsten Opfer verabredet." Charlie ließ sich nicht beirren.

„Und das nächste Opfer willst du sein?“, fragte Knud leise. Seine Besorgnis war rührend und tat ihr nach der Begegnung mit Fiona gut, trotzdem wollte sie nicht einlenken.

„Hast du mir nicht zugehört?“, fragte sie stattdessen.

„Doch, aber ich sehe es nicht so locker wie du. Was soll dabei herauskommen, wenn du mit ihm isst? Glaubst du, er beichtet dir die Morde und du kannst ihn daraufhin verhaften? Was soll so ein Treffen bringen, wenn du keinen Schritt weitergehst?“ Der sonst so pragmatische Nordfriese starrte sie aus blitzenden Augen an. „Ich schätze dich als Freundin und als kompetente Ermittlerin, das weißt du, Charlotte. Aber bei so einer Aktion habe ich einfach Angst, dass du dich selbst überschätzt – oder in eine Situation gerätst, die du nicht mehr kontrollieren kannst“, fügte er abschwächend hinzu, als sie zum wütenden Widerspruch ansetzte.

„Ich habe nicht vor, in sein Auto zu steigen und mich von ihm entführen zu lassen“, verteidigte Charlie ihren Standpunkt. „Es ist aber eine Möglichkeit, ihn aus der Deckung zu locken und mehr über ihn zu erfahren. Außerdem können wir dadurch vielleicht ein weiteres Mordopfer verhindern.“

Dieses Argument brachte das Team zum Schweigen. Eine Weile wogen alle den Aspekt ab, schließlich meldete sich Lilly zu Wort.

„Die Überlegung ist nicht von der Hand zu weisen. Außerdem glaube ich ebenfalls, dass Charlie auf diesem Wege etwas über den Täter herausbekommen kann, was uns sonst verwehrt bleibt. Dafür muss sie sich ja gar nicht unbedingt mit ihm treffen. Vielleicht offenbart er ihr schon im Chat etwas, was uns bei unserer Ermittlung weiterbringt.“

„Ja, möglich. Was aber, wenn der Täter sie erkennt und als Mitglied der Kriminalpolizei identifiziert?“, brachte Knud das nächste Gegenargument.

„Das halte ich für höchst unwahrscheinlich. Wer kennt denn schon mein Gesicht? Seit ich hier bin, habe ich überhaupt keine Medienpräsenz. Das wäre etwas anderes, wenn wir Trulsen nehmen wollten. Als verdeckter Ermittler wäre der total ungeeignet, dafür hat er sich schon zu oft vor eine Kamera gestellt."

„Gedrängt, meinst du wohl", griente Knud für einen Moment.

„Wir können Charlies Aussehen verändern", mischte sich Lilly wieder ein. „Haare hochstecken, stärker schminken und eine Brille auf die Nase. Was meinst du, wie sie das verändert! Ich mache die Fotos. Mit der Beleuchtung kann man zusätzliche Effekte schaffen."

„Und nenn auf keinen Fall deinen eigenen Namen", fügte Knud besorgt hinzu. Scheinbar fand er sich gerade damit ab, von den Frauen überstimmt zu werden.

„Knud! Für wie dumm hältst du uns? Außerdem: Wo lebst du denn? Wer benutzt im Internet seinen wirklichen Namen? Schon mal was von Nickname gehört?", echauffierte sich Lilly.

„*Stur wie ein Esel*", schlug Knud trocken vor.

„Nicht sehr verkaufsfördernd, aber keine schlechte Idee", lächelte Charlie. „Oder *Stur wie ein Nordfriese*. Gefällt mir eigentlich noch besser. Und hat gleich einen regionalen Bezug."

„Haha." Knud wandte sich an Fiete. „Was sagst du dazu?"

„Unter zwei Bedingungen würde ich zustimmen. Allerdings nur, weil ich befürchte, dass Charlotte es sonst ohne unsere Unterstützung durchzieht. Erstens: Keine Alleingänge - bei einem möglichen Treffen sind Lilly und Knud in der Nähe. Zweitens: kein unkalkulierbares Risiko. Behalte einen kühlen Kopf. Du nützt uns nichts, wenn du ebenfalls tot unter dem Pfahlbau sitzt", malte er ein drastisches Bild, vermutlich, um den Ernst der Lage zu betonen.

„Einverstanden", stimmte Charlie zu.

„Da ist noch etwas: Wenn du die Rolle als Lockvogel spielen willst, musst du dich natürlich aus den laufenden Ermittlungen zurückhalten, jedenfalls was Befragungen angeht", fügte der Revierleiter hinzu. „Knud und Lilly werden unterwegs sein und du unterstützt mich hier im Innendienst." Verschmitzt guckte er ihr direkt in die Augen.

„Ja, das ist eine bittere Pille, hält mich aber nicht von meinem Plan ab. Außerdem hat Lilly ohnehin die Führung in dem Fall. Sie kann mit Knud die Verdächtigen aufsuchen." Natürlich wäre Charlie lieber selbst unterwegs gewesen, aber in diesem Punkt musste sie Fiete recht geben.

„Was ist mit der Beobachtung von Greta Petersen? Kann es sich bei unserem Täter um eine Frau handeln?", fragte Lilly in die Runde. Offensichtlich hielt sie das Thema Lockvogel für abgeschlossen.

„Auch, wenn es meine Mutter ist – oder vielleicht auch gerade deswegen: In letzter Zeit war sie manchmal etwas tüdelig. Ich denke, die Saison hat sie überanstrengt. Die Einarbeitung von Heike Niemeyer war in den ersten Wochen eine zusätzliche Belastung. Lasst uns diesen Aspekt vorerst zurückstellen und uns auf die Datingkontakte der beiden Frauen konzentrieren. Davon verspreche ich mir mehr."

Torge im Tümlauer Koog

Mittwoch, den 12. Oktober

Als die Kommissare Richtung Strand zur *Arche Noah* aufbrachen, um das zweite Todesopfer in Augenschein zu nehmen, war Torge in Versuchung gewesen, ihnen zu folgen. Aber was sollte das bringen? Im Grunde hatte er bereits zu viele Tote in seinem Leben gesehen. Trotzdem brachte ihn das immer wieder aus der Fassung und das war letzten Endes auch gut so. Wer wollte sich schon an den Anblick von Leichen gewöhnen? Und dann auch noch eine verstümmelte, ehemals attraktive junge Frau. Nein! Dort hinzufahren, machte absolut keinen Sinn.

Und immerhin war Knud Petersen sein bester Freund. Der würde ihn mit den notwendigen Informationen versorgen, wenn es etwas Neues gab. Bislang war er in diesem Fall nutzlos und das nervte ihn gewaltig.

Aber wo sollte er bloß ansetzen? Niemand aus seinem Bekanntenkreis hatte sich mit einer Zeugenaussage bei ihm gemeldet, auch nicht nach der Pressekonferenz. Vorher war nur ein überschaubarer Kreis in die furchtbaren Geschehnisse eingeweiht gewesen, aber jetzt wussten es bestimmt alle Einwohner von Eiderstedt. Einige von ihnen würden sich bestimmt lieber bei Torge als bei der Polizei melden. Er hatte auf eine Beobachtung am Freitagabend gehofft, an dem Heike verschwunden war, aber sein Telefon schwieg beharrlich.

Da die *Weiße Düne* aufgrund der Herbstferien ausgebucht war, verging der Tag wie im Fluge. Hier ein ausgefallenes Wlan, da ein tropfender Wasserhahn oder eine defekte Jalousie. Alles in allem waren es lediglich Kleinigkeiten, für deren Beseitigung sich die Urlauber trotzdem dankbar zeigten. Nach der ausgesprochenen Hitze des Sommers schienen alle froh über die gemäßigten Temperaturen zu sein. Sie begegneten ihm entspannt und freundlich. Manchmal staubte er sogar mal ein kleines Trinkgeld oder eine Süßigkeit ab.

Wenn da nicht die Todesfälle gewesen wären, hätte der Hausmeister fröhlich ein Lied gepfiffen. Unter diesen Umständen war er aber immerhin zufrieden, sich nicht über überzogene Erwartungen oder überhebliches Verhalten ärgern zu müssen.

Ausnahmsweise machte er pünktlich Feierabend und fuhr nach Hause, um mit seiner Annegret zu Abend zu essen. Natürlich brannte er darauf, ihr von den Neuigkeiten zu berichten. Außerdem hoffte er ein paar kleine Hinweise aus ihrem Netzwerk, das hauptsächlich aus Frauen bestand, die sich ja bekanntermaßen gerne austauschten, wurde aber enttäuscht.

„Du trittst ja ganz schön auf der Stelle", brachte sie die Misere auf den Punkt, ohne ihn damit provozieren zu wollen.

Trotzdem fühlte sich Torge als Versager.

„Haben denn wenigstens die Kommissare eine heiße Spur?", fragte sie in sein Schweigen hinein.

„Heute Morgen hörte es sich nicht so an. Allerdings scheinen sie eine Theorie zu entwickeln. Gretas Beobachtung hat sie nicht gerade vom Hocker gehauen", antwortete Torge frustriert.

„Die klingt ja auch ziemlich vage", bestätigte sie deren Eindruck.

Torge nickte. „Am besten fahre ich heute Abend zu Knud. Dann können wir zusammen ein Helles zischen und dabei über den Fall schnacken."

„Du meinst, er kann dich aufs Laufende bringen", fügte sie zwinkernd hinzu.

„Ist immerhin möglich, dass sich heute etwas Wichtiges ergeben hat ..."

„Wovon du bislang nichts weißt."

„Ja, genau."

„Dieses Mal willst du also Informationen absaugen, statt welche beizusteuern."

„Wo nix ist, ist nix", antwortete er pragmatisch, ohne sich auf Annegrets Sticheln einzulassen. „Es spricht nichts dagegen, oder?"

„Was könnte dich aufhalten?", lächelte seine seute Deern vor sich hin. „Aber nein. Es liegt nichts an. Fahr nur zu Knud, ich weiß mich zu beschäftigen."

Torge hatte es nicht anders erwartet, fühlte sich aber mit dem Segen seiner Annegret wesentlich besser.

Knud zeigte sich hocherfreut über den unerwarteten Besuch seines Kumpels. „Moin Torge, das ist ja eine schöne Überraschung. Nachdem du heute Morgen einfach abgedampft bist, dachte ich schon, du hättest das Interesse an unserem Fall verloren. Komm rein, willst du ein Bier?"

„Genau deshalb bin ich hergekommen", grinste Torge. „Nein, ich würde euch gerne bei der Aufklärung dieser schrecklichen Morde helfen, aber bislang weiß ich einfach nicht wie."

„Ich kann deine Unterstützung gut gebrauchen. Heute hat sich etwas ergeben, was ich extrem beunruhigend finde. Leider konnte ich mich aber nicht gegen die Kollegen durchsetzen", erklärte Knud.

„Du machst es spannend. Worum geht es denn?", fragte der Hausmeister neugierig.

„Charlotte will sich als Lockvogel auf dieser Datingplattform anmelden", platzte Knud heraus, was Torge einen Pfiff entlockte.

„Alle Achtung! Die Frau hat wirklich Mumm", kommentierte er die Neuigkeit. „Und was nervt dich daran mehr? Die Sorge, ihr könnte etwas zustoßen oder die Gefahr, dass sie einen smarten Nordfriesen kennenlernt, der sie dir wegschnappt?"

Knud schien sich ertappt zu fühlen. Zumindest verschlug es ihm die Sprache.

„Mann, ich verstehe dich nicht! Wenn dein Herz immer noch für die Wiesinger schlägt, was soll dann dein Techtelmechtel mit der frechen Gerichtsmedizinerin?"

„Du weißt doch, wie es gelaufen ist. Charlotte hat mir einen Korb gegeben", verteidigte sich der Kommissar.

„Aber das ist kein Grund, dich an Fiona heranzumachen, wenn du eigentlich die Wiesinger liebst. Das kapier ich einfach nicht." Torge schüttelte verstärkend seinen Kopf.

„Na ja, genau genommen hat sie sich an mich herangemacht", versuchte Knud einen Scherz, mit dem er allerdings bei dem konservativen Hausmeister nicht landen konnte.

„Knud, das ist nicht witzig. Mich könnten noch so viele Frauen anbaggern, ich würde niemals meine Annegret betrügen", erklärte er mit Nachdruck.

„Dir ist schon klar, dass dieser Vergleich hinkt."

„Und du weißt genau, was ich meine. Wenn mein Herz für eine Deern schlägt, dann mache ich nicht mit einer anderen rum."

„Du drückst dich heute ja drastisch aus", bemerkte Knud mit einem leichten Grienen.

„Anders kapierst du es ja nicht. Und dein Sonnyboy-Lächeln wird dir bald vergehen, wenn du so weitermachst. Also: Butter bei die Fische: Wovor hast du am meisten Schiss?" Torge raufte sich die blonden Locken; ein Reflex, wenn ihn etwas piesackte.

„Am meisten Angst habe ich, dass ihr was passiert. Wenn sie sich plötzlich in einen anderen verlieben würde, wäre das allerdings ein unangenehmer Nebenschauplatz", gab Knud zu.

„Das trifft die Sache nicht ansatzweise!", behauptete Torge in voller Überzeugung. „Du würdest leiden wie ein Tier."

„Hhm, schon möglich."

„Schon möglich", echote der Hausmeister. „Diese Coolness nehme ich dir nicht ab. Und mal ganz nebenbei: Machst du dir ab und zu Gedanken, wie deine Affäre mit Fiona auf die Wiesinger wirkt?"

„Ja, sicher", behauptete Knud.

„Das glaube ich dir nicht", widersprach Torge. „Warum seid Ihr nicht zusammen? Sie mag dich doch!"

„Sie hat ein Vertrauensproblem, weil ihr Ex sie betrogen hat. Das weißt du doch."

„Nicht so genau. Aber wenn sie eine feste Beziehung mit dir nicht zulassen kann, weil sie nur schwer Vertrauen fassen kann, dann ist dein Verhalten wirklich das Dümmste, was die Welt je gesehen hat." Torge hatte sich in Rage geredet. Einen Moment schwiegen beide, dann fügte er hinzu: „Tut mir leid, Kumpel, da bin ich wohl übers Ziel hinausgeschossen. Eigentlich wollte ich einen netten Abend mit dir verbringen und dich nicht wie ein Oberlehrer behandeln. Ich hol uns noch ein Bier."

Knud saß regungslos auf der gleichen Stelle, als er in das Wohnzimmer zurückkehrte.

„Du hast ja recht. Ich dachte, wenn ich mich emotional auf eine andere Frau einlasse, würden die Gefühle für Charlotte freundschaftlicher werden. Aber leider funktioniert das überhaupt nicht“, erklärte Knud seinem Freund.

„Tja, dann musst du wohl die Konsequenzen ziehen. Dein derzeitiges Verhalten ist beiden Frauen gegenüber unfair“, teilte Torge seine Überzeugung. „Und erklär mir jetzt nicht, Fiona wäre ja so locker drauf und es sei nebenbei gesagt auch gar nichts Ernstes. Das ist alles Bullshit!“

„Boah, ich erkenne dich nicht wieder. So hast du noch nie mit mir geredet.“ Knud kam aus dem Staunen kaum heraus.

„Ganz ehrlich? Ich kann mich auch nicht erinnern, dich schon mal so illoyal und rücksichtslos erlebt zu haben. Entschuldige, war eine Steilvorlage.“ Torge tat zerknirscht. Für einen Augenblick. „Nee, genau genommen ist eine Entschuldigung fehl am Platz, weil ich dir als dein bester Freund nur dazu raten kann: Hör auf dein Herz und lass die Fisimatenten!“

„Okay, das war deutlich. Danke dir. Jetzt würde ich trotzdem gerne das Thema wechseln. Jedenfalls von dem privaten auf den beruflichen Fokus. Charlotte ist nicht davon abzubringen, diese Lockvogelnummer durchzuziehen. Fiete und ich haben am Ende zugestimmt, damit sie es nicht im Alleingang macht. Dann hätten wir überhaupt keine Möglichkeit, sie zu beschützen. Und an dieser Stelle kommt mein Anliegen ins Spiel: Lilly wird spätestens morgen Abend Fotos von einer optisch veränderten Charlotte aufnehmen. Damit soll das Risiko der Wiedererkennung minimiert werden. Im Anschluss stellen die Frauen ein Fakeprofil von ihr online. Wir befürchten, dass sich der Täter keine lange Verschnaufpause gönnen wird. Wenn er im Blutrausch ist, schnappt er sich vielleicht schon am Wochenende das nächste Opfer." Knud nahm einen großen Schluck Bier aus der Flasche.

„Sie will sich ernsthaft mit dem Täter treffen?", fragte Torge erschüttert. „Wie will sie ihn denn erkennen? Das verstehe ich nicht!"

„Sie kann sich nicht sicher sein", antwortete Knud. „Wir kennen seine Identität bislang nicht, haben nicht einmal einen stichhaltigen Verdacht."

„Und wie soll das funktionieren? Wie können wir sie dann beschützen?" Es stand für Torge außer Frage, die Bitte seines Freundes abzulehnen, aber er hatte keine Ahnung, wie sie das umsetzen sollten. „Willst du die Wiesinger etwa beschatten?"

„Das würde sie bestimmt merken", griente Knud von einem Ohr zum anderen. Immerhin hatte die harsche Kritik ihm nicht die Laune verhagelt. Aber wer sollte sonst Klartext mit ihm reden, wenn nicht sein bester Freund?

„Dann wärst du endgültig untendurch", bestätigte der Hobbyermittler. „Also, wenn du sie beschützen willst, musst du sie auf jeden Fall einweihen. Ihr seid doch ein gutes Team. Was soll sie dagegen haben, wenn du ihren Bodyguard mimst."

„Hhm, ich weiß nicht. Sie hat zwar zugestimmt, mit uns zusammenzuarbeiten, aber ich glaube, sie wird zumindest die ersten Schritte alleine gehen. Ist anders ja auch gar nicht möglich", gab Knud seine Vermutung preis.

„Aus Protest, weil du dich wie ein Idiot verhältst?", stichelte Torge weiter.

„Ja, möglich. Aber jetzt ist es gut. Ich habe es verstanden und verspreche dir, über eine Lösung nachzudenken", mokierte sich Knud.

„Denken reicht nicht", murmelte Torge und hob dann lachend die Hände. „Schon gut, ich höre jetzt auf. Trotzdem könnte es da einen Zusammenhang geben, oder? Ich meine, wenn ihr Vertrauen in dich gesunken ist, beeinträchtigt das auch eure Zusammenarbeit."

„Ja, das ist richtig. Also, mach dir mal einen Kopp. Wie können wir ihr effektiv Schutz gewähren, ohne ihren Unmut zu erzeugen? Bis du dabei?", fragte Knud leicht verunsichert.

„Das ist Ehrensache", bestätigte Torge. „Da hilft wohl nur ein Brainstorming." Endlich gab es mal wieder die Gelegenheit, dieses herrliche Wort zu benutzen.

Greta in St. Peter-Ording

Donnerstag, den 13. Oktober

Greta war froh, dass Torge sie überredet hatte, den Kommissaren ihre vermeintliche Beobachtung zu melden. Auch wenn die Information eher verhalten aufgenommen wurde, hatte sie die Verantwortung abgegeben und konnte sich auf ihre eigenen Angelegenheiten konzentrieren. So war jedenfalls ihr Plan gewesen, denn immerhin stand sie nun wieder allein mit der gesamten Arbeit im Vorzimmer der Managerin der *Weißen Düne* da. Was für ein Dilemma!

Heikes plötzlicher Tod nahm sie unglaublich mit. Außerdem befürchtete sie, nun nicht wie geplant in den wohlverdienten Ruhestand gehen zu können. Sofort schämte sie sich für ihren Gedanken, weil das natürlich im Vergleich zu Heikes Schicksal völlig belanglos war. Trotzdem fühlte sie sich erschöpft und kam nicht umhin, sich um ihre eigene Zukunft zu sorgen.

Wenn ihr bloß noch etwas zu den Opfern der grausamen Morde einfiel, was für die Aufklärung nützte! Immerhin hatte sie beide Frauen gekannt. Aber das Brüten brachte sie überhaupt nicht weiter. Irgendwie fehlte ihr der richtige Ansatzpunkt, um weitere Fakten aus ihrem Gedächtnis zu kramen oder entsprechend zu verknüpfen. Vielleicht gab es auch einfach nichts.

Umso erfreuter war sie, als am späten Vormittag Kommissarin Wiesinger an ihre Bürotür klopfte und sie um ein weiteres Gespräch bat.

„Oh, Frau Wiesinger, kommen Sie herein! Mit Ihnen hätte ich heute am allerwenigsten gerechnet. Ich dachte, Sie sind mit Befragungen von möglichen Verdächtigen oder Zeugen beschäftigt", begrüßte Greta ihre unerwartete Besucherin herzlich.

„Ja, das wäre ich normalerweise. Da ich jetzt verdeckt ermitteln werde, muss ich mich aus allem heraushalten, was meine Identität verraten könnte."

„Das klingt spannend und gefährlich zugleich", antwortete Greta und bot der Kommissarin einen Kaffee an, den diese gerne annahm.

„Vielleicht. Um dem Täter auf die Spur zu kommen, werde ich mich auf der Plattform *Nordfriesenliebe* anmelden."

„Oh wirklich? Als Lockvogel? Das ist wirklich gefährlich", rief die Sekretärin aus.

Charlie machte eine abwehrende Handbewegung, um nicht erneut darüber diskutieren zu müssen. „Die Entscheidung ist gefallen. Um mich darauf vorzubereiten, würde ich mich freuen, wenn Sie mir alles erzählen, was sie über die beiden Frauen wissen. Heike und Chrissy waren in Bezug auf Charakter und Lebensstil sehr verschieden. Sie sind die Einzige, die beide

Frauen kannte. Vielleicht wissen Sie etwas, was beide verbindet. Haben Sie dafür Zeit?"

„Tatsächlich kann ich mich auf kaum etwas anderes konzentrieren und helfe Ihnen sehr gerne. Können Sie mir konkrete Fragen stellen? Das würde es mir erleichtern", gab Greta zu.

„Hhm, ich möchte Sie nicht in eine Richtung beeinflussen", erklärte Charlotte Wiesinger.

„Ich denke die ganze Zeit darüber nach", murmelte Greta. „Aber etwas Bahnbrechendes fällt mir dazu nicht ein."

„Sind sich Heike und Chrissy vielleicht doch irgendwo begegnet?"

„Das kann ich Ihnen nicht beantworten?", sagte die Sekretärin. „Haben Sie in dem Friseursalon nachgefragt?"

„Ja, da gab es keinen Kontakt – gleiches gilt für die Tanzschule in Husum."

Greta nickte. „Davon hat Chrissy auch nie etwas erzählt. Sie war zwar ein Bewegungsmensch, stand aber eher auf Workouts wie Pilates. Ehrlich gesagt konnte ich mir die Namen nicht merken. Ich weiß nur, dass sie bei gutem Wetter gerne draußen trainiert hat, im Winter zu Hause mit YouTube-Videos und so."

„Bei einem Fitnessstudio war sie also nicht angemeldet?", fragte die Kommissarin nach.

„Nein, irgendwann hat sie mal gesagt, sie spare sich das Geld lieber und gebe es für Klamotten und Kosmetikartikel aus."

„Ja, davon hatte sie reichlich", bestätigte die Kommissarin.

„Mir fallen immer nur Unterschiede ein. Die eine extrem extrovertiert, die andere eher zurückhaltend. Chrissy hat unglaublich viel Wert auf ihre äußere Erscheinung gelegt und dafür großen Aufwand getrieben. Heike war ebenfalls optisch attraktiv, aber wesentlich natürlicher. Ich kann mir bei ihr nicht vorstellen, dass sie zwei Stunden im Bad verbracht hat, um ihr Make-up aufzulegen. Aber ich mochte beide. Chrissy hatte so eine offene unkomplizierte Art, die einen schnell für sie einnahm. Sie plauderte munter drauflos, ohne sich darum zu kümmern, was andere von ihr dachten. Ihre Anmeldung bei *Nordfriesenliebe* war für mich wirklich eine Überraschung. Ironischerweise ist das etwas, was beide Frauen verbindet. Auch bei Heike hätte ich das nicht vermutet. Sie sehen also, ich kannte die Frauen nicht so gut, wie ich selbst dachte – zumindest in Bezug auf meine Kollegin ist das eine erstaunliche Erkenntnis." Erschöpft von der langen Rede sackte Greta auf ihrem Bürostuhl zusammen. Wieder schüttelte sie den Kopf.

„Beide waren relativ klein und zierlich", ergänzte die Kommissarin.

„Ja, das stimmt. Optisch passen Sie recht gut in das Beuteschema des Täters. Haben Sie keine Angst, Frau Wiesinger?", fragte Greta nun doch besorgt.

„Angst ist in meinem Job ein schlechter Begleiter. Und bedenken Sie, dass ich viel besser vorbereitet bin, als jede andere Frau, die sonst vielleicht zu seinem Opfer wird."

Dieses Argument konnte Greta nachvollziehen. „Haben Sie damit Ihre Kollegen überzeugt? Mindestens die beiden Männer waren bestimmt von Ihrem Vorhaben wenig begeistert?"

Die Kommissarin grinste. „So ist es."

„Sie haben doch sicherlich Zugriff auf die Personendetails der Datingplattform. Konnten Sie daraus keine Parallelen zwischen den beiden Opfern ziehen?", wechselte Greta schließlich das Thema.

„Die Angaben der Profile entsprechen nicht zwingend der Wahrheit", antwortete Frau Wiesinger.

„Und die Nachrichten oder Chatverläufe mit den Männern? Konnten Sie da etwas herauslesen?", blieb die Sekretärin hartnäckig.

„Hhm, ich gehe davon aus, dass es sich um viel Selbstdarstellung handelt, aber trotzdem ist das eine gute Idee. Da Fiete Nissen mich ohnehin zum Innendienst verdonnert hat, werde ich die erneut überprüfen. Vielleicht finde ich etwas von Bedeutung."

„Ich freue mich, wenn ich immerhin einen guten Einfall beisteuern konnte. Passen Sie gut auf sich auf, Kommissarin Wiesinger. Wie es aussieht, brauchen wir Sie hier auf Eiderstedt auch weiterhin für die Verbrechensbekämpfung. Seien Sie vorsichtig!" Am liebsten hätte sie noch eine Bemerkung in Bezug auf Knud hinzugefügt, verkniff sie sich aber. Die beiden waren alt genug, um ihre Probleme selbst zu lösen.

Lilly unterwegs auf Eiderstedt

Donnerstag, den 13. Oktober

Lilly hatte sich gründlich auf die Befragungen der Männer vorbereitet, die laut Chatverlauf auf *Nordfriesenliebe* die letzten Kontakte von Heike und Chrissy gewesen waren. Aus beiden ließen sich relativ spontane Treffen herauslesen. Hatte das etwas zu bedeuten? Konnte die Lösung so einfach sein? Das würde allerdings nach ihren bisherigen Erkenntnissen bedeuten, dass sich Nils Burmeister und Stefan Hecht nicht nur kannten, sondern auch gemeinsam agierten, was Lilly wiederum für eher unwahrscheinlich hielt. Nun war sie gespannt, wie die Männer auf das Auftauchen der Polizei reagierten und ob sie für die entsprechenden Abende Alibis vorweisen konnten.

Stefan Hecht war Versicherungsmakler mit einem eigenen Büro in St. Peter-Bad. Das Foto auf seiner Website zeigte einen attraktiven Mann Anfang dreißig, der mit einem arroganten Gesichtsausdruck in die Kamera guckte. Eigentlich nicht besonders vertrauenerweckend, aber vielleicht setzen seine Kunden das Gehabe mit Kompetenz gleich. Laut seiner hochtrabenden Vita hätte er mindestens zwanzig Jahre älter sein müssen.

Lilly wappnete sich innerlich. Sie erwartete eine Begegnung mit einem überheblichen Schnösel, der vermutlich ihre eigenen Fähigkeiten anzweifelte und sich lieber mit dem männlichen Kollegen unterhielt. Für Charlie wäre dieser Typ bestimmt die pure Provokation gewesen, aber Knud ging damit meist nordfriesisch pragmatisch um. Eine Fähigkeit, die Lilly bewunderte. Auch sie selbst blieb nicht immer so ruhig, wie sie sich es wünschte.

Das Ladenlokal lag in relativ zentraler Lage mit unspektakulärem Blick auf einen Parkplatz und eine Reihe Müllcontainer. Vielleicht war der Versicherungsmakler doch nicht ganz so erfolgreich, wie er die Besucher seiner Internetpräsenz glauben ließ. Immerhin stand ein Porsche vor der Tür, der vermutlich Stefan Hecht gehörte, denn außer ihm war das Büro leer. Lilly tippte auf einen Leasingvertrag.

„Moin! Kommissarin Lilly Morgenroth. Das ist mein Kollege Knud Petersen“, stellte sie sich dem Mann vor, der hinter einem imposanten Schreibtisch saß und aufblickte, nachdem sie eingetreten waren.

„Ja?“, fragte er statt einer Begrüßung, dafür mit dem gleichen Blick, wie auf der Website. Vielleicht hatte er ihn einstudiert. Schließlich stand er auf und kam den Kommissaren entgegen. Lilly schoss der Gedanke durch den Kopf, dass er dies lediglich tat, um nicht zu ihnen aufblicken zu müssen. Bestimmt war es weder der Höflichkeit, noch dem Respekt geschuldet.

Stefan Hecht war groß und breitschultrig, machte dabei einen sportlichen Eindruck. Bestimmt war er mehrmals die Woche in einem Fitnessstudio anzutreffen und hatte keine Probleme, bei dem weiblichen Geschlecht zu landen.

Lilly konzentrierte sich auf die Befragung: „Wir ermitteln in den Mordfällen von Heike Niemeyer und Christine Rohde. In dieser Sache möchten wir uns kurz mit Ihnen unterhalten."

Der Schnösel kniff seine Augen zu schmalen Schlitzen zusammen. „Was habe ich damit zu tun?", fragte er betont gelassen.

„Das erkläre ich Ihnen gerne. Laut Betreiber der Datingplattform *Nordfriesenliebe* waren Sie der Letzte, der mit Christine Rohde Kontakt hatte ..."

„Wie kommen die dazu, meine Daten an die Polizei zu verschachern? Haben die noch nie etwas von Datenschutz gehört?", plusterte er sich sofort auf. Der arrogante Gesichtsausdruck war verschwunden.

„Durchsuchungsbeschluss", antwortete Lilly knapp.

„Durchsuchungsbeschluss! Frechheit! Ich kenne überhaupt keine Christine wie auch immer." Er wurde wieder ruhiger, schien allerdings mühsam beherrscht.

„Aber Sie nutzen diese App?", hakte die Kommissarin nach.

„Ja." Es schien dem Versicherungsmakler peinlich zu sein.

Lilly nutzte die Gelegenheit, um seine Unsicherheit zu vergrößern. „Warum? Haben Sie im wahren Leben nicht ausreichend Schlag bei den Frauen?"

Einen Moment lang verschlug es ihm die Sprache. Dann moserte er weiter. „Solche Unterstellungen verbitte ich mir. Was glauben Sie eigentlich, wer Sie sind? Ich erwarte von Ihnen eine respektvolle Behandlung!"

„Meine Kollegin wollte Sie nicht beleidigen. Sie hat sich nur gewundert, weil sie davon ausgegangen ist, dass Sie auch so ausreichend Gelegenheit haben, schöne Frauen kennenzulernen", sprang Knud in die Bresche.

Stefan Hecht war sich nicht sicher, ob er Knuds Aussage Glauben schenken sollte, vermied jedoch eine weitere Konfrontation. „Ich finde es einfacher über so eine App. Klare Verhältnisse, jeder weiß, woran er ist. Wenn ich in eine Bar gehe, muss ich erst mühsam herausfinden, welche Lady Single ist."

Knud nickte bestätigend.

„Aber eine Christine habe ich bei *Nordfriesenliebe* nicht gedatet."

„Ja, wahrscheinlich nicht unter diesem Klarnamen. Sie haben aber mit *SPO Sunshine* gechattet." Bewusst tastete sich die Kommissarin langsam voran, damit er nicht komplett auf Konfrontation ging oder dichtmachte.

„Pfft, möglich. Ich habe mit vielen Frauen gechattet. Dabei kann ich mir kaum jeden dusseligen Nicknamen merken." Der überhebliche Gesichtsausdruck kehrte zurück.

Lilly freute sich insgeheim darüber. Sollte er sich ruhig sicher fühlen. Wenn er der Täter war, würde diese Arroganz es ihr erleichtern, ihn überführen. Und *XMan 911* war natürlich wesentlich intellektueller. Sie schluckte eine ironische Bemerkung dazu herunter und konzentrierte sich auf ihre Strategie. „Genau. Allerdings haben Sie am letzten Wochenende einen ziemlich heißen Chat mit ihr geführt und sich schließlich für den Sonntagabend verabredet."

„So'n Quatsch. Den ganzen Sonntag habe ich über einer wichtigen Präsentation gebrütet – für einen potentiellen Großkunden. Wenn ich den an Land ziehe, kann ich einen Mietvertrag für ein echt edles Büro unterschreiben, das ich bereits reserviert habe. Mit einer Lage, die absolut erste Sahne ist. Blick über die Dünen bis zu den Pfahlbauten, davon gibt es nicht einmal hier in St. Peter viele. So eine Chance lasse ich doch nicht für ein Date mit einer Schnecke sausen, egal ob *Sunshine* oder

Rain.“ Er lachte über seinen eigenen dämlichen Witz, der wohl seiner Unsicherheit geschuldet war.

„Gibt es dafür Zeugen?“, fragte Lilly prompt.

„Zeugen? Sehen Sie hier vielleicht eine Sekretärin oder sowas?“, wurde er pampig.

„Sie haben hier gearbeitet?“

„Ja, hier habe ich alle Unterlagen, die ich für die Vorbereitung brauche, außerdem ein Präsentationsprogramm. Solche Arbeiten erledige ich lieber an dem großen Bildschirm als zu Hause auf dem Laptop, auch wenn ich es da etwas gemütlicher habe.“ Die Mitteilung der Fakten ließ ihn wieder sachlicher werden.

„Ist das Ihr Porsche dort vor der Tür?“, wechselte Lilly das Thema.

Damit hatte er nicht gerechnet. „Ja. Was hat mein Auto damit zu tun?“

„Sind Sie am Sonntag mit dem Wagen hierhergekommen?“

„Klar.“ ‚Wie sonst?‘, schien er zu fragen.

„Und wo wohnen Sie?“

„Im Dorf. Das wissen Sie bestimmt längst, oder? Was soll das alles? Stehe ich etwa unter Verdacht, diese Christine auf dem Gewissen zu haben? Sollte ich mir einen Anwalt besorgen?“ Stefan Hecht versuchte, seinen arroganten Gesichtsausdruck aufzusetzen; allerdings blitzte ihm die Angst aus den Augen.

„Wir möchten wissen, wo Sie am Sonntagabend zwischen zwanzig und vierundzwanzig Uhr waren“, schaltete sich Knud in die Befragung ein.

„Na, hier! Das habe ich doch eben gesagt.“

„Bis Mitternacht haben Sie an der Präsentation gearbeitet?“

„Genau genommen bis circa halb zwei.“

„Aber dafür gibt es keine Zeugen?“

„Mein Auto hat vor der Tür gestanden“, nahm er diesen Aspekt wieder auf. „Dafür gibt es bestimmt Zeugen.“

„Wir wollen wissen, ob es für Ihre Anwesenheit hier im Büro Zeugen gibt." Knud guckte ihm direkt in die Augen. „Ihr Auto kann dort genauso stehen, wenn Sie sich zu Fuß auf den Weg machen."

Eine Weile hielt Stefan Hecht den Blickkontakt, dann wich er aus. „Nein, ich war den ganzen Abend allein. Um sieben habe ich mir eine Pizza kommen lassen, aber danach war hier niemand. Ich hatte die Vertikalgardinen geschlossen, weil ich ungestört sein wollte. Das kann niemand bezeugen." Mit jedem Wort war er leiser geworden. „Brauche ich einen Anwalt?"

Lilly hatte plötzlich eine Idee. Im Grunde widerstrebte es ihr, diesem überheblichen Typen ein Alibi zu verschaffen, aber sie wollten ja den wahren Täter fassen und nicht irgendjemanden verhaften, nur, weil er unsympathisch war.

„Zeigen Sie mir mal Ihren Explorer!", forderte sie den Versicherungsmakler auf, der nicht sofort folgen konnte.

„Wie bitte?"

„Ihr Datenverzeichnis; den Ordner, in den Sie Ihre Dateien für die Präsentation gespeichert haben." Die Kommissarin verspürte Ungeduld. Konnte Stefan Hecht darüber eindeutig belegen, hier gewesen zu sein? Oder gab es ausreichend große Lücken, in denen er Chrissy hätte treffen und verschleppen können? Und wenn ja, wohin? – Lilly zwang sich zur Ruhe. Ein Schritt nach dem anderen!

Nachdem er verstanden hatte, worum es der Kommissarin ging, wurde er geradezu eifrig, setzte sich wieder auf seinen Stuhl und klickte mit der Maus herum. Bereits kurz darauf bot er ihr den Platz an: „Hier schauen Sie! Ich habe meine Arbeit immer wieder in neuen Dateien gespeichert, weil ich kein Risiko eingehen wollte. Zwischendurch habe ich Bilder nachbearbeitet, die befinden sich in einem Unterordner. Eigentlich müsste das meine lückenlose Anwesenheit an diesem Schreibtisch beweisen."

Lilly setzte sich vor den Bildschirm und prüfte die Detailangaben der Dateien. Wie es aussah, war Stefan Hecht wirklich den gesamten Abend hier gewesen, um fleißig an seiner Präsentation zu arbeiten. Schließlich nickte sie. „Okay, halten Sie sich zu unserer Verfügung. Es kann sein, dass wir mit weiteren Fragen zu Ihnen kommen."

Der Moment der Dankbarkeit war kurz. So kurz, dass Lilly sich wenig später fragte, ob es bloß Einbildung gewesen war, denn schon setzte der Versicherungsmakler wieder seine Maske der Arroganz auf.

„Ich habe Ihnen ja gleich gesagt, mit Mord habe ich nichts zu schaffen. Ich habe einen großen Plan für mein Leben: Erfolg, Geld, Anerkennung. Das lasse ich mir bestimmt nicht von einer Frau kaputtmachen, mit der ich mal ein bisschen gechattet habe. Wenn das jetzt alles ist, ich habe zu tun."

Lilly schluckte eine patzige Erwiderung herunter, auch wenn es ihr schwerfiel. Das aufkommende Bereuen, ihn durch ihre eigene Idee vorerst entlastet zu haben, schob sie beiseite. Sie würde den wahren Mörder fassen. Und noch war Stefan Hecht nicht endgültig von der Liste der Verdächtigen gestrichen. Den Zeitstempel solcher Daten konnte man leicht manipulieren. Die Frage war, ob er über derartige Kenntnisse verfügte. Außerdem konnte genauso eine andere Person die Daten zu diesem Zeitpunkt gespeichert haben, was allerdings nicht wirklich schlüssig war, denn Aber würde er jemanden mit so einer Aufgabe betrauen, wenn er zur gleichen Zeit ein Date hatte, das in einem Verbrechen endete? Vermutlich geplant? Das war eher unwahrscheinlich! Trotzdem nahm sie sich vor, das weitere Umfeld von Stefan Hecht zu überprüfen.

„Eine Frage habe ich noch, dann lassen wir Sie fürs Erste allein. Kennen Sie Nils Burmeister?“

„Nein, wer soll das sein?“ Der Versicherungsmakler war sofort auf der Hut. Täuschte sich Lilly oder wurde er unruhig?

„Ein Malermeister aus Oldenswort. Überlegen Sie in Ruhe. Ist er vielleicht Kunde bei Ihnen? Oder Sie bei ihm? Kennen Sie ihn aus dem Fitnessstudio oder sonst woher?“

„Nein, ich sage es Ihnen doch! Ich kenne keinen Nils Burmester!“, antwortete Stefan Hecht ungehalten.

„Burmeister“, korrigierte die Kommissarin.

„Meinetwegen auch Burmeister. Den kenne ich auch nicht. War‘s das jetzt? Ich habe wirklich keine Zeit, um den ganzen Tag zu plaudern!“

Wieder erschien der überhebliche Gesichtsausdruck, den Lilly sich nicht länger angucken wollte.

Auf dem Weg nach Oldenswort zu dem Malermeister Nils Burmeister schwiegen die Kommissare. Lilly überlegte, ob sie Knud zu seinem Eindruck befragen wollte, ließ es aber bleiben. Später im Team würden sie ohnehin alle Einzelheiten analysieren. Ihr Bauchgefühl sagte ihr, dass Stefan Hechts Alibi korrekt war und er die Daten nicht manipuliert hatte, aber was bedeutete das für ihren Fall? Bevor sie es jetzt diskutierte, ging sie lieber im Geiste erneut die Fragen für den zweiten Verdächtigen durch. Auf keinen Fall sollte ihr in dieser Ermittlung ein Fehler unterlaufen.

Das Büro, in dem sie von einer Angestellten empfangen wurden, stand in krassem Gegensatz zu dem modern eingerichteten Ladenlokal des Versicherungsmaklers. In einen relativ kleinen Raum waren zwei Schreibtische gequetscht, die farblich nicht zusammenpassten. Vertäfelte Wände ließen den Raum trotz des großen Fensters dunkel erscheinen. Die technische Ausstattung war offensichtlich in die Jahre gekommen. Lilly fragte sich unwillkürlich, wie man bei diesem Rauschen und Summen arbeiten konnte. Eine Geräuschkulisse wie in einem Großraumbüro!

„Bitte entschuldigen Sie die Enge! Wir sind hier nicht auf Besuch eingestellt", wurden sie von einer Frau mittleren Alters begrüßt, die sich als Annette Bruhns vorstellte. „Der Chef bespricht alles auf den Baustellen. Worum geht es überhaupt?"

„Wir gehören zur Ordinger Polizei und würden uns gerne mit Nils Burmeister unterhalten", antwortete Lilly.

„Oh, Polizei! Kommen Sie etwa wegen der Morde an den beiden jungen Frauen? Das ist wirklich schrecklich. Was hat der Chef damit zu tun?" Annette Bruhns schien ehrlich erschüttert.

„Das können wir Ihnen leider nicht sagen. Ist er da?"

„Nein, aber ich erwarte ihn in Kürze. Er hat sich vorhin gemeldet, weil er die Ware braucht, die erst heute Vormittag geliefert wurde. Wir haben einen Aufenthaltsraum. Er ist so groß wie dieser, aber nicht so vollgestopft. Wollen Sie dort auf ihn warten? Darf ich Ihnen einen Kaffee anbieten?", fragte Annette Bruhns freundlich. Trotzdem schien das Auftauchen der Polizei sie zu verunsichern. Mit zittrigen Händen füllte sie Wasser in den Tank der Kaffeemaschine.

„Wie lange arbeiten Sie schon in dieser Firma?", fragte die Kommissarin, um die freundliche Frau ein wenig zu entspannen.

„Eigentlich schon immer", lächelte sie prompt. „Kurz nach meiner Lehre zur Bürokauffrau habe ich bei dem Senior angefangen. Als er den Betrieb an seinen Sohn übergeben hat, bin ich geblieben."

„Sie kennen Nils Burmeister also sehr gut", mutmaßte Lilly weiter.

„Ja, eigentlich von Kindesbeinen an. Der Alte hatte einen Narren an seinem Stammhalter gefressen. Schon als kleiner Junge war Nils immer mal hier und ist seinem Vater zur Hand gegangen. Da war es ganz natürlich, den gleichen Beruf zu ergreifen und schließlich den Betrieb zu übernehmen."

„Was ist Ihr Aufgabengebiet?"

„Na ja, eigentlich alles, was so im Büro anfällt. Telefondienst, Aufträge und Rechnungen schreiben, Buchhaltung, Ware annehmen, sowas halt", gab Annette Bruhns bereitwillig Auskunft.

„Herrscht hier ein gutes Betriebsklima? Ist Nils Burmeister ein fairer Chef?"

„Ich kann mir keinen Besseren wünschen. Er ist meistens entspannt, zahlt ordentlich und zu Weihnachten bekommen wir jedes Jahr eine Gans. Überstunden sind nur selten notwendig. Ich arbeite ja sowieso lediglich zwanzig Stunden die Woche und bin dadurch immer pünktlich bei meiner Familie zu Hause. Was will man mehr?"

Mittlerweile war der Kaffee fast durchgelaufen, brodelnd kündigte die Maschine das Finale an.

„Wollen Sie Milch und Zucker?", fragte Annette Bruhns.

„Nur Milch, danke", erwiderte Knud, der bislang lediglich zugehört hatte.

„Nils Burmeister behandelt Sie also sehr respektvoll?", fragte Lilly weiter.

„Ja. Grundsätzlich. Er ist ein eher ruhiger und zurückhaltender Mann. Frauen gegenüber verhält er sich immer korrekt." Die langjährige Mitarbeiterin nickte bestätigend.

„Haben Sie mal eine Frau an seiner Seite kennengelernt?"

„Hhm. Nein, sein Privatleben trägt er nicht in die Firma. Ich mache mittags Feierabend. Die Männer sind meist bis sechzehn Uhr auf der Baustelle. Was Nils abends macht, weiß ich nicht. Darüber spricht er nicht mit mir. Immerhin ist er der Chef. Ah, da kommt er ja." Annette Bruhns wies mit dem Finger auf den Wagen, der vor dem Fenster gehalten hatte. Dabei schien sie erleichtert zu sein, keine weiteren Fragen beantworten zu müssen. „Ich sage ihm Bescheid, dass Sie hier warten“, fügte sie hinzu und verließ geradezu fluchtartig den Raum.

Der Mann, der aus dem Auto stieg, war ebenfalls groß und kräftig. Lilly schätzte ihn auf Mitte dreißig. Seine Haare waren modisch kurz geschnitten, außerdem trug er einen gepflegten Bart. Auf den ersten Blick wirkte er nicht übermäßig attraktiv, aber sympathisch. Eher der Kumpeltyp als ein ausgesprochener Frauenheld. Während seine Mitarbeiterin auf ihn einredete, blickte er erst zum Fenster und dann auf seine Armbanduhr. Schließlich nickte er. Mit schnellen Schritten kam er auf das Gebäude zu, in dem die Kommissare warteten.

„Moin!“, begrüßte er sie freundlich, als er den Raum betrat. „Sie gehören zur Ordinger Polizei?“

„Ja“, antwortete Lilly und stellte beide vor.

Wieder nickte Nils Burmeister. „Sie kommen sicherlich wegen der toten Frauen. Schreckliche Sache! Ich habe Sie bereits erwartet, jetzt aber wirklich wenig Zeit, da ich mit meinem Auftrag in Verzug bin. Ich wäre Ihnen also dankbar, wenn Sie sich kurzfassen könnten. Bitte verstehen Sie das nicht falsch.“

„Okay, wir versuchen es“, stieg Lilly auf die Vorgabe ein. „Warum haben Sie uns erwartet?“

„Na, weil ich mit einem der Opfer Kontakt hatte. Jedenfalls gehe ich davon aus. Sie hat sich als Heike bei mir vorgestellt und erzählt, dass sie in einer Ferienanlage in St. Peter-Ording arbeitet.“

„Sie haben Sie getroffen?“, fragte die Kommissarin überrascht.

„Nein. Wir haben eine Weile telefoniert, wollten uns verabreden, aber dazu kam es nicht. Leider konnten wie uns auf keinen Termin einigen. Ich hatte einen Stau in den Aufträgen, weil einer meiner beiden Mitarbeiter krank wurde. Also musste ich selbst Überstunden schieben. Tja, irgendwie schien sie dadurch das Interesse zu verlieren. Die Sache ist letztendlich im Sande verlaufen."

„Wie lange ist das her?"

„So acht Wochen würde ich sagen", gab Nils Burmeister bereitwillig Auskunft.

„Und Sie haben keinen zweiten Versuch unternommen, als es bei Ihnen wieder ruhiger wurde?", fragte die Kommissarin weiter.

„Doch, ich habe ihr vor circa vier Wochen eine WhatsApp geschickt, darauf aber keine Antwort erhalten." Er zuckte die Schultern. „Aufdrängen muss ich mich nicht. Das liegt nicht in meiner Natur."

„Uns liegt der Einzelverbindungsnachweis von Heike Niemeyer vor. Ihre Nummer taucht dort in den letzten drei Monaten nicht auf."

„Sie hat bestimmt ein Prepaidhandy benutzt. Aber für derartige Spekulationen habe ich wirklich keine Zeit. Wollen Sie noch etwas von mir wissen?", fragte er freundlich, aber bestimmt.

„Wir haben von dem Betreiber der Plattform *Nordfriesenliebe*, Einblick in Ihren Account bekommen. Danach haben Sie am Freitag, an dem Heike Niemeyer vermutlich verschwunden ist, mit ihr gechattet und sich schließlich verabredet", behauptete Lilly, wobei sie ihn prüfend musterte.

Nils Burmeister wurde bleich. „Am Freitag vor zwei Wochen?", stammelte er. „Das muss ein Irrtum sein! Ich ..." Ihm versagte die Stimme. Kraftlos ließ er sich auf einen der Stühle sinken und schüttelte ungläubig den Kopf. „Sind Sie sicher?"

„Ja."

„Das kann nicht sein", flüsterte er. Sein enger Zeitplan schien vergessen. Er starrte auf den Boden vor seinen Füßen, setzte mehrfach zum Sprechen an, bekam aber keinen Ton heraus.

Lilly wollte ihn zu einer Antwort drängen, schwieg jedoch, als Knud ihr ein Zeichen gab. Schließlich hob Nils Burmeister den Kopf und räusperte sich.

„Ich kann mir das nicht erklären", erklärte er stockend. „In den letzten drei Wochen war ich überhaupt nicht online. Ich habe wieder sehr viel Arbeit und wollte nicht noch so eine Erfahrung machen. Obwohl ich geschäftlich ständig fremden Menschen begegne und es mir nicht schwerfällt, mich darauf einzustellen, bin ich Frauen gegenüber sehr schüchtern." Er versuchte ein Lächeln, das etwas schief geriet. „Ablehnung verunsichert mich, deshalb habe ich eine Pause von diesem ganzen Dating eingelegt. In einer ruhigeren Phase wollte ich einen neuen Versuch starten. Tja, das klingt wohl alles ziemlich unglaubwürdig. Stehe ich unter Verdacht?", fragte er schließlich leise.

„Was haben Sie an jenem Freitag gemacht? Sagen wir mal ab Mittag?", fragte Lilly, ohne auf die Frage einzugehen.

„Freitag vor zwei Wochen", murmelte Nils Burmeister und schien zu überlegen. „Darf ich eben meinen Kalender holen? Ich habe ihn im Auto."

„Ich begleite Sie", meldete sich Knud zu Wort.

„Im Ernst? Sie glauben, dass ich abhauen will? Oh Mann, wo bin ich da bloß reingeraten?!" Wieder schüttelte er den Kopf. „Also gut, wie Sie wollen."

Kurz darauf waren die Männer zurück und der Malermeister blätterte in seinem Kalender, den er ebenfalls für die Protokollierung seiner Aufträge benutze.

„Also, wir reden von Freitag, dem 30. September?"

„So ist es."

„Ich war bis sechzehn Uhr mit einem Mitarbeiter auf einer Baustelle in Koldenbüttel. Wir sind danach gemeinsam hierhergekommen und haben den Wagen ausgeladen. Ungefähr eine Stunde später ist er nach Hause gefahren. Ich selbst wohne über meinen Firmenräumen. Ich habe geduscht, etwas gegessen und mich ein wenig ausgeruht. Am Abend war ich mit einem Freund auf ein Bierchen verabredet."

„Wo?", fragte Lilly sofort.

Nils Burmeister bedachte sie mit einem undefinierbaren Blick und setzte zu einer Bemerkung an, die er dann allerdings herunterschluckte. „In Tönning – in der Nähe des Hafens", sagte er schließlich ergeben.

„Wie lange waren Sie zusammen dort?" Ihr Ton war wieder etwas freundlicher geworden.

„Das kann ich nicht auf die Minute sagen. Schätzungsweise halb elf. Ich war die ganze Woche sehr früh aufgestanden und entsprechend müde. Von dort bin ich direkt nach Hause gefahren, was niemand bezeugen kann." Nun klang seine Stimme resigniert. „Brauche ich einen Anwalt?"

„Wir werden Ihre Angaben überprüfen. Bitte notieren Sie die Namen des Lokals und Ihres Freundes." Lilly blieb forsch, fühlte sich aber durch seine Aussage, in den letzten zwei Wochen vor Heikes Verschwinden gar nicht eingeloggt gewesen zu sein, irritiert. Warum sollte er so etwas behaupten, wenn es eine Lüge war?

Und wie war dann dieser Chat zustande gekommen? Nutzten etwa die Betreiber von *Nordfriesenliebe* ihre Plattform, um Frauen zu ködern? Loggten sie sich in die Accounts ihrer Kunden ein, um sich nach einem Chat mit ihren Opfern zu verabreden? Das klang einfach absurd!

Im Vergleich dazu schien es der Kommissarin wahrscheinlicher, dass Stefan Hecht und Nils Burmeister gemeinsame Sache machten – und auch daran glaubte sie im Grunde nicht. Oder doch? Die beiden Männer konnten unterschiedlicher nicht sein, aber vielleicht spielte einer von ihnen Theater. Außerdem zogen sich Gegensätze ja bekanntermaßen an.

„Kennen Sie Stefan Hecht?", wechselte sie das Thema, was ihn zu überraschen schien.

„Stefan Hecht?", wiederholte er.

„Ja."

„Nicht, dass ich wüsste. Was ist mit ihm?"

„Sind Sie sicher? Könnte es ein Kunde von Ihnen sein oder haben Sie eine Versicherung bei ihm abgeschlossen?"

„Nein."

„Gehen Sie ins Fitnessstudio?", fragte Lilly weiter. Irgendwie fühlte es sich nach der verzweifelten Suche nach der Stecknadel im Heuhaufen an. Ihr Gefühl sagte ihr, dass dabei nichts herauskommen würde. Und auch wenn das vielleicht nicht professionell war und sie sich davon auch nicht beeinflussen lassen wollte: Nils Burmeister wirkte ganz und gar nicht wie ein brutaler Serienmörder!

„Ich arbeite den ganzen Tag körperlich. Da brauche ich sowas nicht."

Lilly warf einen hilfesuchenden Blick zu Knud. An diesem Punkt wusste sie nicht weiter.

„Okay, vielen Dank für Ihre Zeit", übernahm dieser. „Wir melden uns wieder. Bleiben Sie in der Nähe."

Auf dem Weg zum Revier versuchte Lilly, die Informationen des Tages zu einem Bild zusammenzusetzen, aber irgendwie passte nichts zusammen. War die beiden Verdächtigen eine falsche Spur? Sollte sie Knud in ihre Überlegung einweihen, ob Sven Feddersen und Lars Ohlsen – oder einer von ihnen – die Plattform *Nordfriesenliebe* für kriminelle Zwecke missbrauchte? Der Gedanke erschien ihr ohne weitere Informationen über die beiden zu abwegig, um den erfahrenen Kollegen darauf anzusprechen. Schließlich wollte sie sich weder lächerlich machen, noch ihre Kompetenz infrage gestellt sehen. Erst musste sie an dieser Stelle weiter recherchieren. Wenn sie etwas ausgrub, was ihre These untermauerte, konnte sie den Aspekt immer noch ins Spiel bringen.

„Was hältst du von den beiden?", fragte sie Knud stattdessen.

„Hhm, schwer zu sagen. Wirklich sympathisch finde ich sie beide nicht, aber das ist natürlich nicht entscheidend. Ihre Aussagen klingen nach einer Menge Ungereimtheiten. Beide scheinen ein Alibi für die Tatzeit der entsprechenden Frau zu haben, aber irgendetwas stört mich daran. Wie es aussieht, wartet eine Menge Arbeit auf uns. Leicht wird der Fall bestimmt nicht aufzuklären zu sein."

„Meinst du, die beiden kennen sich und verfolgen einen gemeinsamen Plan?", fragte Lilly.

„Dafür gibt es keinen Anhaltspunkt. Was mich viel mehr beschäftigt: Kann man irgendwie erkennen, ob sich Nils Burmeister wirklich nicht eingeloggt hat?", wollte Knud wissen.

„Du meinst von seinem Endgerät?"

„Hhm, ja, wenn du es so ausdrücken willst", bestätigte er. „Ich kenne mich mit diesem Technikgedöns nicht so gut aus wie du. Beim Handy kann man ja sagen, von welchem Sendemast es mit Funksignalen versorgt wird. Kann man bei so einem Account feststellen, wer sich eingeloggt hat? Zum Beispiel über die IP-Adresse oder so?"

„Das ist eine gute Idee. Ich kann dir das aus dem Stegreif nicht beantworten, aber das sollten wir auf jeden Fall überprüfen." Lilly strahlte über das ganze Gesicht.

„Wer kann uns diese Daten geben?", hakte Knud nach.

Augenblicklich verschwand das Strahlen „Ich glaube, die Betreiber von *Nordfriesenliebe*. Oder deren Provider. Da muss ich mal in der Technik nachfragen."

Charlie in St. Peter-Dorf

Freitag, den 14. Oktober

Charlie hatte Lillys Ankunft am Abend entgegengefiebert. Von den Befragungen der Hauptverdächtigen ausgeschlossen zu sein, fühlte sich merkwürdig an, bisher war sie eigentlich immer federführend an allen Ermittlungsschritten beteiligt gewesen. Und auch wenn die jüngere Kommissarin diesen Fall leitete, war es ungewohnt, mit Fiete im Revier zu hocken, um zu recherchieren. Das Leben fand einfach draußen statt. Das war ihre Welt und ihre Stärke.

Also machte sie relativ früh Feierabend, um sich auf die Profileinrichtung bei *Nordfriesenliebe* vorzubereiten. Auf dem Weg nach Hause besorgte sie sich bei einem Optiker eine Brille mit Fensterglas und in einem Drogeriemarkt ein paar Schminkutensilien in Farben, die sie sonst nicht nutzte. Überhaupt schminkte sie sich grundsätzlich nur sehr dezent, für die Fotos wollte sie etwas mehr auftragen. Aufregung erfasste sie, als sie schließlich alles im Bad ausbreitete und mit den Errungenschaften experimentierte. Vergessen war das Gefühl, durch den Undercovereinsatz ein wenig ins Abseits der Ermittlungen geraten zu sein. Sie war davon überzeugt, mit dieser Aktion einen großen Schritt weiterzukommen, wenn sie es geschickt anstellte.

Da es außer dieser App keine Verbindung zwischen den Frauen gab, hielt Charlie einen privaten Hintergrund für so gut wie ausgeschlossen. Bestimmt war *Nordfriesenliebe* der Schlüssel zur Auflösung des Falles und dieses Fakeprofil würde sie mit etwas Glück dem Täter näherbringen.

Bevor sie anfing, die Farbe in ihrem Gesicht zu verteilen, studierte sie sorgfältig die Fotos, die Heike Niemeyer und Christine Rohde online gestellt hatten. Nach wie vor ging sie davon aus, dass es sich um einen Täter oder ein Täterduo handelte, das für die Morde verantwortlich war. Kein Nachahmer, dafür waren die beiden Opfer zu schnell hintereinander gefunden worden. Außerdem im gleichen Zustand und am gleichen Ort. Das konnte einfach kein Zufall sein.

Beide Frauen waren auf den Bildern ebenfalls sorgfältig geschminkt. Chrissy lachte in die Kamera. Ihr Blick war herausfordernd, der Nickname *SPO Sunshine* gut gewählt. Genau das strahlte sie aus: Sonnenschein, Lebensfreude, Unkompliziertheit. Darauf schienen die Männer ohnehin zu stehen. Da brauchte sie ja gar nicht weit zu gucken. Der Gedanke an Fiona ließ eine kleine Wolke aufziehen, die sie ungeduldig beiseiteschob. Ja, irgendwann musste sie sich mit ihren eigenen Baustellen auseinandersetzen, aber dafür war jetzt nicht der richtige Zeitpunkt. Jetzt wollte sie in diese Rolle schlüpfen und den Mörder schnappen, damit er möglichst keine Gelegenheit mehr bekam, weitere unschuldige Frauen zu seinen Opfern zu machen.

Dafür lohnte es sich, ein kalkulierbares Risiko einzugehen. In ihrem Job war alles immer klar, da wusste sie stets, wie sie handeln sollte. Darin war sie einfach gut! Warum war es privat so kompliziert?

Vielleicht sollte sie sich auf das eine oder andere Date einlassen und das als Übungsfeld nutzen, um lockerer zu werden. Und wer weiß, vielleicht traf sie ja sogar ihren Mr. Right. Vermutlich war es einfacher, wenn man nicht beruflich verknüpft war. Was hatte sie schon zu verlieren? Prüfend betrachtete Charlie sich im Spiegel. Im Grunde ihres Herzens war ihr klar, dass sie das nicht wollte. Sonst würde es sie nicht so triggern, Fiona und Knud zusammen zu sehen. Außerdem schlichen sich die beiden immer wieder in ihre Gedanken, auch das war ihr bewusst und ebenso lästig.

Charlie war froh, als es an der Tür klingelte. Lilly war da! Jetzt ging es mit ihrer Verwandlung und der Einrichtung des Profils los. Bestimmt konnte die junge Kommissarin dazu wertvolle Aspekte beitragen. Auch sie war lebenslustig und unkompliziert. Genauso wie Christine Rohde. Heike Niemeyer dagegen war ruhiger und zurückhaltender gewesen. Die Eigenschaften der Profile – Gemeinsamkeiten und Unterschiede – würden sie nachher gemeinsam studieren, wenn sie die Fotos der neuen Charlie im Kasten hatten. Auch über den Nicknamen dachte die Kommissarin geraume Zeit nach, ohne eine zündende Idee zu haben. Vielleicht war Lilly etwas eingefallen. Und dann war sie natürlich gespannt, was die Befragung der beiden Hauptverdächtigen ergeben hatten.

„Moin Charlie! Wow, was ein bisschen Farbe ausmacht! Ich erkenne dich ja kaum wieder!“, frotzelte Lilly, als sie die Schminkversuche in Augenschein nahm.

„Na, so krass ist es nun auch wieder nicht“, widersprach diese.

„Doch im Ernst. Was willst du mit deinen Haaren machen?“

„Ich stecke sie hoch, weil ich sie ja sonst meistens offen trage. Außerdem habe ich mir eine Brille besorgt.“

„Super, dann man zu. Ich bereite die Kamera und das Licht für die Aufnahmen vor. Also, das ist wirklich aufregend!“, kicherte Lilly ausgelassen. „Vielleicht lernst du ja wirklich jemanden kennen, der dir gefällt. Dann löst sich endlich dein Hin und Her mit Knud.“

Charlie warf ihr einen warnenden Blick zu. „Darüber sprechen wir heute Abend nicht, sonst schmeiße ich dich raus und besorge mir einen Termin bei einem professionellen Fotografen, der mich nicht mit unerwünschten privaten Unterstellungen nervt“, ging Charlie sofort auf Angriff über.

„Ach was, das klappt heute nicht mehr und du kannst es kaum erwarten, deinen Undercovereinsatz zu beginnen. Irgendeine Kröte muss man immer schlucken. Tja, und da du sofort auf das Thema anspringst, statt einfach cool und gelassen über den Dingen zu stehen, weiß ich, dass ich mit meiner These recht habe.“ Lilly guckte ihr triumphierend in die Augen.

Charlie musste unwillkürlich lachen. Letzten Endes wollten die Kollegen ja nur das Beste für sie – Lilly eingeschlossen. Aber sie konnte ihnen ohnehin nicht begreiflich machen, warum es für sie so kompliziert war. Insofern empfand sie jedes Gespräch über dieses Thema als überflüssig.

„Erzähl mir lieber, was Ihr heute herausgefunden habt“, wechselte sie das Thema.

„Mache ich gleich, wenn du deine Verwandlung beendet hast und wir mit den Fotos beginnen“, spannte Lilly sie auf die Folter; obwohl sie es selbst kaum abwarten konnte, die Fakten und ihre Überlegungen dazu, mit der Kollegin zu teilen.

Als Lilly schließlich ihren Bericht beendet hatte, waren auch die Fotos im Kasten, Charlie zeigte sich beeindruckt. „Wenn du mal keine Lust mehr hast, die bösen Jungs zu jagen, kannst du bestimmt als Fotografin dein Geld verdienen. Super sind die geworden, darauf erkennt mich niemand!"

„Danke dir, freut mich. Aber was sagst du zu Burmeister und Hecht? Kannst du dir vorstellen, dass sie gemeinsam auf Frauenfang gehen?"

„Eigentlich eher nicht", überlegte die Kommissarin laut.

„Kennst du dich mit der Vergabe von IP-Adressen aus? Kann man nachweisen, ob sich Nils Burmeister wirklich nicht in den Account eingeloggt hat, beziehungsweise dass ein anderer ihn gehackt hat?", wollte Lilly wissen.

„Das fragst ausgerechnet du? Du bist in unserem Team die Spezialistin in Sachen Technik und Internet", wunderte sich Charlie.

„Hhm, ja. Ich bin mir einfach nicht sicher", musste sie zugeben.

„Also, die IP-Adressen werden vom Provider vergeben. Der könnte sicherlich Auskunft darüber geben, wem sie zugeteilt wurden. Aber wenn wirklich sein Account bei *Nordfriesenliebe* gehackt wurde, dann vielleicht zusammen mit dem Wlan von Burmeister. Dann sagt uns die IP-Adresse überhaupt nichts. Außerdem ist es möglich, dass wir es mit einem echten Technik-Freak zu tun haben, der uns mit gefälschten oder weitergeleiteten IPs an der Nase herumführt", erklärte Charlie.

„Woher weißt du das alles?", fragte Lilly beeindruckt.

„Ich will ja nicht hinter meiner jüngeren Kollegin zurückfallen, also habe ich mich zu dem Thema mal etwas schlaugelesen", grinste Charlie. „Ist ein weites Feld und ein echter Zeitfresser. Wenn wir es mit einem Experten zu tun haben, besteht da nicht viel Aussicht auf Erfolg. Prüfen sollten wir es trotzdem. Die Lösung kann ja simpler sein."

Lilly nickte. „Da ist noch etwas, über das ich mir Gedanken gemacht habe", sagte sie zögernd. „Und es steht damit im Zusammenhang."

„Ja?"

„Falls sich Nils Burmeister und Stefan Hecht als unschuldig herausstellen ... immerhin scheinen sie ja Alibis zu haben ..."

„Als Alibis würde ich es nicht gerade bezeichnen. Da bleibt einiges an Zeit ungeklärt", widersprach Charlie sofort.

„Hhm, okay. Aber angenommen sie waren es nicht. So wirklich überzeugend finde ich unsere Fakten nicht. Nur, weil sie an den Tagen des Verschwindens mit den beiden Opfern gechattet haben, müssen sie – oder einer von ihnen – nicht die oder der Täter sein."

„Eine ziemlich lange Vorrede. Du scheinst an deine Idee selbst nicht zu glauben."

Lilly musste lachen. „Dir kann man wirklich nichts vormachen. Ja, es ist nur eine Überlegung."

„Na, sag schon", forderte Charlie sie auf.

„Kannst du dir vorstellen, dass Sven Feddersen und Lars Ohlsen hinter der Entführung der Frauen stecken?"

„Die Betreiber von *Nordfriesenliebe*?", fragte Charlie überrascht.

„Ja, ich weiß, das klingt auf den ersten Blick ziemlich abwegig, aber für die wäre es ein Kinderspiel, die Accounts ihrer Kunden zu missbrauchen."

„Technisch einfach, aber darüber hinaus ausgesprochen dämlich", kommentierte die Kommissarin. „So blöd kann man eigentlich gar nicht sein. Mit einer derartigen Überprüfung müssen sie immerhin rechnen."

„Die Dummen werden nicht alle", ließ Lilly sich nicht so leicht von ihrer These abbringen.

„Ja, das stimmt leider. Wir sollten dem Gedanken auf jeden Fall nachgehen. Vielleicht sind sie einfach dreist und fühlen sich zu sicher. So, genug davon, damit beschäftigen wir uns morgen wieder. Lass uns jetzt mein Profil erstellen, vielleicht hilft uns das bei der Aufklärung des Falles weiter. Hast du eine Idee, wie ich mich nennen soll?“, fragte Charlie erwartungsvoll.

Lilly musterte sie eingehend: „So wie du jetzt aussiehst? Wenn ich dich nicht kennen würde? Hhm, lass mal überlegen“ Sie wiegte den Kopf. „Haben wir eine Ahnung, wie der Täter drauf ist? Ich meine, auf was er abfährt?“

„Ich habe mich mit meinem Styling an Heike und Chrissy orientiert, was gar nicht so einfach war. Sie sind zwar beide klein, schlank und sportlich, aber sonst nicht unbedingt der gleiche Typ Frau.“

„Ja, das passt schon. Und klein, schlank und sportlich bist du ja auch. Trotzdem sendet der Nickname eine Botschaft. Welche Botschaft willst du dem Täter senden?“, fragte Lilly.

„Hier bin ich. Nimm mich und keine andere“, antwortete Charlie lachend.

„Ist vielleicht ein bisschen plump“, fiel die Jüngere ein. „Wie drücken wir das subtiler aus?“

„Jung und frei“, schlug Charlie vor. „Keine Ahnung, ich trag das erst mal ein. Bis wir das Profil mit Leben gefüllt haben, fällt uns vielleicht etwas Besseres ein.“

„Was sind das eigentlich für Männer, die online nach einer Frau suchen?“, fragte Lilly schließlich.

„In unserem Fall oder allgemein?“

„Sowohl als auch. Ich meine, in unserem Alter lernt man überall jemanden kennen: Beim Sport, im Urlaub oder im Job. Wozu dann eine Kontaktbörse?“

„Du siehst ja, wohin es führt, wenn man am Arbeitsplatz jemanden kennenlernt“, parierte Charlie und zog eine Grimasse.

„Nein, im Ernst. Ich finde es auch in unserem Alter gar nicht so einfach. Sieh dich selbst an! Du bist Single, seit du hier in SPO bist."

„Ja, aber nicht mangels Gelegenheit. Ich liebe eben meine Freiheit", antwortete Lilly. „Und ich bin echt wählerisch."

„Ja! Siehst du, was ich meine? Du treibst Sport, gehst auf Festivals, bist offen und kommunikativ. Trotzdem bist du allein."

„Ich bin nicht allein. Ich habe euch", grinste sie frech. „Also gut. Dieser Stefan Hecht ist wirklich attraktiv. Trotzdem meldet er sich auf bei so einer App an."

„Du hast gesagt, er ist ein echter Lackaffe. Vielleicht kann er das beim Daten nicht verbergen."

„Denkfehler!", kommentierte Lilly trocken. „In dem Fall nützt *Nordfriesenliebe* nix."

„Deshalb ist er Single."

Eine Stunde später hatten die Kommissarinnen das Profil erstellt. Unter dem Namen *Frei in SPO* ging es kurz darauf in die Überprüfung. Beide waren gespannt, wie lange dieser Prozess dauerte und wann die ersten Reaktionen eintreffen würden.

„Also, sei vorsichtig und denk dran, was du ... uns versprochen hast", forderte Lilly, nachdem die Arbeit des Abends vorerst getan war.

Charlie registrierte die Pause. Eigentlich war Knud derjenige gewesen, der die Kollegin wiederholt ermahnt hatte, sich nicht selbst zu überschätzen und auf keinen Fall im Alleingang zu agieren.

„Ich werde vorsichtig sein", versprach sie erneut. „Aber was soll es nützen, wenn Ihr bei einem Treffen im Restaurant am Nebentisch sitzt? Er wird mich ja kaum plötzlich schnappen, über die Schulter werfen und in seine Höhle verschleppen."

„Das wohl kaum, aber immerhin ist es ihm gelungen, Heike und Chrissy zu entführen", gab Lilly zu bedenken.

„Die waren nicht vorgewarnt und dachten, sie treffen sich mit einem netten Single, der ebenfalls auf der Suche nach der großen Liebe ist – oder zumindest einem prickelnden Abenteuer. Es ist erst mal nur ein gemeinsamer Abend mit einem harmlosen Essen."

„Dabei scheint es ja nicht geblieben zu sein. Bestimmt haben sie im Anschluss einen Spaziergang an den Strand gemacht – oder waren sogar so unvorsichtig, in das Auto des Täters zu steigen." Lilly ließ nicht locker.

„Ja, das ist eine Möglichkeit. Fiete soll Durchsuchungsbeschlüsse für die Wohnungen, Geschäftsräume und Autos der beiden Verdächtigen beantragen", lenkte Charlie vom Thema ab.

„Das hat er längst. Möglicherweise werden uns diese allerdings verwehrt, weil die Beweislage mager ist."

„Umso wichtiger ist mein Undercovereinsatz. Wie lange dauert diese Freischaltung des Profils?", fragte Charlie in ihrer üblichen Ungeduld.

„Keine Ahnung, damit habe ich keine Erfahrung. Kann sein, dass es erst morgen online geht. Wie dem auch sei, ich werde mich jetzt mal vom Acker machen. Ich lass mein Handy eingeschaltet. Melde dich, wenn sich was Spannendes ergibt. Und mach keine Dummheiten ohne mich", grinste Lilly zum Abschied.

Damit begann die Zeit des Wartens. Alles in Charlie kribbelte. Das Gefühl, mit diesem Plan auf dem richtigen Weg zu sein, den Mörder von Heike Niemeyer und Christine Rohde aus der Reserve zu locken, war übermächtig. Nun wollte sie so schnell wie möglich loslegen. Ihr Profil war die perfekte Mischung aus den Angaben, die die Opfer gemacht hatten. Noch wusste die Kommissarin nicht, wie er es angestellt hatte, beide zu daten, ohne dabei eindeutige Spuren zu hinterlassen, aber das würde sie herausbekommen. Am besten ging sie subtil vor, wenn sie mit ihm in Kontakt kam. Doch wie sollte sie ihn erkennen?

Um die Wartezeit zu überbrücken, überlegte sie sich dazu eine Strategie für ihre Kommunikation. Dabei musste sie über sich selbst lachen. Das klang wirklich hochtrabend. Sie musste von ihm über beide Opfer etwas erfahren und darüber seine Beteiligung verifizieren. Vermutlich einfacher gedacht als getan. Aber die Details waren nicht in die Berichterstattung der Medien durchgesickert. Gehörte er zu den Mördern, die mit ihren Taten prahlten? Was hatte diese demütigende Zurschaustellung der toten Frauen zu bedeuten? Was wollte der Täter damit zum Ausdruck bringen?

Er hatte ihnen nicht nur ihr Leben, sondern alles genommen, was ihre Weiblichkeit und ihre Attraktivität ausmachte. Warum? Charlie war sich sicher, dass sie an diesem Punkt ansetzen musste, um mehr über ihn herauszubekommen. Wenn sie seine Motivation verstand, war sie am Ende bestimmt in der Lage, seine Identität aufzudecken.

Immer wieder blickte sie von ihrem Notizblock auf, um den Status ihres Profils zu checken. Warum dauerte es bloß so lange und was wurde daran überprüft? Ganz offensichtlich hatte der Algorithmus dieser Plattform ohnehin versagt, wenn ein Mörder sie für seinen Beutefang nutzen konnte!

Müde rieb sie sich die brennenden Augen. Sollte sie einfach ins Bett gehen und den Start ihres Einsatzes auf den morgigen Tag verschieben? Vermutlich war es das Beste. Sie brauchte dafür all ihre Sinne und musste ausgeschlafen sein! Es war spät geworden. Heute würde nicht mehr viel passieren.

Am Freitagnachmittag war es endlich soweit. Ob es immer so lange dauerte oder die Betreiber von *Nordfriesenliebe* den Prozess aufgrund der Vorkommnisse erweitert hatten, entzog sich

Charlies Kenntnis. Als eine Mail sie jedoch endlich darüber informierte, dass ihr Profil freigeschaltet wurde, spürte sie Aufregung. Jetzt ging es los!

Sollte sie Lilly über den Start des Einsatzes informieren? Spontan griff sie zu ihrem Mobiltelefon, um der Kollegin eine Nachricht zu schicken, zögerte dann jedoch. Bestimmt war diese auf dem Revier oder zusammen mit Knud unterwegs, um Hinweise möglicher Zeugen zu überprüfen. Charlie war keinesfalls scharf darauf, sich erneut ein Füllhorn von Ermahnungen anzuhören.

Vielleicht reagierte ja gar keiner auf ihr Profil. Schließlich konnte sie nicht selbst aktiv werden. Erst, wenn sie von männlichen Singles angeschrieben wurde, begann ihr Einsatz wirklich. Ob das überhaupt geschah und wenn ja, wann, das blieb abzuwarten.

Spontan passierte nichts. Es war zwar erst Nachmittag, immerhin aber Freitag. Nahmen sich die Männer die Freiheit, während ihrer vermeintlichen Arbeitszeit auf so einer Datingbörse zu surfen? Vermutlich. Immer wieder unterbrach sie ihre Recherche und öffnete die Seite von *Nordfriesenliebe*, als könnte sie dadurch eine Anfrage erzwingen, aber bislang hatte der Mörder sie nicht im Visier. Die Kommissarin war außerdem in großer Versuchung, sich selbst durch die Selbstdarstellungen der Männer zu klicken, wusste aber nicht, ob das für dieselben sichtbar wurde. Das konnte der zweite Schritt sein, zu Beginn wollte sie ihn agieren lassen. Mit ihren Angaben müsste sie eigentlich seinem Beuteschema entsprechen und ihm als mögliches Match vorgeschlagen werden. Geduld gehörte noch nie zu ihren Stärken, aber da musste sie jetzt durch.

Als schließlich die ersten Nachrichten eintrafen, war die Ungeduld schnell vergessen. Sofort erwachte ihr Ermittlerinstinkt, keine Minute bezog sie das Interesse auf die private Charlie. Das

Profil war ein Fake und die Kommissarin undercover unterwegs. Damit wollte sie ein weiteres Opfer verhindern, das allein stand im Vordergrund. Trotzdem blieb die Neugierde, welche Art von Männern auf ihre Darstellung reagierten – und natürlich auch wie. Zusammen mit Lilly hatte sie die Kontakte von Heike und Chrissy sehr genau analysiert, auch wenn das kein Täterprofil ergeben hatte. Sie musste vorsichtig sein, um möglichst viel herauszubekommen, ohne ihren Status zu verraten, wenn wirklich der Mörder mit ihr Kontakt aufnahm.

Wie im echten Leben zeigte sich auch hier schnell ein Querschnitt aller möglichen Intelligenzen und Dreistigkeiten. In der Vorbereitung waren die Kommissarinnen sich einig gewesen, dass Charlie Angebote, die rein sexueller Natur waren, sofort aussortieren konnte. So plump war ihr Täter nicht vorgegangen, das hatten die Chats mit Heike und Chrissy gezeigt. Außerdem war er in der Lage, sich zu artikulieren und sein Objekt der Begierde mit werbenden Worten einzuwickeln. Nach den ersten ernüchternden Nachrichten und Chatanfragen, die weit unter ihrem Niveau lagen, trudelten interessantere ein. Die Kommissarin begann, Spaß an der Sache zu haben. Trotzdem war es schwierig, die einzelnen Kontakte einzuschätzen. Charlie fing also an zu kommunizieren, manchmal in mehreren Chats gleichzeitig, wobei sie hoffte, nicht den Überblick zu verlieren.

Einer von ihnen erregte ihre besondere Aufmerksamkeit. Es handelte sich weder um Nils Burmeister noch um Stefan Hecht. Und er hatte mit keinem der beiden Opfer Kontakt aufgenommen, das hatte die Kommissarin schnell geprüft.

„Moin, du Schöne. Wie ich sehe, bist du neu hier“, begann er wenig originell.

„Moin, ja, mein Profil ist gerade online gegangen“, antwortete sie verhalten.

„*Frei in SPO* klingt verführerisch. Bist du bereit, deine Freiheit für eine Beziehung aufzugeben, oder suchst du etwas Lockeres?"

„Das kommt ganz darauf an", wich sie einer konkreten Beantwortung seiner Frage aus und schielte dabei auf seinen Nickname: *Der Rosenkavalier*. „Was suchst du denn hier?", stellte sie die Gegenfrage, bevor er nachhaken konnte.

„Ich suche die große Liebe, die eine, die ich glücklich machen kann", kam die salbungsvolle Antwort.

Automatisch zog Charlie die Augenbrauen hoch. Waren das die Worte, die die Frauen, die auf so einer Plattform unterwegs waren, hören wollten? „Und die dich glücklich macht", ging sie auf das Geplänkel ein.

„So ist es. Wenn sie glücklich ist, bin ich es auch."

Charlie rollte mit den Augen. Wenn es sich bei ihrem Auftritt nicht um einen Job handeln würde, wäre sie an diesem Punkt ausgestiegen. Fielen die Frauen wirklich auf so ein Gefasel herein? Stattdessen schob sie die nächste Frage hinterher: „Und wie lange bist du hier schon unterwegs?"

„Eigentlich viel zu lange", kam die prompte Antwort. „Aber natürlich muss es wirklich passen. Nur dann ist das gemeinsame Glück von Dauer. Wohnst du in SPO?", fragte er schließlich ganz direkt, was Charlie auf keinen Fall preisgeben wollte.

„Sankt Peter-Ording war schon immer mein Sehnsuchtsort", log sie. „Wenn ich am Strand spazieren gehe, der Wind durch meine Haare zaust und ich dabei Muscheln sammle, fühle ich mich unendlich frei", schwärmte sie. Diese Gefühle entsprachen mittlerweile der Wahrheit.

„Du hast wunderschöne Locken, solltest sie aber offen tragen. Das wirkt wesentlich weiblicher und steht dir bestimmt ausgezeichnet", schmeichelte er.

Charlie unterdrückte ein Grunzen, obwohl er das ja nicht hören konnte. „Vielen Dank", tippte sie.

„Gerne. Du bist überhaupt eine sehr schöne Frau und solltest nicht alleine sein. Wie lange ist deine letzte Beziehung her?"

Das geht dich einen feuchten Kehricht an! „Eine Weile", schrieb sie. Sollte sie in diesem Punkt bei der Wahrheit bleiben? Vielleicht weckte das seinen Beschützerinstinkt. „Ich habe eine schlechte Erfahrung gemacht. Danach brauchte ich eine Pause und Zeit für mich."

„Deshalb *Frei in SPO*", nahm er den Ball auf. „Was hat er dir angetan?"

Es funktionierte. „Er hat mich mit einer anderen betrogen – in unserem Schlafzimmer." Auch das entsprach der Wahrheit.

„Das tut mir sehr leid", antwortete er mitfühlend. „Der Typ muss ein Trottel gewesen sein. Wie kann man eine so schöne Frau, wie du es bist, hintergehen?"

Charlie schwieg und wartete auf seine Fortsetzung.

„Fühlst du dich alleine wohler?"

„Nein, für eine Weile war es mir wichtig, um meine Mitte zu finden, aber jetzt bin ich bereit für etwas Neues." Die Lüge bereitete ihr keine Mühe.

„Das freut mich zu hören. Du suchst also was Festes."

„Wenn es passt ...", tippte Charlie in den Chat. Immerhin baute er die Kommunikation langsam auf, statt sie gleich zu einem Treffen zu überreden. Erst mal Vertrauen schaffen, dann der nächste Schritt.

War er der gesuchte Täter? Bislang konnte Charlie das überhaupt nicht einschätzen.

Das Gespräch setzte sich fort, überwiegend plätscherte es an der Oberfläche, manchmal ging es etwas tiefer. Charlie parierte in der Form, wie er es vermutlich lesen wollte. Genauso dosierte sie ihre eigenen Fragen. Nach einer Stunde schlug er ein Treffen am morgigen Abend vor.

Charlie starrte auf die Buchstaben, die langsam vor ihren Augen verschwammen. Sollte sie zustimmen? Und im Anschluss die Kollegen informieren? Dafür war allemal ausreichend Zeit. Etwas ließ sie zögern, allerdings hatte sie längst das Gefühl, auf diese Weise nicht ans Ziel zu kommen. Sie musste sich mit ihm treffen, um sich ein besseres Bild machen zu können. Angst verspürte sie nicht. Was sollte passieren, wenn sie sich an einem öffentlichen Ort mit vielen anderen Menschen trafen?

Knud wollte sie nicht dabeihaben, auch wenn sie es versprochen hatte. Sie befürchtete, er würde in seiner Sorge um sie, einen genauso dämlichen wie überflüssigen Fehler begehen und ihr den Einsatz vermasseln.

„Hallo? Bist du noch da?"

„Ja."

„Bist du schockiert? Kam mein Wunsch, dich im echten Leben zu treffen zu schnell?"

„Hhm, nein, ich bin nur überrascht", log Charlie.

„Bitte entschuldige. Ich wollte dich nicht verschrecken. Wenn es dir zu früh ist, können wir einfach weiter chatten oder telefonieren. Aber ich finde dich einfach wundervoll."

Sollte sie zusagen? Bis zum morgigen Abend konnte sie sich in Ruhe überlegen, ob sie die Kollegen als Verstärkung anfordern sollte. Oder nur Lilly. Die würde aber mit ziemlicher Sicherheit Knud einweihen. Am besten sie zog das alleine durch. Erfahrung hatte sie genug, um mit so einem Einsatz fertigzuwerden.

„Okay, gerne. Ich freue mich", tippte Charlie ein und zögerte noch einen kleinen Moment, bevor sie die Entertaste drückte.

„Großartig! Hast du ein Lieblingsrestaurant in St. Peter?", kam prompt die nächste Frage. Er verlor keine Zeit.

Ja, aber natürlich sollte sie ein Restaurant wählen, wo man sie nicht kannte. Leider fiel ihr so schnell nichts ein. „Ich denke darüber nach – was zu meiner Stimmung passt. Ich schicke dir eine Nachricht. Sagen wir morgen Abend um halb neun? Ich esse gerne etwas später."

Nachdem er ihren Vorschlag bestätigt hatte, loggte Charlie sich aus. Sie fühlte sich verschwitzt und erschöpft wie nach einem Halbmarathon.

Lilly in St. Peter-Ording

Montag, den 17. Oktober

Das ganze Wochenende war Lilly in Versuchung gewesen, sich bei Charlie nach dem Fortschritt des Spezialeinsatzes zu erkundigen. Ihre Pressekonferenz hatte allerdings zu zahlreichen Hinweisen aus der Bevölkerung geführt, denen sie gemeinsam mit Knud nachging. Natürlich hätte sie Charlie anrufen können, während der Kollege sie durch die Gegend chauffierte, um den Ort der nächsten Befragung zu erreichen, aber ihr Instinkt sagte ihr, dies lieber in einer ruhigen Minute am Abend anzugehen. Charlie wollte selbst bestimmen, wann sie Knud einbezog und das respektierte Lilly, auch wenn sie es selbst anders gemacht hätte. Auf keinen Fall durfte sie es sich mit der älteren Kollegin verscherzen.

Als sie es schließlich am Samstagabend gegen neun auf Charlies Mobilanschluss probierte, sprang sofort die Mailbox an. Wahrscheinlich telefonierte die Kommissarin gerade mit einem Kandidaten – oder einfach mit einer Freundin. Lilly beschloss, später erneut anzurufen, schlief dann aber erschöpft auf ihrem Sofa ein.

Am Sonntag ging sie wieder mit Knud auf Tour. Die meisten Ziele lagen auf Eiderstedt, einige weiter entfernt – allerdings nicht außerhalb von Nordfriesland. Auch wenn Lilly in einige der potentiellen Zeugen große Hoffnungen gesetzt hatte, war bisher überhaupt nichts dabei herausgekommen. Natürlich gab sie deshalb nicht auf. Zu viel hing davon ab, den Mörder schnell zu finden.

Ein wenig beunruhigte es sie, weil Charlie nicht zurückrief, schob es schließlich auf die Tatsache, dass diese ja von dem gemeinsamen Einsatz der Kollegen wusste. Bestimmt wollte sie Knud jetzt nichts über ihre eigenen Aktivitäten berichten. Spätestens Montag würde Lilly ohnehin erfahren, was Charlie am Wochenende erreicht hatte. Wozu also drängeln?

Am Montagmorgen war sie allerdings sehr gespannt und konnte Charlies Bericht über die ersten Datingerfahrungen gar nicht mehr abwarten. Knud hatte das Thema über das gesamte Wochenende totgeschwiegen und Lilly damit immerhin das Lügen erspart. Nun waren beide früh auf dem Revier und auch er wollte endlich etwas über Charlies mögliche Aktivitäten und Ermittlungserfolge erfahren.

„Hast du in den letzten beiden Tagen etwas von unserer Undercover-Agentin gehört?", fragte er so beiläufig wie möglich.

„Hhm, nö." Lilly setzte ihre Unschuldsmiene auf.

„Aber Ihr wolltet euch am Freitagabend zusammensetzen, um die Fotos von Charlie zu machen und das Profil vorzubereiten. Ist es denn nun online, oder nicht?", wollte er wissen.

„Tja, ehrlich gesagt: Ich weiß es nicht. Wir haben alles eingerichtet, aber ich bin dann gegangen, bevor es freigeschaltet wurde. War eh ganz schön spät geworden. Wir haben eine Menge Zeit mit Schminken, Frisieren und Fotografieren verdödelt. Du kennst sie ja. Es sollte natürlich alles perfekt sein. Danach haben wir nochmal die Profile der Frauen studiert, damit der Fisch anbeißt", erklärte Lilly dem Kollegen.

„Und hat er angebissen?", wiederholte er seine Frage.

„Knud! Hörst du mir nicht zu? Ich kann dir nicht einmal sagen, ob das Profil überhaupt online ist!"

„Aber so etwas dauert nicht lange. Und du willst mir wirklich weismachen, das ganze Wochenende nicht einmal mit Charlie telefoniert zu haben? Du siehst aus, als würdest du vor Neugier fast platzen." Knud warf ihr einen eindringlichen Blick zu.

Sollte sie ihm von dem Anrufversuch berichten? Der sonst so pragmatische Nordfriese schien bei diesem Thema alles andere als entspannt zu sein. Schon der bloße Verdacht, Charlie könnte im Alleingang ermittelt haben, ließ ihn unruhig durch das Polizeirevier tigern.

„Setz dich bitte hin!", forderte Lilly ihn auf. „Du machst mich ganz nervös mit deinem Herumgetigere. Sie wird ja sicher gleich auftauchen und uns auf den Stand der Dinge bringen."

„Ich kann mich jetzt nicht hinsetzen. Dafür bin ich viel zu unruhig!", gab Knud freimütig zu.

„Ja, dann tu was Nützliches. Am besten kochst du Kaffee, darüber freut sich Charlie immer."

Damit war Knud fürs Erste beschäftigt. Lilly überlegte, ob sie sich in den Account der Kollegin einloggen sollte, dann könnte sie selbst sehen, ob ihre Undercoverflirterin bereits aktiv geworden war. Allerdings würde Charlie das als übergriffig empfinden, so viel war klar. Außerdem wusste sie nicht, was passierte, wenn diese selbst gerade bei *Nordfriesenliebe* angemeldet war. Im Zweifel keine geniale Idee.

Knud kam mit gut gefüllten Kaffeebechern aus der Büroküche, die er vorsichtig balancierte. „Sag mal, Lilly. Du kennst bestimmt die Zugangsdaten zu Charlies Account. Kannst du nicht nachschauen, was da bisher passiert ist?"

Als könnte er Gedanken lesen! Das war ja unheimlich.

„Ich habe mich gerade dagegen entschieden", erwiderte sie und erklärte ihm ihre Beweggründe.

„Aber du hast die Zugangsdaten?", wollte er trotzdem wissen.

„Ja, wenn Charlie nicht mittlerweile das Passwort geändert hat", gab Lilly zu bedenken.

„Lass es uns doch mal ausprobieren. Nur um zu sehen, ob es funktioniert", bat Knud.

„Nein! Wir warten ab, was sie uns erzählt. Sie müsste ja jeden Moment auftauchen – wenn sie nicht gerade mit dem Mörder chattet", setzte Lilly nach, wodurch prompt der Kaffee überschwappte. „Sie ist eine erfahrene Ermittlerin und großartige Schützin. Ihr wird nichts passieren."

„Klingt so, als würdest du nicht nur mich, sondern auch dich selbst beruhigen", kommentierte Knud.

„Ja, ich würde genauso gerne nachschauen, aber lass uns respektvoll sein und die Mission nicht durch unsere Ungeduld und Neugier gefährden. Ich weiß nicht, was passiert, wenn sie gerade chattet und wir dann dazu kommen."

„Bei Facebook kannst du dich gleichzeitig von zwei Computern einloggen", wandte er ein.

„Ja, aber *Nordfriesenliebe* ist nicht Facebook. Lass es gut sein. Ich gebe dir nicht die Anmeldedaten, auch wenn du weiter nervst!"

„Was ist denn hier los? Der Tag hat noch nicht einmal richtig angefangen und Ihr seid am Streiten? Ist was passiert?“, fragte der Revierleiter.

Keiner der beiden Streithähne hatte sein Eintreffen bemerkt. Beide schwiegen betreten.

„Moin! Geht es um Charlotte oder eure Aktivitäten vom Wochenende? Am besten stärken wir uns erst mal mit dem Kaffee, falls du nicht alles verschüttet hast. Dabei könnt Ihr mir berichten, ob es brauchbare Zuschauerhinweise gab. Ihr wart doch unterwegs, oder?“

„Ja.“

„Und worüber streitet Ihr?“

Lilly erklärte es kurz.

„Charlotte wird bestimmt jeden Moment eintreffen. Bis dahin folgen wir Lillys Strategie. Knud, hol mir bitte einen Pott von deinem großartigen Kaffee. Und hört auf, zu streiten. Wir haben weiß Gott andere Probleme.“ Fiete ließ sich auf seinen Bürostuhl plumpsen. „Bah, ich glaube, ich muss mal wieder zu meinem Physiotherapeuten. Taugt nix, wenn man alt wird! Hat Charlotte sich schon bei dir gemeldet, ob sie heute kommen wird?“ Scheinbar war er von ihrem Auftauchen doch nicht überzeugt.

„Nein, ich bin aber fest davon ausgegangen“, antwortete die Kommissarin und schaute zur Uhr.

„Ruf sie mal an“, forderte Fiete die Kollegin auf. „Ich möchte die Lagebesprechung gerne mit dem gesamten Team machen. Danach kann sie wieder in ihren Undercovereinsatz entschwinden.“

Lilly drückte die Kurzwahltaste, unter der Charlies Mobilnummer gespeichert war. „Hhm, da geht sofort die Mailbox ran. Das hatte ich am Samstagabend auch schon.“

„Wirklich? Charlotte hat ihr Handy eigentlich immer eingeschaltet. Das finde ich aber merkwürdig. Versuch es auf ihrem Festnetz, vielleicht erreichst du sie da."

Als sich dort ebenfalls der Anrufbeantworter einschaltete, hinterließ Lilly eine Nachricht und versuchte es im Anschluss erneut mobil. Wieder ging sofort die Mailbox heran, also sprach sie die gleiche Aufforderung auf, sich bitte bei ihr zu melden.

„Was guckt ihr denn so bedröppelt aus der Wäsche?", fragte Knud, nachdem er den Pott an Fietes Arbeitsplatz abgestellt hatte.

„Charlie ist nicht erreichbar", flüsterte Lilly. Das ungute Gefühl verstärkte sich.

Knud wurde blass. „Was soll das heißen? Charlotte ist immer erreichbar!"

„Keine vorschnellen Schlüsse!", forderte Fiete. „Und erst recht keine Panik! Wir warten eine Stunde, bevor wir etwas unternehmen. Vielleicht steckt sie gerade in einem Funkloch."

„Entschuldige, Fiete, aber das ist Quatsch. Wir sollten keine Zeit verlieren. Ich würde es Charlotte absolut zutrauen, dass sie sich nicht an unsere Vereinbarung gehalten und bereits am Wochenende mit dem vermeintlichen Täter getroffen hat. Während sie vielleicht in Gefahr schwebt, sollten wir unsere Zeit nicht mit Warten vertrödeln." Knud echauffierte sich, wie es nur selten bei ihm vorkam. Vorbei war es mit der typisch nordfriesischen Ruhe.

Lilly fragte sich unwillkürlich, ob er bei einer anderen Frau genauso emotional reagiert hätte. Auch bei Fiona? Ihr lag dazu eine frotzelnde Bemerkung auf der Zunge. Immerhin konnte Charlie genauso mit einem harmlosen Flirt beschäftigt sein. Als sie jedoch Fietes warnenden Blick auffing, schluckte sie sie herunter.

„Beruhige dich Knud!", ergriff der Revierleiter selbst das Wort. „Charlotte ist eine erwachsene Frau. Wir können nicht sofort eine Fahndung nach ihr einleiten, nur, weil sie eine halbe Stunde zu spät zur Arbeit kommt."

„Das sehe ich anders. Sie ist äußerst zuverlässig, hat – wie wir gerade festgestellt haben – immer ihr Handy eingeschaltet und ist außerdem in einem Undercovereinsatz. Für mich sind das genug Fakten, um alarmiert zu sein." Knud wurde lauter.

„Ja, das ist nicht zu übersehen", entgegnete Fiete trocken. „Wir warten eine Stunde, bevor wir das große Besteck herausholen. Das ist meine Entscheidung und ich werde sie verantworten!"

Knud setzte zu einer Erwiderung an, aber der Revierleiter brachte ihn mit einer Geste zum Schweigen.

„Wollt Ihr mir die Ergebnisse des Wochenendes berichten?", wechselte er das Thema.

„Im Grunde hat sich daraus nichts Zielführendes ergeben. Einige Wichtigtuer, die am liebsten selbst ein Interview gegeben hätten und ein paar sehr unsichere Kandidaten. Ich habe nicht den Eindruck, dass uns das weitergebringt", murrte Knud, während Lilly ein paar Details hinzufügte, die aber letztlich zu dem gleichen Ergebnis führten.

„Moin! Na, Ihr guckt ja alle wie sieben Tage Regenwetter!" Eine gut gelaunte Fiona wirbelte in das Polizeirevier, was selbst die eher unkomplizierte Lilly ein wenig übertrieben fand. Rechtsmediziner hatten eine schräge Einstellung zum Tod – selbst, wenn er gewaltsam herbeigeführt worden war – das konnten Normalsterbliche nicht unbedingt nachvollziehen.

„Was willst du denn hier?", reagierte Knud ungewohnt fünsch auf seine Flamme.

„Ich bringe euch den Obduktionsbericht von Christine Rohde", antwortete Fiona bereits etwas gedämpft, aber ohne auf seine Unfreundlichkeit einzugehen. „Ich dachte, Ihr wollt ihn so schnell wie möglich haben."

„Den hättest du uns auch einfach zumailen können", murrte der Kommissar weiter. „Oder gibt es dazu etwas zu erklären?"

„Du hast ja heute eine Laune vom allerfeinsten", bemerkte die Rechtsmedizinerin. „Lass die bitte nicht an mir aus. Ich habe meinen freien Tag und wollte euch lediglich einen Gefallen tun, weil ich ohnehin auf dem Weg zum Strand bin. Gibt es einen Grund, warum du so grantig bist? Hat es mit mir zu tun?", hakte sie schließlich nach.

„Du meine Güte! Als ob immer alles mit dir zu tun hätte!", verlor Knud die Beherrschung. „Wir nehmen uns hier keinen freien Tag. Wir sind auf der Suche nach einem Mörder, der mindestens zwei Frauen auf dem Gewissen hat."

„Ja, ich weiß. Immerhin lagen sie ja beide auf meinem Tisch." Nun wurde auch Fiona wütend. „Aber das kann wohl kaum der Grund für deinen Ausbruch sein. Ist schließlich nicht der erste Mordfall, den du aufzuklären hast. Bisher hast du mich deswegen jedenfalls nicht angeschnauzt! Und ich habe meine Arbeit erledigt. Warum soll ich nicht an den Strand fahren?"

Selbst Lilly ging die unsensible Art der Gerichtsmedizinerin auf die Nerven. Auch ohne von Charlies Einsatz und mangelnder Erreichbarkeit zu wissen, war so eine Äußerung einfach daneben! Sollte die Kommissarin sie einweihen? Eigentlich wollte sie die unliebsame Besucherin nur loswerden.

Knud kam ihr zuvor: „Ja, fahr an den Strand und amüsiere dich, während ernsthafte Menschen sich Sorgen machen und versuchen, ein Verbrechen zu verhindern!", brüllte er sie an.

Lilly konnte sich nicht daran erinnern, Knud schon einmal dermaßen laut und unbeherrscht erlebt zu haben.

Nun reichte es Fiona. „Sag mal, spinnst du?", stieg sie auf den Angriff ein. „Willst du mir ein schlechtes Gewissen einreden, weil ich nicht rund um die Uhr arbeite?"

Ganz offensichtlich hatte sie nicht richtig zugehört, sonst wäre ihr aufgefallen, dass es nicht nur um die beiden Opfer ging. Lilly setzte zu einer Erklärung an, aber Knud war wieder schneller.

„Dein Gewissen interessiert mich einen Scheiß! Es geht nicht um dich. Wann kapierst du das endlich?" Knud war knallrot angelaufen. Einen Moment schien er zu überlegen, ob er es darauf bewenden lassen sollte, aber dann brüllte er weiter. „Charlotte ist nicht erreichbar."

„Ja, und?", schrie sie zurück.

„Ist ne lange Geschichte", schaltete sich Lilly ein, weil sie nach wie vor keine Lust hatte, die unsensible Rechtsmedizinerin in ihre Ermittlungsstrategie einzuweihen. „Wie du siehst, sind wir beschäftigt und ziemlich nervolabil. Am besten gehst du jetzt." Nach ihrem Geschmack war Fiona ohnehin viel zu aufdringlich. Diese ewige Belagerung von Knud auf dem Revier schien ihm heute den Rest zu geben.

„Na gut. Kooperation sieht anders aus. Hier habt Ihr den Bericht. Wenn sich Fragen ergeben, könnt Ihr mich morgen erreichen." Damit rauschte sie ab.

Knud warf Lilly einen dankbaren Blick zu.

„Klär das mit ihr", forderte die junge Kommissarin trotzdem von ihm.

„Ja, tut mir leid. Die ganze Sache wächst mir gerade über den Kopf."

Lilly war sich nicht sicher, was er genau damit meinte. Die wie auch immer geartete Beziehung mit Fiona oder das mögliche Verschwinden von Charlie - vielleicht auch einfach die Kombination aus beidem.

„Okay, schon gut. Wie machen wir jetzt weiter?"

„Versuch es noch einmal auf Charlottes Mobiltelefon. Wenn du sie wieder nicht erreichst, leiten wir die Fahndung ein", antwortete Fiete, der sich eben zurückgehalten hatte. „Außerdem möchte ich, dass du dich in ihren Account bei *Nordfriesenliebe* einloggst und guckst, ob da am Wochenende etwas passiert ist."

Lilly nickte und kam der Aufforderung nach. Erneut meldete sich sofort die Mailbox. Also setzte sie sich an ihren Computer und rief die Datingplattform auf.

„Verdammt, sie hat das Passwort geändert", fluchte sie kurz darauf.

„Das ist typisch Charlotte. Immer eine kleine Geheimniskrämerin", mokierte sich Knud.

Lilly lag die Bemerkung auf der Zunge, dass Knud es bei seinem Verhalten kaum anders erwarten konnte, schluckte sie aber wieder herunter. So wie der im Moment drauf war, geriet sie nur selbst ins Auge des Sturms. Außerdem machte sie sich mittlerweile selbst Sorgen um Charlie, die ihre Kollegen komplett aus ihren Aktivitäten ausgeschlossen hatte. Warum musste sie bloß die Heldin spielen und diese Aktion komplett im Alleingang durchziehen? Eigentlich war Lilly davon ausgegangen, dass Charlie wenigstens ihr vertraute, aber das schien ein Irrtum zu sein.

„Das Gemoser bringt uns nicht weiter", sprach Fiete ein Machtwort, vermutlich um eine unnötige Diskussion gleich im Keim zu ersticken. „Fahrt zu ihrem Haus. Guckt, ob ihr Auto dasteht, vielleicht ist sie sogar selbst dort. Unwahrscheinlich, aber möglich. Wenn nicht, fahrt ins Bad und fragt dort herum. Am besten erstellt Ihr vorher ein paar Flyer mit ihrem Foto und unserer Telefonnummer. Checkt auch die Parkhäuser. Ich werde Verstärkung aus Heide anfordern und die Fahndung einleiten, sobald Ihr mir Rückmeldung gebt, dass sie nicht zu Hause ist."

„Wenn ich doch bloß einen Schlüssel zu ihrem Haus hätte und nicht nur umgekehrt", lamentierte Knud. Er schien mit der Sorge um Charlie überhaupt nicht umgehen zu können. Immerhin war er wieder ruhiger geworden, nachdem Fiona das Revier verlassen hatte.

„Ich habe einen Schlüssel", fiel es Lilly im gleichen Moment ein.

„DU?", fragte Knud verwundert.

„Ja. Sie hat ihn mir gegeben, falls sie sich aussperrt oder so. Ist schon eine Weile her. Ich habe gar nicht mehr daran gedacht", freute sich Lilly. „Komm, fahren wir und schauen nach, was da los ist. Wenn wir ganz viel Glück haben, finden wir eine Notiz mit dem neuen Passwort für *Nordfriesenliebe*."

„Kann ich mir nicht vorstellen", bemerkte Knud missmutig.

„Jetzt reiß dich zusammen, Knud", forderte Lilly ihren Kollegen auf. „Dein Pessimismus und deine schlechte Laune sind nicht auszuhalten. Wir alle machen uns große Sorgen um Charlie. Ich fahre gerne mit Fiete oder alleine, dann kannst du dich hier im Innendienst weiter beruhigen und dir selbst auf die Nerven gehen!"

„'Tschuldigung. Ich gelobe Besserung", antwortete er zerknirscht. „Ich will auf jeden Fall mitkommen – sonst werde ich verrückt!"

„Da fehlt ja nicht mehr viel", murmelte Lilly, nickte aber.

Schnell war der Flyer erstellt und über den Farblaser ausgedruckt.

„Wir melden uns", verabschiedete sich die Kommissarin und verließ mit Knud das Revier.

Nach wenigen Minuten erreichten sie Charlies Haus im Dorf. Wie erwartet war der Parkplatz leer. Den ihr anvertrauten Schlüssel trug Lilly am gleichen Bund wie ihre eigenen, was ihr den Umweg zu ihrer Wohnung ersparte. Alles sah so aus, wie bei ihrem letzten Besuch. Sauber und überwiegend ordentlich, eine gemütliche Atmosphäre mit zahlreichen maritimen Souvenirs, die Charlie überwiegend selbst bei ihren ausgedehnten Strandspaziergängen zusammengetragen hatte. Muschelbänke nannte Knud die imposanten Sammlungen, die die Fensterbänke zierten. Am Freitagabend war Lilly so aufgeregt gewesen, dass sie dafür gar keinen Blick hatte.

Charlie war nicht zu Hause. Auf dem Tresen der offenen Küche stand eine benutzte Espressotasse, ansonsten war sie aufgeräumt.

War sie bereits am Freitag- oder Samstagabend verschwunden? Oder erst gestern? Ihr Laptop stand zusammengeklappt auf dem Esstisch, daneben etliche Notizen, die Lilly zum Teil von ihrer gemeinsamen Recherche wiedererkannte. In der Hoffnung, hier das neue Passwort zu finden, blätterte sie sie durch, wurde jedoch enttäuscht.

Knud, der kurz die restlichen Räume des Hauses gecheckt hatte, trat zu ihr an den Tisch. „Und, hat sie es notiert?", fragte er.

„Hhm, bisher habe ich nichts gefunden", gab Lilly leicht entmutigt zur Antwort. Darauf hatte sie insgeheim gehofft, aber würde das wirklich etwas nützen?

„Klapp mal den Laptop auf", schlug Knud im gleichen Moment vor. „Vielleicht liegt dort ein Zettel mit den Zugangsdaten."

Lilly bezweifelte, dass Charlie so arbeiten würde, folgte jedoch der Aufforderung. „Nein, so einfach macht sie es uns nicht."

„Also gut, dann lass uns Klinken putzen." Knud wirkte niedergeschlagen, auch wenn er sich Mühe gab, optimistisch zu klingen. „Wäre allerdings einfacher, wenn wir wüssten, seit wann sie verschwunden ist."

„Ja, ich melde es eben Fiete, damit wir Verstärkung bekommen." Natürlich zählte jede Stunde.

Knud nickte und zückte ebenfalls sein Telefon, entfernte sich aber ein paar Schritte. Lilly konnte nicht hören, wen er anrief.

Torge unterwegs auf Eiderstedt

Montag, den 17. Oktober

Torge saß in seinem Kabuff in der *Weißen Düne* und starrte sein Telefon an. Seine Unruhe übertrug sich auf den bequemen Stuhl, der bei jeder kleinen Bewegung quietschte. Das war nervig, aber darum musste er sich später kümmern.

Obwohl Knud in seiner Aussage eindeutig gewesen war, konnte er kaum glauben, was ihm sein Kumpel gerade erzählt hatte. Die Entscheidung für einen Undercovereinsatz passte natürlich zu der toughen Kommissarin, die jahrelang Erfahrungen in Hamburg gesammelt hatte, bevor sie hier an die Küste versetzt wurde. War sie dabei wirklich in die Fänge des Mörders geraten? Auch wenn sie auf zahlreiche Dinge hitzig und ungeduldig reagierte, kannte der Hausmeister sie trotzdem als besonnene Ermittlerin und konnte sich kaum vorstellen, dass sie bei so einer Mission leichtsinnig geworden war. Immerhin hatte sie die Opfer gesehen und wollte bestimmt nicht selbst so enden!

Es wurde Zeit, endlich etwas in diesem Fall zu bewegen! Bislang waren seine eigenen Ermittlungen alle im Sande verlaufen. Obwohl er sein großes Netzwerk über die vergangenen Tage immer wieder angezapft hatte, trat er komplett auf der Stelle. Warum konnte ihm niemand mit einer Beobachtung oder einem sonstigen Hinweis weiterhelfen?

Sein Entschluss war schnell gefasst: Er würde sich heute freinehmen. Sein Überstundenkonto war nach der hektischen Hauptsaison prall gefüllt, außerdem gab es etliche Urlaubstage, die er nicht genommen hatte, weil es hier auf Eiderstedt sowieso am schönsten war. Vermutlich musste er sich demnächst mal wieder auf eine Reisediskussion mit seiner seuten Deern einlassen, aber jetzt hieß es, die Wiesinger vor drohendem Unheil zu retten. Auch wenn der ambitionierte Hobbyermittler und die couragierte Kommissarin regelmäßig aneinandergerieten, war Torge ein erklärter Fan von Charlotte Wiesinger. Ihr durfte auf keinen Fall etwas zustoßen! Er mochte diesen bedrohlichen Gedanken gar nicht zu Ende führen.

Knud war ebenfalls in heller Aufregung gewesen. Genau genommen erkannte Torge seinen Kumpel kaum wieder. Natürlich war das keine Überraschung. Obwohl der Kommissar sich auf diese seltsame, für Torge nicht nachvollziehbare Affäre mit der kessen Fiona Jensen eingelassen hatte, gehörte sein Herz nach wie vor der Kollegin. Vielleicht brachte diese Erfahrung endlich klare Verhältnisse – aber dafür mussten sie die Wiesinger lebendig wiederfinden. Torge war fest entschlossen maßgeblich daran beteiligt zu sein. Ein Misserfolg war keine Option. Und auch wenn die Kommissarin erst zwei Stunden überfällig war, glaubte er nicht an eine Verspätung aus einem anderen

Grund. Der Mörder von Heike und Chrissy hatte sie entführt, davon war er überzeugt!

Sein freier Tag wurde prompt genehmigt. Da er alles auf einem guten Stand hatte, zeigte sich Marina Lessing verständnisvoll. Auch sie war schockiert von den schlimmen Nachrichten der letzten Tage.

Torge stürmte zu seinem alten Kombi, wuchtete sich hinters Steuer und ließ den Motor an. Während er vom Parkplatz fuhr, fragte er sich allerdings, wo er seine Suche überhaupt starten sollte. Er musste sich eingestehen, überhaupt keinen Plan zu haben. Knud und Lilly waren im Haus von Kommissarin Wiesinger. Wo sollte er beginnen? Sie konnte sich überall auf Eiderstedt befinden oder sonst wohin verschleppt sein, was Torge allerdings aufgrund des Fundortes der ersten beiden Opfer für unwahrscheinlich hielt. Am besten fuhr er zu Fiete aufs Revier, um weitere Informationen abzustauben. Vielleicht kam ihm dadurch eine zündende Idee.

Etwa auf halbem Weg klingelte sein Smartphone. Vielleicht war Knud noch etwas ein- oder aufgefallen, was er seinem Kumpel mitteilen wollte, um dessen Suche in eine bestimmte Richtung zu lenken. Ein Blick auf das Display kündigte jedoch den Anruf eines Mannes an, mit dem Torge vor Jahren mal eine Weile gebowlt hatte.

„Frerk Matthiesen“, begrüßte er den alten Kumpel, dessen Nummer nach wie vor in seinem Handy gespeichert war. „Na, das ist aber lange her! Moin! Was verschafft mir die Ehre?“

„Moin Torge“, antwortete der Anrufer. „Ich muss dich dringend sprechen, alter Junge. Eigentlich hätte ich mich viel früher bei dir melden sollen, aber ich hatte Angst, dass du mich zur Polizei schleppst. Mit den Brüdern will ich nichts mehr zu tun haben.“

„Ich verstehe kein Wort von dem, was du gerade vertellst“, gab der Hausmeister ehrlich zu.

„Hhm. Sag mal, du hast doch gute Verbindungen zu den Kommissaren aus Ording, oder? Ich habe dich schon mal im Interview gesehen – wirklich telegen. Bist du auch in diesem Fall an den Ermittlungen beteiligt?“

Aufregung erfasste Torge. Hatte Frerk etwas beobachtet und bisher nicht gemeldet? „Ja, klar! Kannst du irgendwie weiterhelfen?“

„Möglich. Aber ich möchte nicht am Telefon darüber schnacken. Kannst du vielleicht zu mir kommen? Ich wohne jetzt in Tetenbüll, in dem ehemaligen Haus meiner Eltern. Erinnerst du dich an die Adresse?“

Nachdem Torge dies bestätigt hatte, legte Frerk auf und der Hobbyermittler gab Gas. Er war gespannt, ob sich dieser Abstecher lohnen würde. Hoffentlich wollte Frerk nicht nur über die alten Zeiten plaudern. Und was hatte er bloß damit gemeint, mit der Polizei nichts mehr zu tun haben zu wollen?

Knapp zwanzig Minuten später fuhr Torge in die Einfahrt des alten Hauses, das einen sehr gepflegten Eindruck machte. Frerk erwartete ihn bereits. Er stand im Rahmen der geöffneten Haustür und blickte ihm erwartungsfroh entgegen.

„Komm rein“, begrüßte er den Freund aus alten Zeiten. „Ich habe uns einen Kaffee aufgesetzt. Trinkst du ihn so süß wie früher?“

„Fast“, antwortete er schmunzelnd. Eins der drei Stückchen Zucker hatte Annegret ihm nachhaltig abgewöhnt, aber mehr war nicht drin. Ungesüßt schmeckte er ihm einfach zu bitter.

Frerk führte ihn in seine gute Stube, die altmodisch eingerichtet, aber ebenso sauber und gepflegt war, wie das Äußere des Hauses.

„Setz dich", forderte der Hausherr ihn auf. „Wenn es dir recht ist, würde ich gerne gleich zur Sache kommen, auch wenn wir uns eigentlich auf den neuesten Stand bringen müssten, was sonst so passiert ist. Allerdings muss ich in einer Stunde zur Arbeit und ich will dir unbedingt von meiner Beobachtung erzählen. Mittlerweile plagt mich mein Gewissen, nicht gleich zu dir gekommen zu sein. Die Idee kam mir aber erst heute beim Aufstehen."

„Kein Problem, wir holen den Small Talk bei einem gemeinsamen Bierchen nach", erklärte Torge, insgeheim froh, sich nicht mit langem Gesabbel aufhalten zu müssen.

„Gut. Also, es geht um die vermissten Frauen, das hast du dir vermutlich gedacht. Ich bin mir nicht hundertprozentig sicher, aber meine Frau liegt mir seit Tagen in den Ohren, zur Polizei zu gehen", zögerte Frerk plötzlich die Herausgabe seiner Beobachtung hinaus.

„Okay, hau es einfach raus. Dann sehen wir weiter", ermutigte Torge ihn zum Reden.

Frerk druckste weiter herum. „Muss ich meine Aussage bei der Polizei wiederholen oder kannst du sagen, du hättest die Info aus einer vertraulichen Quelle?", fragte er und guckte dabei unglücklich aus der Wäsche.

„Warum?", wollte Torge wissen. Eigentlich arbeiteten Journalisten auf diese Weise.

„Ich bin vor ein paar Jahren mit dem Gesetz in Konflikt gekommen", vertraute Frerk ihm an. „Seitdem ..."

„Ich werde mein Bestes versuchen", versprach Torge. „Nun sag, worum es sich überhaupt handelt."

„Okay. Also das war so: Am Freitag, den 30. September hatten meine Isolde und ich Hochzeitstag."

Der Hausmeister kniff die Augen zusammen. Hatte Frerk ihm nicht gerade angekündigt, gleich zur Sache zu kommen?

Hoffentlich war der Umweg über seine Privatangelegenheiten nicht allzu lang!

„Wir sind im *Bad* essen gegangen, so wie jedes Jahr an diesem Tag. Bei dem Italiener, der im Moment so angesagt ist. Es war wirklich toll", schwärmte er.

„Verstehe. Und was hast du beobachtet?", drängte Torge ihn zum interessanten Teil der Geschichte.

„Ich glaube, einige Tische weiter saß deine Kollegin aus der *Weißen Düne*", kam Frerk endlich zum Punkt.

„Du meinst Heike? Heike Niemeyer?", fragte Torge elektrisiert.

„Ja, genau. Wie gesagt, ich kann es nicht beschwören, bin mir aber ziemlich sicher."

„Hat Isolde sie ebenfalls gesehen?" Torge schaltete in den Ermittlermodus.

„Nein, sie saß mit dem Rücken zu dem Tisch. Umso besser konnte ich sie aber beobachten."

„Und? Ist das alles?", fragte der Hausmeister, mühsam seine Aufregung unterdrückend.

„Nein, der Knüller kommt noch", spannte Frerk ihn weiter auf die Folter.

„Du hast meine volle Aufmerksamkeit", bestätigte Torge ironisch.

„Sie war in Gesellschaft einer Frau", platzte er heraus.

„Bist du sicher?"

Frerk nickte.

„Kannst du sie beschreiben?" Torges Gedanken rasten. Wirklich eine Frau? So wie bei Chrissy? War das der Schlüssel? Hatten sie es etwa mit einer Täterin zu tun oder geriet er mit dieser Aussage auf eine völlig falsche Spur? Vielleicht handelte es sich um ein Täterduo, zum Beispiel ein Paar. Von solchen Geschichten hatte er bereits gehört.

„Klar, sie saßen ja die ganze Zeit dort zusammen", antwortete er.

Torge trieb ihn mit einer ungeduldigen Geste zur Eile an. Warum musste er manchen Menschen jedes Wort aus der Nase ziehen?

„Sie war groß und stämmig gebaut, wirkte auf den ersten Blick nicht besonders weiblich, würde ich mal sagen."

„Und auf den zweiten Blick?", hakte Torge nach.

„Na ja, sie war sorgfältig zurechtgemacht. Gut frisiert, geschminkt und mit lackierten Nägeln", antwortete Frerk zögernd.

„Das konntest du auf die Entfernung sehen? Wie weit saßen sie denn weg?", zeigte sich der Hobbyermittler skeptisch.

„Es waren vielleicht sieben oder acht Meter", schätzte der Gefragte, was Torge zweifeln ließ, es mit einer verlässlichen Aussage zu tun zu haben. „Allerdings ist sie einmal aufgestanden und an unserem Tisch vorbeigegangen, wohl zur Toilette", fügte er mutmaßend hinzu.

Das hörte sich schon besser an!

„Dann beschreib sie mal. Erzähl mir alles, was dir einfällt!" Torge zückte ein Notizbuch, das er immer bei sich führte.

„Schwarze Haare, so bis zum Kinn. Isolde meint, das nennt man Pagenkopf", fügte er hinzu.

„Ich denke, sie hat die Frau gar nicht gesehen?" Torge war irritiert.

„Nein, aber ich habe es ihr beschrieben."

„Ach so. Was noch?" Seine Ungeduld stieg. „Wie war sie angezogen?"

„Sie hatte einen Hosenanzug an. Nicht übermäßig elegant, aber hübsch. Sah irgendwie teuer aus. Dazu eine schlichte Bluse und ein farbiges Tuch. Passte alles gut zusammen. Sie war auf jeden Fall geschminkt. Nicht grell, aber deutlich sichtbar.

Schmuck hat sie keinen getragen, oder so dezent, dass er mir nicht aufgefallen ist."

Torge musste grinsen. Das war wirklich eine gute Beschreibung. „Warum hast du so genau hingeschaut?", wollte er von dem Kumpel aus alten Tagen wissen. Konnte er sich auf die Ausführungen verlassen oder wollte sich Frerk nur wichtigtun? War die einleitende Geschichte über seine Zurückhaltung bloß ein Fake? Aber welchen Sinn würde das ergeben?

„Das ist eine gute Frage. Ich kann es nicht richtig erklären, aber irgendwie hat sie meinen Blick auf sich gezogen. Das klingt jetzt wohl ein bisschen dämlich, aber so war es."

Torge stellte noch ein paar Fragen, um möglichst mehr Details zu erfahren. Jede Kleinigkeit konnte helfen, die verschwundene Kommissarin wiederzufinden. Da Frerk aber sonst nichts Konstruktives beizutragen hatte, verabschiedete er sich kurz darauf.

Spontan war er in Versuchung, erneut seine Quellen anzuzapfen. Was wäre das für ein unglaubliches Erfolgserlebnis, wenn er persönlich Charlotte Wiesinger aus den Klauen des bösen Entführers – oder der Entführerin! – befreien konnte? Wenn er es jedoch vermasselte, war er am Ende für ihren Tod verantwortlich. Das war eine Bürde, die Torge sich bei allem Ehrgeiz nicht aufladen wollte.

Dazu kam, dass die Information zwar interessant war, aber warum sollte eine Frau über eine Datingplattform andere Frauen anlocken, entführen und schließlich umbringen? Und wie? All diese Fragen konnte Torge nicht beantworten. Schweren Herzens musste er sich eingestehen, dass dieser Fall für ihn alleine eine Nummer zu groß war. Er brauchte Verstärkung – jede Unterstützung, die er kriegen konnte!

Also lenkte er seinen Wagen zurück nach St. Peter-Ording. Im ersten Schritt würde er bei Fiete auf dem Revier vorstellig werden. Vielleicht waren Knud und Kommissarin Morgenroth wieder zurück, um die neue Lage zu besprechen und gemeinsam eine Strategie auszuarbeiten, wie sie die Wiesinger befreien konnten.

Als er das Polizeirevier erreichte, traf er Knud, Fiete und Kommissarin Morgenroth mitten in einer Besprechung an. Seine geheime Hoffnung, die Wiesinger würde einfach wieder auftauchen und erklären, sie sei eben sehr beschäftigt mit ihrem Spezialeinsatz gewesen, erfüllte sich dagegen nicht. Wie nicht anders zu erwarten, herrschte eine gedrückte Stimmung. Mit ernsten Gesichtern saßen die drei über einen Haufen Papier gebeugt. Gerade schien Fiete aus einem Obduktionsbericht zu zitieren.

„Es liegt weder sexueller Missbrauch noch einvernehmlicher Sex vor. Wir haben es also mit einem anderen Motiv zu tun", erklärte er den Kollegen.

Das würde zu der Beobachtung von Frerk passen! Vor lauter Aufregung übersah Torge einen Stuhl und lief prompt dagegen.

Erschrocken sahen die Kommissare auf.

„Torge! Um Himmels willen! Was veranstaltest du denn für ein Getöse? Kannst du dich nicht mit einem Gruß bemerkbar machen?", wies Fiete ihn zurecht. „Was willst du eigentlich hier?"

„Ich habe Neuigkeiten", platzte er sofort heraus, ohne auf die Ermahnung einzugehen.

„Wir sind gerade in einer wichtigen Besprechung. Charlotte ist verschwunden und wir dürfen keine Zeit verlieren", erklärte der Revierleiter weiter.

„Darum geht es ja. Ich bin von Knud informiert worden und eben hat mich ein alter Kumpel angerufen. Ich glaube, es könnte wichtig sein", sprudelte es aus dem Hausmeister heraus.

„Du hast Torge angerufen?" Fiete warf Knud einen prüfenden Blick zu.

„Wir brauchen jede Unterstützung, die wir kriegen können", verteidigte Knud seine Aktion. „Torge hat in der Vergangenheit oft wertvolle Hinweise beigetragen. Denk nur an die kleine Nele. Ohne ihn hätten wir sie vermutlich nie wiedergefunden."

Torge freute sich über die Lobhudelei. Allerdings sah sein Freund wirklich schlecht aus. Seine Haut wirkte grau, die Wangen eingefallen. Von dem sonst so optimistischen und fröhlichen Nordfriesen war nichts mehr übrig.

„Also gut. Dann lass hören", forderte Fiete ihn auf.

Das ließ Torge sich nicht zweimal sagen. Bereitwillig erzählte er den Kommissaren alles, was er gerade von Frerk erfahren hatte.

„Und warum ist dein Zeuge nicht mitgekommen?", fragte Fiete prompt.

Torge druckste herum.

„Raus mit der Sprache! Wir müssen wissen, ob er glaubwürdig ist", polterte Fiete. Auch ihm schien das Verschwinden der geschätzten Kollegin an die Nieren zu gehen.

„Hhm, er ist vor ein paar Jahren mit dem Gesetz in Konflikt gekommen, ein blöder Fehler, für den er aber gebüßt hat", stammelte Torge.

„Ja?"

„Trunkenheit am Steuer, Unfall mit Fahrerflucht. Keine Toten, aber ein Verletzter. Trotzdem hat er jetzt Angst vor der Polizei", erklärte der Hausmeister schließlich. „Ich habe alles genau aufgeschrieben. Mehr kann er nicht dazu beitragen."

„Wir arbeiten fürs Erste damit. Wenn sich allerdings Fragen ergeben, wirst du uns seinen Namen nennen", erklärte Fiete mit Nachdruck, woraufhin Torge ergeben nickte. „Auch, wenn sich der Zeuge nicht hundertprozentig sicher ist, sollten wir diesen Ansatz verfolgen. Immerhin glaubt Knuds Mutter, Chrissy am Abend ihres Verschwindens ebenfalls mit einer Frau gesehen zu haben. Auch diese war groß und kräftig gebaut. Lilly, hast du die Details der Beschreibung griffbereit?“

Torge freute sich, dass seine Aussage ernst genommen wurde. Er war wieder dabei. Nun hoffte er auf einen Erfolg.

Kommissarin Morgenroth kramte in einigen Papieren. „Moment, ich habe es gleich. Ah, hier ist die Aussage von Greta Petersen. Sie hatte lediglich einen flüchtigen Blick auf die Frau erhascht, beschrieb ihre Statur aber auf die gleiche Weise. Sie meinte, die Haare wären brünett gewesen, aber es kann sich natürlich um Perücken handeln.“

„Ja, oder der Lichteinfall hat getäuscht. Schwarz und brünett sind nicht so weit auseinander“, ergänzte Fiete nachdenklich. „Was hat das zu bedeuten? Wie passt eine mögliche Mörderin ins Bild? Welche Motivation könnte eine Frau haben, unsere Opfer dermaßen zu verunstalten und zu töten? Und ist dann überhaupt *Nordfriesenliebe* die Verbindung?“

Einen Augenblick herrschte betretenes Schweigen, schließlich ergriff Knud das Wort: „Bitte teilt alle Überlegungen, die euch in den Sinn kommen, auch wenn sie noch so abwegig erscheinen. Ihr wisst, was auf dem Spiel steht. Wir müssen Charlotte finden, bevor es zu spät ist.“ Seine Stimme zitterte.

Auf Torge wirkte er so, als würde er jeden Moment in Tränen ausbrechen.

„Okay, mir kommt da gerade ein Gedanke“, formulierte Kommissarin Morgenroth vorsichtig. „Aber bitte lacht mich nicht aus. Es klingt tatsächlich ziemlich abwegig.“

„Ist egal“, ermunterte Knud die Kollegin.

„Also in Kladde gesprochen: Könnte es sein, dass eine Frau dahintersteckt?“

„Soweit waren wir gerade“, moserte Knud.

„Lass sie ausreden“, ermahnte ihn Fiete. „Wir sind alle angespannt, hab etwas Geduld.“

„Tut mir leid", murmelte Knud. „Erzähl bitte weiter."

Lilly nickte. „Also ich weiß nicht, wie sie an die Daten herangekommen ist, das müssten wir dann checken. Meine Idee ist aber, dass eine Frau, die vielleicht von mehreren Männern zurückgewiesen wurde, einen Rachefeldzug führt."

„Das klingt nicht logisch", widersprach Knud sofort. „Dann würde sie die Männer entführen und töten. Scheinbar ist sie dem körperlich gewachsen, wenn wir den Zeugenaussagen glauben können."

„Ja, das wäre eine Möglichkeit, aber da wir weibliche Opfer haben, müssen wir andere Szenarien in Betracht ziehen. Dazu hast du uns schließlich gerade aufgefordert. Kaum kommt die erste Idee, stampfst du sie sofort ein. Finde ich nicht gerade konstruktiv", beschwerte sich Lilly.

„Knud, halt dich bitte zurück. Du stehst völlig neben dir. Vielleicht solltest du an den Strand fahren und dir für eine Stunde den Kopf freipusten lassen. Ich möchte Lillys Gedanken zumindest hören und theoretisch durchspielen." Fiete guckte die Kollegin aufmunternd an. „Wie können wir vorgehen, um ihr auf die Spur zu kommen?"

„Im ersten Schritt würde ich mich an die Betreiber von *Nordfriesenliebe* wenden. Wir brauchen mehr Daten. Ausgehend von dieser Annahme sollten wir nach Frauen suchen, die ebenfalls mit den Datepartnern von Heike und Chrissy Kontakt hatten, also die Nachrichten und Chatverläufe überprüfen. Vielleicht wurde eine Frau von diesen Männern nach einem ersten Treffen abgewiesen oder gleich versetzt, auf jeden Fall irgendwie respektlos behandelt", spann sie den Faden weiter. „Klingt alles ein bisschen vage, aber eine bessere Spur haben wir nicht. Was meint Ihr dazu?" Lilly ließ ihren Blick durch die Runde wandern.

Knud wiegte den Kopf, schien skeptisch, schwieg aber.

„Darf ich etwas sagen?", fragte Torge ausnahmsweise vorsichtig. Die Atmosphäre war so aufgeladen, er wollte keinen Unmut auf sich ziehen.

Fiete schmunzelte prompt. „Das ich das noch erleben darf!" Dann wurde er wieder ernst und nickte ihm zu.

„Vielleicht dachte die Frau, dass sie die Männer damit trifft, ihnen die attraktiven Frauen zu entführen oder aber sie will den Verdacht auf die Männer lenken und sie damit für ihr demütigendes Verhalten abstrafen", teilte er seine Überlegungen mit den Kommissaren.

Lilly nickte. „Das sind gute Gedanken, Trulsen. Manchmal sind Sie wirklich zu gebrauchen."

Er nahm das als Kompliment, auch wenn sie es hätte wertschätzender formulieren können.

„Vielleicht wollte sie den Frauen sogar eine Lektion erteilen", fügte Knud hinzu.

„Weil sie attraktiver sind, als sie selbst?" Lilly schien die Idee abwegig zu finden. „Egal, wir brauchen auf jeden Fall mehr Daten von *Nordfriesenliebe*. Ich ruf die mal an. Am besten sie schicken uns ihr Generalpasswort, damit wir einen kompletten Einblick haben."

„Das werden sie nicht machen. Es widerspricht außerdem dem Datenschutz. Aber lass dir die Schnittmenge der weiblichen Kontakte der Datepartner von Heike und Chrissy herausfiltern", ordnete Fiete an.

„Soll ich auch nach Charlies Daten fragen?"

Fiete zögerte einen Augenblick, nickte aber schließlich. „Ja, ich nehme es auf meine Kappe. Es zählt vielleicht jede Minute. Die Überprüfung der Betreiber dieser Plattform hat keine Unregelmäßigkeiten ergeben. Sie sind nie straffällig geworden, zahlen ihre Steuern, halten sich sogar an die Verkehrsregeln.

Mein Instinkt sagt mir, dass sie sauber sind. Wir sollten uns auf diese Spur konzentrieren und inständig hoffen, auf dem richtigen Weg zu sein!"

Charlie an einem unbekannten Ort

Montag, den 17. Oktober

Als Charlie aufwachte, wusste sie nicht, wo sie sich befand. Ihr Kopf dröhnte zu sehr, um einen klaren Gedanken fassen zu können. Mühsam versuchte sie sich aufzurichten, was allerdings überhaupt nicht funktionierte. Stattdessen schien ihr gesamter Körper zu schmerzen. Und irgendetwas hielt sie fest.

Beim zweiten Versuch aufzustehen, fiel sie wieder zurück auf die Matratze, von der ein muffiger Geruch aufstieg.

Was war bloß passiert? Und wo war sie?

Blinzelnd öffnete sie die Augen, was ihren Kopfschmerz unmittelbar verstärkte, obwohl der Raum praktisch im Dunkeln lag. Lediglich ein klein wenig Licht drang durch einen Spalt des Fensters, das mit Brettern vernagelt schien.

Als sich ihre Augen an das diffuse Licht gewöhnt hatten, erkannte sie zwei Eimer, die neben ihr auf dem Boden standen. Erst beim nächsten Versuch aufzustehen, bemerkte sie, dass sie sowohl am linken Hand- und Fußgelenk angekettet war. Die Fesseln endeten in einem Ring am Boden, der ihren Bewegungsradius auf circa zwei Meter einschränkte. Der Raum schien nicht viel größer als vielleicht acht bis zehn Quadratmeter zu sein.

Brennender Durst ließ ihre Zunge geradezu am Gaumen festkleben. Irgendetwas war offensichtlich gründlich schiefgelaufen, aber noch kam die Erinnerung nicht zurück. Mühsam schob sie sich an den Rand der Matratze und schaffte es schließlich nach mehreren Versuchen in eine sitzende Position, auch wenn der rasende Kopfschmerz sich dadurch weiter verstärkte.

Das spärliche Tageslicht ließ sie vermuten, dass früher Morgen war, aber das konnte eine Fehleinschätzung sein. Vielleicht war es einfach ein trüber Tag, an den Wetterbericht konnte Charlie sich nicht erinnern. Wie einfach war ihr Leben bis vor Kurzem gewesen. Mit welch banalen Dingen hatte sie sich beschäftigt – zumindest schien es ihr jetzt so.

Außer der Matratze, einer dicken kratzigen Wolldecke und den beiden Eimern befand sich nichts in dem Raum. Es roch modrig, als befände sie sich in einem Keller, auch wenn das Fenster dagegensprach. Strom schien es nicht zu geben. Zumindest konnte sie keine Lampe an der Decke des Raumes entdecken. Am liebsten hätte die Kommissarin um Hilfe geschrien, versprach sich allerdings nichts davon. Wenn es jemanden in der Nähe gab, der diese Rufe hören konnte, hätte der Entführer sie sicherlich geknebelt. Besser sie schonte ihre Kräfte für eine sinnvolle Aktion, wenn sie hier mit heiler Haut herauskommen wollte. Das sagte ihr der Verstand, der langsam wieder zu funktionieren schien. Trotzdem war das Verlangen, ihren gesamten Frust über die verheerende Situation herauszubrüllen und dabei gleichzeitig auf Hilfe zu hoffen, übermächtig.

Mühsam krabbelte sie schließlich auf allen vieren zu den Eimern. Die schweren Ketten zerrten an ihr, sie fühlte sich kraftlos wie nie zuvor. Trotzdem spürte sie für einen Augenblick eine große Erleichterung, als sie das Wasser entdeckte. Gierig trank sie ein paar Schlucke, wobei sie sich wie ein gefangenes Tier vorkam. Heiße Tränen der Demütigung schossen ihr in die Augen und nahmen Charlie die Sicht. Ein Schluchzen schallte durch den Raum, das sie erst verzögert als ihr eigenes wahrnahm.

Einen Moment lang gab sie sich dem Elend hin, ließ die Verzweiflung zu und spürte dabei, wie die Tränen der Angst und Wut ihre Wangen herunterliefen.

Einen Moment lang durfte sie schwach sein und alles herauslassen, ohne Selbstbeherrschung, ohne Stärke.

Niemand sah es.

Niemand stand ihr bei.

Das war schließlich der Gedanke, der den Verstand vor ihre Emotionen schob. Es war niemand da, der sie aus dieser Misere befreite. Sicher würden die Kollegen alles tun, um sie zu finden, aber konnte es ihnen gelingen? Fürs Erste war sie auf sich allein gestellt. Alles Jammern und Klagen verbrauchte kostbare Energie, würde sie aber kaum aus dieser Situation befreien.

Sie musste einen kühlen Kopf bewahren!

Wieder wandte sie sich dem Wasser zu. Langsam beugte sie sich über den Eimer und tauchte ihr Gesicht hinein, um es abzukühlen. Immerhin schien es frisch und sauber zu sein. Sie trank noch ein wenig davon und schaffte es, sich zu beruhigen. Schließlich guckte sie in den zweiten Eimer. Darin lag eine Rolle Toilettenpapier. Charlie konnte ein hysterisches Lachen nicht unterdrücken. Sie hatte fest damit gerechnet, hier irgendetwas

Essbares zu finden, aber so fürsorglich schien der Entführer nicht zu sein.

Kraftlos sank sie auf den Boden und blieb eingerollt liegen, um sich einen Moment lang auszuruhen. Nur einen kleinen Augenblick.

Der Boden war feucht. Erst jetzt bemerkte sie, wie kalt es in dem Raum war. Kurz überlegte sie, ob sie zurück zu der Matratze robben sollte, brachte aber einfach nicht die Kraft dafür auf. Erst mal musste sie ausruhen, um sich an die Geschehnisse zu erinnern, die sie in diese Lage gebracht hatten.

Sie schloss die Augen. Versuchte, alle negativen Emotionen auszublenden: Die Angst; die Kälte, die in ihre Glieder kroch; den Hunger, der ihr das klare Denken erschwerte. Nur so hatte sie eine Chance zu fliehen. Sie musste sich erinnern, auch wenn es vermutlich schmerzhaft war! Bestimmt hatte sie sich durch ihre Unvorsichtigkeit selbst in diese Situation gebracht.

Langsam sickerten die ersten Erinnerungsfetzen in ihr Bewusstsein. Lilly war bei ihr gewesen. Sie hatten Fotos gemacht und das Profil bei *Nordfriesenliebe* mit Leben erfüllt. Dann war erst einmal nichts passiert. Wie eine schwarze Wand standen die darauffolgenden Stunden vor ihr, undurchdringlich und offensichtlich vergessen.

Charlie drohte wegzuschlummern, wurde aber schließlich von ihrem eigenen Stöhnen wieder in den unwirtlichen Raum zurückgeholt.

Sie fröstelte. Die Feuchtigkeit des Bodens kroch weiter in ihre Glieder und verstärkte ihr Unwohlsein. Mit großer Kraftanstrengung versuchte sie wieder auf die Beine zu kommen, schaffte es aber lediglich auf die Knie. Für einen Augenblick hatte sie immerhin die Kälte vertrieben. Ein Schweißtropfen kullerte ihr von der Stirn ins Auge, wo er ein beißendes Brennen auslöste. Charlie fluchte kurz, kroch dann aber auf allen vieren zu der Matratze zurück und ließ sich kraftlos fallen. Die nächste Welle aus Frust und Angst drohte über sie hinwegzurollen.

Würde sie hier jemals lebend herauskommen?

Waren die Kollegen dem Täter bereits auf der Spur?

Die Änderung des Passwortes für ihr neues Profil bei *Nordfriesenliebe* kam ihr in den Sinn und sie verfluchte ihre eigensinnige Aktion. Hätte sie doch wenigstens Lilly eingeweiht! Sicherlich wäre diese einverstanden gewesen, Knud nicht alle Einzelheiten preiszugeben, wenn Charlie sie darum gebeten hätte. Zumindest solange sie alles unter Kontrolle hatte.

Dieser Zustand lag ganz offensichtlich hinter ihr. Sie musste sich erinnern, was im Anschluss passiert war, vielleicht ergab sich dadurch eine Chance zu entkommen.

Charlie rief sich den Abend mit Lilly in Erinnerung. Es war spät gewesen, als sie endlich alles fertig eingerichtet hatten und die Kollegin nach Hause fuhr. Erst hatte sich die Freischaltung hingezogen, aber schließlich war alles sehr schnell gegangen und die ersten Kontaktaufnahmen waren eingetrudelt. Jede Anfrage wurde von ihr sorgfältig mit der Liste abgeglichen, die sie aufgrund von Heikes und Chrissys Profilen erstellt hatten, aber da gab es keine Übereinstimmung.

Der lockere Chat war aufregend gewesen, auch wenn es sich bloß um einen Job handelte. Auf diese herrlich anonyme Weise konnte sie in eine Rolle schlüpfen und ganz gefahrlos flirten. Bis seine Einladung zum gemeinsamen Essen in der echten Welt kam. Spontan war sie zurückgeschreckt, aber schließlich wollte sie den Mörder schnappen! Was sollte schon passieren, wenn sie sich mit ihm an einem öffentlichen Ort traf? Kurz hatte sie überlegt, die Kollegin als Verstärkung anzufordern, sich aber auch am folgenden Tag dagegen entschieden. Noch war die Verbindung zu dem Fall gar nicht sicher. Vielleicht lief es lediglich auf einen Abend in Gesellschaft eines Mannes heraus, der sie attraktiv fand. Das wäre völlig belanglos und unverbindlich. Einfach nur ein harmloses Vergnügen. Und ein kleiner Protest gegen Knud und seine wie auch immer geartete Affäre mit der unkomplizierten Fiona. Den wollte sie definitiv nicht am Nachbartisch sitzen haben!

Die Gedanken brachten ihr nicht die Lösung, was am Samstagabend so schiefgelaufen war, dass sie sich nun in diesem stinkenden Loch befand!

Für einen Moment war ihr Kopf leer, schien die Erinnerung zu verweigern. Charlie ließ sich fallen, blendete alles aus, um ein wenig Kraft für weitere Erinnerungen zu schöpfen, obwohl sie sich völlig ausgelaugt fühlte.

Einen Moment der Ruhe.

Einen Moment des Friedens, bevor sie sich mit dem Kern des Fiaskos beschäftigte – mit dem Kern ihres Versagens.

Und plötzlich sah sie die Bilder des Abends wieder ganz deutlich vor sich: Er war gar nicht gekommen! Sie hatte eine halbe Stunde gewartet und war in großer Versuchung gewesen, sich einfach enttäuscht vom Acker zu machen. Aber diese Niederlage hungrig zu ertragen, ertrug sie nicht. Also hatte sie sich einen Teller Pasta bestellt. Am liebsten hätte sie ihren aufkommenden Frust in einer großen Menge Tequila ertränkt, wollte ihren Wagen jedoch nicht die ganze Nacht in dem Parkhaus stehen lassen. Also begnügte sie sich mit einem Glas Weißwein.

Im Anschluss war sie an den Strand gegangen, um die Enttäuschung zu verdauen und den Kopf wieder freizubekommen. Leider hatte sich das Wasser zurückgezogen, aber die Frische des Oktoberabends tat ihr trotzdem gut. Wie immer, wenn sie ihren aufgewühlten Geist beruhigen wollte, sammelte sie einen Haufen Muscheln, die die letzte Flut an das Ufer gespült hatte.

Ironischerweise war sie in Versuchung gewesen, bei Knud anzurufen. In den letzten Monaten hatten sie kaum private Zeit miteinander verbracht. Charlie gestand sich ein, seine Gesellschaft zu vermissen. Die Gespräche mit ihm hatten sie grundsätzlich inspiriert, seine Fürsorglichkeit war wohltuend und beruhigend gewesen. Nun gab er all das Fiona. War er wirklich in die Rechtsmedizinerin verliebt oder lenkte er sich damit nur von Charlies Zurückweisung ab? Der Stachel der Eifersucht piesackte sie weiterhin, der Schmerz fühlte sich jedoch nicht mehr so bohrend an.

Wenn Knud den Abend nicht gerade mit seiner neuen Flamme verbrachte, wäre er Charlies Aufforderung zu einem gemeinsamen Strandspaziergang bestimmt nachgekommen. Allerdings war es spät geworden. Und vermutlich saß er kaum an einem Samstagabend allein zu Hause und wartete auf ihren Anruf! Sie steckte also das Handy unverrichteter Dinge zurück in ihre Tasche und warf einen sehnsüchtigen Blick in die Ferne, wo die Nordsee brauste.

Jetzt im Nachhinein war dies wohl der entscheidende Fehler gewesen. Alles wäre anders verlaufen, wenn sie ihn wirklich angerufen hätte – und er zu ihr gekommen wäre, musste sie einschränkend hinzufügen.

Als sie so viele Muscheln gesammelt hatte, wie sie gerade tragen konnte und der leichte Wind unangenehm kühl wurde, machte sie sich auf den Rückweg. Die herbstlichen Urlauber waren zurück in ihren Quartieren, das sonst so quirlige St. Peter-Bad kam zur Ruhe. Niemand begegnete ihr in dem Parkhaus, das wie ausgestorben wirkte. Normalerweise genoss Charlie die Ruhe der Nacht, aber an diesem Abend kroch ein unwohles Gefühl in ihr hoch. Einen Moment schob sie es auf die Kälte, fühlte sich aber irgendwie beobachtet. Am Abend war hier jeder Stellplatz besetzt gewesen und sie hatte sich über die freie Lücke in der hintersten Ecke gefreut. Jetzt verfluchte sie es. Obwohl sie sich mehrfach umgedreht hatte und niemanden in der Nähe entdecken konnte, blieb dieses mulmige Gefühl beobachtet zu werden, hartnäckig an ihr kleben. Weil sie sich nicht bedroht fühlte, hatte sie ihre Waffe zu Hause gelassen.

Ganz offensichtlich der zweite Fehler dieses Abends.

Während sie ihren Schritt beschleunigte, fingerte sie nach dem Schlüssel in der Anoraktasche. Einige Muscheln fielen klirrend zu Boden und knirschten bedrohlich in der Stille, als sie selbst darauf trat. Ihre Nervosität stieg. Am liebsten wäre sie zu Fuß aus dem Parkhaus geflüchtet, entschied sich aber für die Sicherheit ihres Autos – wenn sie die denn rechtzeitig erreichte.

War da ein anderes Geräusch gewesen?

Sie traute sich nicht, ihren Schritt zu verlangsamen, um darauf zu lauschen. Vielleicht hörte sie in der aufsteigenden Panik lediglich das Rauschen in ihren Ohren. Gleich war sie in Sicherheit. Nur noch wenige Schritte, dann hatte sie ihren Wagen erreicht! Bloß nicht zu früh auf den Öffner drücken.

Kauerte da jemand hinter dem Pfeiler? Hatte sich da ein Schatten bewegt? Charlies Herz schlug ihr bis zum Hals, als sie schließlich die Türen entriegelte und nach dem Öffner griff.

Im nächsten Moment sah sie ihn auf sich zuspringen. Der Schlag traf sie am Hinterkopf und ließ den Schmerz durch den gesamten Schädel explodieren. Kurz darauf wurde alles um sie herum schwarz.

Zum ersten Mal wachte sie wieder auf, als sie Erschütterungen spürte. Etwas Kratziges, übel Riechendes war über ihren Kopf gezogen, nahm ihr den Atem. Wo war sie bloß? Sie versuchte, das aufsteigende Gefühl der Panik zu bekämpfen; wollte schreien, was jedoch der Knebel in ihrem Mund verhinderte. Der Versuch, sich von allem zu befreien, was ihr die Sicht nahm und sie kaum atmen ließ, scheiterte kläglich, denn sie konnte nicht einmal die Arme heben. Der Entführer hatte sie ihr auf dem Rücken zusammengebunden. Etwas Hartes schnitt ihr in die Handgelenke. Und auch die Beine konnte Charlie kaum bewegen. Es war eng und sie fing an zu schwitzen, wurde weiter durchgeschüttelt. Offenbar lag sie in einem Kofferraum und wurde durch unebenes Gelände gefahren. Als der Wagen anhielt, verstärkte sich ihre Angst. Was würde nun passieren?

Kurz darauf wurde sie von starken Armen aufgehoben und einen kurzen Weg getragen. Sein Griff war fest. Es schien ihm keine Mühe zu bereiten, Charlies schlanken Körper in das Gefängnis zu bringen. Sie konzentrierte sich auf Geräusche der Umgebung, konnte aber nichts hören. Es herrschte absolute Stille. Kein Motorengeräusch, nicht einmal ein leichtes Brummen aus der Ferne drang an ihre Ohren, die natürlich ebenfalls von der stinkenden Kapuze bedeckt waren. Er hatte sie an einen abgelegenen Ort gebracht, vielleicht in absoluter Einsamkeit. Davon gab es auf Eiderstedt nicht mehr sehr viele, aber bestimmt einige. Da Charlie erst im Kofferraum wieder zu Bewusstsein gekommen war, konnte sie nicht sagen, wie lange sie gefahren waren. Trotzdem ging sie davon aus, die Halbinsel nicht verlassen zu haben.

Der Mann, der sie mühelos auf seinen Armen trug, roch nach einem herben After Shave. Obwohl diese Information ihr möglicherweise überhaupt nichts nützen würde, wurde sie von einer seltsamen Aufregung erfasst. Ihr Ermittlerinstinkt erwachte. Seine Schritte klangen schwer, vermutlich trug er derbe Schuhe oder Stiefel. Weitere Einzelheiten fielen ihr nicht ein. Vielleicht gab es einfach nicht mehr.

Schließlich hatte er sie abgesetzt, angekettet und die Kabelbinder entfernt. Erst als eine Metalltür mit einem lauten Knall zugefallen war und sich der Schlüssel im Schloss drehte, konnte sie ihre Starre überwinden. Zu groß war die Angst gewesen, er würde sie an Ort und Stelle töten. Sie nahm die Kapuze ab und zog den Knebel aus dem Mund.

Völlige Dunkelheit umgab sie. So sehr sie sich anstrengte, sie konnte nichts erkennen. Erschöpft sank sie auf die feuchte, muffig riechende Matratze und streckte sich aus, so gut das in ihrem gefesselten Zustand möglich war. Danach musste sie wieder weggedämmert sein.

Charlie wusste nicht, wie lange sie geschlafen hatte. War er inzwischen wieder hier gewesen? Nicht einmal das konnte sie einschätzen. Gab es einen Zusammenhang mit den beiden verschwundenen Frauen? Waren auch Heike und Chrissy hier festgehalten worden, bevor er sie ... Ein Schauer lief ihr über den Rücken. Automatisch schoben sich die Bilder der Todesopfer vor ihr geistiges Auge.

War ihr Schicksal bereits besiegelt?

Würde sie genauso verstümmelt unter dem Pfahlbau am Strand von St. Peter-Ording enden?

Bei diesem Gedanken in Verbindung mit ihrer ausweglosen Situation fing sie unkontrolliert an zu zittern. Ihre Zähne schlugen aufeinander. So sehr sie sich bemühte, ihren Körper wieder unter Kontrolle zu bekommen, umso schlimmer schien es zu werden. Erschöpft brach sie in Tränen aus.

Würden die Kollegen den Fall schnell genug aufklären, um sie zu retten?

Lilly unterwegs auf Eiderstedt

Dienstag, den 18. Oktober

Nachdem die Kommissare den Entschluss gefasst hatten, der neuen Theorie mit einem weiblichen Täter folgen, nahm Lilly Kontakt zu den Betreibern von *Nordfriesenliebe* auf, um die Daten der Kontakte von Nils Burmeister und Stefan Hecht einzuholen. Wie erwartet verwiesen Sven und Lars auf den Datenschutz ihrer Kundinnen. Der Hinweis, dass es für eine Kollegin möglicherweise um Leben und Tod ging, perlte an ihnen ab. Da riss der jungen Kommissarin der Geduldsfaden.

„Ihr Jungs glaubt wohl aus dem Schneider zu sein, aber den Zahn kann ich euch ziehen", verlegte sie sich auf eine Art der Kommunikation, die die Jungspunde vermutlich besser verstanden. „Ihr seid ebenfalls auf unserer Liste der Verdächtigen. Ich kann gerne euer Büro vorübergehend schließen und euch hier aufs Revier zitieren. Dann unterhalten wir uns mal ganz in Ruhe und checken eure Alibis für alle möglichen Tattage. Das wird allerdings eine Weile dauern, so viel kann ich euch verraten. Und sollte meine Kollegin zwischenzeitlich sterben, weil Ihr mir die Kooperation verweigert, seid Ihr mindestens wegen unterlassener Hilfeleistung dran! Habe ich mich jetzt klar genug ausgedrückt?"

Beide waren derartig erschrocken, dass ihnen die Lücken in Lillys Argumentation nicht auffielen. Bereits eine Viertelstunde später rollte eine Flut von Daten in ihr Postfach. Knud bezweifelte die Theorie, unterstützte sie aber trotzdem ohne Murren. Vermutlich war ihm alles lieber als nichts zu tun, und eine bessere Strategie konnte er selbst nicht vorweisen.

Schnell hatte Lilly eine Schnittmenge gefunden, wobei sie sich auf die Kontakte der letzten zwei Monate konzentrierte.

„Es gibt zwei Frauen, mit denen beide intensiveren Kontakt hatten", teilte sie Knud mit und nannte ihm die Nicknamen. „Guck bitte in der Liste, welche Klarnamen dazu gehören und überprüf die Adressen. Ich will gleich Durchsuchungsbeschlüsse mitnehmen, wenn wir sie nachher aufsuchen. Der Richter hat uns volle Unterstützung und schnelles Handeln zugesichert."

„Die Frauen heißen Yorke Grothusen und Mareike Kramer", antwortete Knud.

„Check du die Erste", forderte Fiete den Kollegen auf. „Ich forsche nach den Daten der anderen. Kramer mit K?"

Knud nickte und tippte auf seiner Tastatur herum. Schließlich hob er den Kopf: „Yorke Grothusen ist Landwirtin mit einem eigenen Hof in Tetenbüll. Sie ist erst neunundzwanzig - ganz schön viel Verantwortung. Wartet eben, ich überprüfe die Presseartikel, ob ihr Name dort auftaucht ... ah, wie ich mir dachte. Ihre Eltern sind vor zwei Jahren tödlich verunglückt, seitdem führt sie den Hof allein. Hier ist die exakte Adresse, Lilly."

Sie nahm den Zettel entgegen, war aber in Gedanken bei der zuletzt gehörten Information. „Beide sind umgekommen? Zur gleichen Zeit?“, fragte sie.

„Ja.“

„Bei einem Verkehrsunfall?“

„Nein.“ Knud studierte weiter einen Zeitungsartikel. „Es war ein Unfall auf dem Hof. Es gab eine Untersuchung, die aber später ergebnislos eingestellt wurde.“

„Du meinst, es wurde gegen die Tochter ermittelt?“, fragte Lilly erstaunt.

„Scheint so. Der Artikel hier ist nicht besonders präzise. Fahren wir einfach hin und fragen sie“, schlug er vor.

„Ja, aber fall nicht gleich mit dieser Vermutung ins Haus, sonst verschrecken wir sie von vornherein. Lass mich die Befragung führen. Du bist nach wie vor neben der Spur. Falls sie aber unsere Täterin ist, wäre es schön, wenn du mich wenigstens beschützt“, frotzelte sie.

„Klar, ich bin ein Meisterschütze“, gab er selbstironisch zur Antwort.

„Dir fällt im Falle des Falles schon was ein. Fiete, was ist mit der anderen Frau?“, wechselte sie das Thema.

„Mareike Kramer ist eine Scheidungsanwältin aus Garding. Ihre Privat- und Geschäftsadressen sind identisch“, teilte der Revierleiter mit.

„Eine Scheidungsanwältin, die auf einer Datingplattform unterwegs ist. Das ist ja auch irgendwie drollig“, bemerkte Lilly. „Okay, kannst du die Beschlüsse beantragen? Ich möchte keine Zeit verlieren. Der Richter soll sie mir per eMail schicken. Fahren wir zuerst nach Tetenbüll. Auf so einem Hof gibt es bestimmt eine Menge Möglichkeiten, um eine Frau festzuhalten.“

„Geht klar, ich fordere wieder Verstärkung aus Heide an. Die sollen den Betrieb unter die Lupe nehmen!" Fiete nickte bestätigend und Lilly freute sich übe die Rückendeckung.

Der Hof von Yorke Grothusen lag am Rande von Tetenbüll. Die nächsten Nachbarn waren definitiv außer Hörweite, was allein natürlich kein Grund war, die Landwirtin des Mordes an zwei Frauen zu verdächtigen.

Als sie auf den geräumigen Platz fuhren, an den in Hufeisenform das Wohnhaus und einige Ställe grenzten, kamen ihnen sofort drei kläffende Hunde entgegen.

„Auch das noch", murmelte Knud.

„Du hast ja wohl keine Angst vor Hunden?", neckte ihn Lilly, aber dafür war er nicht in Stimmung.

„Vor denen da schon", gab er zu. „Solange die hier um den Wagen toben und dabei so bedrohlich bellen, steige ich nicht aus."

„Bestimmt taucht die Bäuerin gleich auf. Wenn die so anschlagen, will sie sicherlich wissen, was los ist."

„Wenn sie nicht gerade auf einem Feld unterwegs ist oder sonst irgendwie beschäftigt", unkte Knud.

Aber Lilly sollte recht behalten. Kurz darauf erschien eine groß gewachsene Frau in Arbeitsklamotten. Ihr langes blondes Haar hatte sie zu einem lockeren Dutt geschlungen, der bei jedem Schritt an ihrem Hinterkopf wippte. Ihre Gesichtszüge waren ein bisschen zu derb, um wirklich schön zu sein. Wie man bei diesem Job erwarten konnte, war sie ungeschminkt. Sie schnippte mit den Fingern und forderte die Hunde mit einer weiteren Geste auf, zum Haus zu laufen, was diese sofort taten.

Die Kommissarin stieg beeindruckt aus dem Wagen. „Frau Yorke Grothusen?", fragte sie statt einer Begrüßung.

„Ja, wer will das wissen?", kam die barsche Antwort.

„Lilly Morgenroth, Polizei aus St. Peter-Ording. Und das ist mein Kollege Knud Petersen. Moin!“

Nun stieg auch er aus dem Wagen. Leicht verlegen nickte er der Bäuerin zu.

„Und was wollen Sie von mir?“, fragte Yorke Grothusen. Sofort wurde ihr Blick abweisend.

Auch die Hunde wurden wieder unruhig, blieben aber vorerst in sicherer Entfernung. Knud konnte seinen Blick allerdings nicht von ihnen wenden.

„Wir möchten Ihnen ein paar Fragen stellen. Können wir uns irgendwo setzen?“ Lilly beobachtete die Hunde aus dem Augenwinkel, fühlte sich allerdings nicht bedroht.

„Tut mir leid, für Kaffeekränzchen am Vormittag habe ich keine Zeit. Mein Helfer hat in den Sack gehauen. Ich muss hier alles alleine rocken. Wenn Sie schnacken wollen, kommen Sie am besten mit in den Stall. Worum geht es denn überhaupt?“

Die Kommissarin hatte sich während der Autofahrt eine Strategie zurechtgelegt. Für den Anfang plante sie, subtil vorgehen und die Reaktion der Landwirtin testen. „Haben Sie von den beiden Frauen gehört, die ermordet wurden?“, fragte sie. Mit Samthandschuhen wollte Lilly ihr Gegenüber trotzdem nicht anfassen und hoffte mit diesem Gesprächseinstieg ihre Aufmerksamkeit zu gewinnen.

„Jetzt in letzter Zeit? Nein, tut mir leid, ich gucke keine Nachrichten und ich lese auch keine Zeitung. Ist sowieso immer der gleiche Scheiß – ich habe Wichtigeres zu tun. Warum kommen Sie damit zu mir?“

„Beide Frauen nutzten die App *Nordfriesenliebe*“, erklärte Lilly.

„Und nun glauben Sie, dass ich ebenfalls in Gefahr schwebe? Schätzchen, es gibt kaum Kerle, die mir Angst einjagen können. Das ist wohl eher umgekehrt der Fall. Die meisten wollen ein liebes Frauchen, das ihnen den Haushalt führt und maximal bis fünf arbeitet, um rechtzeitig das Abendessen auf den Tisch zu bringen. Erst erzählen sie dir, wie attraktiv sie starke Frauen finden, aber wenn du ihnen erzählst, dass dein Job darin besteht, Trecker zu fahren und Scheiße zu schieben, dann sind sie ganz schnell weg. War nett, da mal ein bisschen zu flirten, aber viel ist dabei nicht rumgekommen. Bin schon zwei oder drei Wochen gar nicht mehr online gewesen. War's das?"

„Nach unseren Ermittlungen haben Sie sich sowohl mit Stefan Hecht als auch mit Nils Burmeister getroffen", holte die Kommissarin ein wenig aus.

„Schon möglich. Und?"

„Die beiden Männer waren die letzten Kontakte der Mordopfer", erklärte Lilly.

Zum ersten Mal unterbrach Yorke Grothusen ihre Arbeit. „Uieh, Schwein gehabt, würde ich mal sagen. Aber das wollten Sie sicher nicht hören. Die beiden sind also verdächtig? Soll ich Ihnen meine Erfahrungen mit den Typen wiedergeben?"

„Ja, das würde uns vielleicht weiterhelfen." Lilly kam sich etwas fies vor. Ihr Gegenüber schien von dem wahren Grund des Besuches nichts zu ahnen. War sie wirklich unschuldig oder tat sie nur so? Unsympathisch fand die Kommissarin die Frau trotzdem, auch wenn das natürlich nichts zur Sache tat. Darüber hinaus schien sie keinerlei Mitleid mit den Opfern zu hegen, das wiederum konnte für ihre Tatbeteiligung sprechen.

„Okay, da ich Sie ja offensichtlich nicht loswerde, bevor ich Ihre Fragen beantwortet habe, meinetwegen. Allerdings fasse ich mich kurz, und wäre Ihnen verbunden, wenn Sie das ebenso handhaben."

„Ich werde mich bemühen", erwiderte Lilly.

„Immerhin, besser als nix. Also, dieser Stefan war, wenn ich es richtig erinnere, der Porschemann. Ziemlicher Lackaffe. Na ja, was will man von einem Versicherungsvertreter erwarten.

Ehrliche Arbeit ist das bestimmt nicht. Und dann diese piekfeinen Klamotten! Den hätte ich gerne hier auf dem Hof in Gummistiefeln erlebt." Bei der Vorstellung fing sie an zu lachen. „Ein ganz netter Abend. Immerhin war er unterhaltsam und hat am Ende die Rechnung bezahlt, aber richtig zusammengepasst haben wir natürlich nicht."

„Warum haben Sie sich überhaupt mit ihm getroffen?"

„Ach, ich war einfach neugierig. Und so groß ist die Auswahl hier im hohen Norden nicht." Yorke Grothusen zuckte mit den Schultern.

„Es gab aber kein zweites Treffen?", hakte Lilly nach.

„Nein, wäre Zeitverschwendung gewesen."

„Und Nils Burmeister?"

„Nils Burmeister", wiederholte Yorke Grothusen. „Helfen Sie mir mal auf die Sprünge."

„Er war ebenfalls groß und kräftig", setzte die Kommissarin zu einer Antwort an.

„Jaja, mit den Lütten treffe ich mich gar nicht erst. Wenn sie physisch zu einem hochgucken müssen, ist die Angelegenheit von vornherein zum Scheitern verurteilt. Was hat der beruflich gemacht?"

„Malermeister", antwortete Lilly knapp.

„Ach ja, der war eigentlich ganz süß. Vielleicht ein bisschen beschränkt – also nicht bescheuert, aber in seinem Horizont. War ein schöner Abend. Ist wohl am Ende daran gescheitert, sich wiederzusehen, weil wir einfach beide andauernd arbeiten."

Das deckte sich mit seinen Aussagen.

„Und die beiden verdächtigen Sie, zwei Frauen umgebracht zu haben? Tja, man guckt nicht hinter die Fassade, aber das hätte ich denen nicht zugetraut. Die wirkten eher harmlos, dabei etwas schlicht gestrickt."

Lilly fragte sich, wie sie den Bogen zu dem eigentlichen Anlass ihres Besuches kriegen sollte. Irgendwie hatte sie sich vergaloppiert. Hilfesuchend warf sie Knud einen Blick zu und hoffte, dass er der Unterhaltung wenigstens gefolgt war, wenn er sich schon so passiv verhielt.

Im Gegensatz zu ihr schien er überhaupt keine Skrupel zu haben, der Bäuerin auf den Zahn zu fühlen. „Und wo waren Sie an den Abenden des letzten Wochenendes?“, fragte er ohne Vorrede.

„Ah, verstehe, Sie sind der Bad Cop. Dafür sehen Sie eigentlich viel zu freundlich aus“, ließ sie sich überhaupt nicht einschüchtern.

„Das täuscht“, erwiderte er. „Also, wo waren Sie?“

„Hier.“

„Gibt es dafür Zeugen?“

Sie machte eine ausladende Geste. „Dreihundert Rinder und meine Hunde.“

„Okay, witzig. Das wird vor Gericht nicht ausreichen“, kommentierte er grimmig. „Besser Sie nehmen die Angelegenheit ernst. Eine weitere Frau wird vermisst und ich bin willens, hier alles umzukrempeln.“

„Nur zu. Daran werde ich Sie kaum hindern. Aber hier werden Sie nichts finden. Und warum sollte ich Frauen töten? Das macht ja nun gar keinen Sinn.“

„Wir brauchen trotzdem Ihre Aussage, wo Sie gewesen sind. Das gilt ebenfalls für das Wochenende ab dem 30. September und Sonntag, den 9. Oktober, insbesondere am Abend.“

„Na, Sie sind ja ein Herzchen. Das ist eine halbe Ewigkeit her. Wie soll ich mir sowas merken?“

„Es hörte sich so an, als wären Sie meistens hier, da prägen sich die Daten seltener Unternehmungen ein. Sie können aber gerne nachschauen“, hielt Knud dagegen.

„Das können wir uns sparen. Ich war hier. Mein Helfer ist weg, schon seit vier Wochen und ich ackere rund um die Uhr. Da bleibt wenig Zeit, um Frauen abzumurksen."

„Ihr Sarkasmus ist unangemessen – und bringt Sie nicht außer Verdacht. Unsere Kollegen werden sicherlich gleich eintreffen."

Lilly beobachtete die Landwirtin genau. Tat sie nur so cool? Oder waren sie wirklich am falschen Ort? Da sie es nicht einschätzen konnte, musste der Hof durchsucht werden. Wie auf Kommando trafen die Teams der Spurensicherung aus Heide ein. Die Kommissarin zückte ihr Handy und hoffte, dass der Beschluss bereits in ihrem eMail-Postfach wartete. Erleichtert öffnete sie den Anhang und präsentierte ihn Yorke Grothusen.

Die zog eine Grimasse. „Na dann, viel Spaß. Ich nehme an, dafür brauchen Sie mich nicht. Bringen Sie im Haus nichts in Unordnung. Ich habe genug zu tun und wenig Lust, Ihnen hinterher zu räumen." Damit drehte sie sich auf dem Absatz um und verschwand in den Tiefen des Stalls.

Auf dem Weg nach Garding zu Mareike Kramer musterte Lilly ihren Kollegen, der sich schweigend auf den Verkehr konzentrierte und dabei den Blick nicht von der Straße nahm.

„Was hältst du von ihr?", fragte sie.

„Von wem?"

„Na von wem schon? Von Yorke Grothusen natürlich", echauffierte sich Lilly. So langsam ging ihr Knuds Verhalten auf die Nerven. Seine Sorgen um Charlie in allen Ehren – sie selbst empfand genauso – aber der sonst so besonnene Nordfriese schien völlig von der Rolle zu sein.

„Hhm, ich weiß nicht", antwortete er lapidar.

„Knud, nun reiß dich endlich zusammen", fuhr sie ihn an. „Ich brauche deinen Ermittlerinstinkt! Wir werden Charlie nicht lebendig wiederfinden, wenn du dich so hängen lässt. Du tust ja gerade so, als wäre sie bereits tot!"

Knud zuckte zusammen. Der Wagen fing an zu schlingern, offensichtlich hatte er das Lenkrad verrissen.

„Wenn Charlie deine Herzdame ist, dann schick Fiona in die Wüste und mach einen Plan, wie du trotz deines dusseligen Verhaltens ihr Herz und vor allem ihr Vertrauen gewinnen kannst, aber konzentriere dich endlich auf unsere Ermittlungen – oder zumindest auf die Straße", fügte sie hinzu, um die Situation mit einem Scherz aufzulockern. „Charlie braucht uns jetzt!"

„Ja, du hast ja recht", gab Knud zu. Nachdem er den Wagen wieder unter Kontrolle gebracht hatte, warf er ihr einen kurzen, aber eindringlichen Blick zu. „Wir müssen sie unbedingt retten!"

„Natürlich – und das werden wir auch. Zumindest, wenn du dich wieder daran beteiligst, statt wie ein Zombie durch die Weltgeschichte zu taumeln."

„Geht klar", murmelte er verlegen.

„Also, was hältst du von Yorke Grothusen?", wiederholte Lilly ihre Frage.

„Schwer zu sagen. Ihre Abwehrhaltung macht sie verdächtig, aber nur, weil man nicht freundlich zu der Polizei ist, bedeutet das noch lange nicht, ein paar Leichen im Keller zu haben. Bildlich gesehen."

„Ja, diese Gedanken gingen mir ebenfalls durch den Kopf. Allerdings scheint sie ziemlich kalt zu sein. Auf die Nachricht der toten Frauen hat sie völlig gleichgültig reagiert", gab Lilly zu bedenken.

„Was wiederum ein Schutzmechanismus sein kann. Sie hat sich mit den gleichen Männern getroffen. Da kommt einem schon in den Sinn, wie knapp man selbst am Tod vorbeigeschrammt ist."

„Es sei denn, sie ist selbst die Mörderin. Schon vergessen? Eigentlich sind wir bereits einen Schritt weiter und haben einen weiblichen Täter im Visier", erinnerte ihn Lilly.

„Ich bin von dieser Theorie nach wie vor nicht überzeugt." Knud warf ihr einen zweifelnden Blick zu. „Ich hoffe sehr, dass wir nicht gerade den Fehler unseres Lebens begehen, indem wir eine falsche Fährte verfolgen."

Die Kommissarin verzieh ihm die dramatische Formulierung und verkniff sich eine Bemerkung dazu. „Nils Burmeister und Stefan Hecht als gemeinsame Täter kann ich mir überhaupt nicht vorstellen. Und alles andere ergibt keinen Sinn. Außerdem haben sie Alibis."

„Die sind nun wirklich nicht wasserdicht", widersprach Knud. „Also gut, ich will nicht wieder herummosern, aber wenn sich bei dieser Mareike Kramer kein stichhaltiger Verdacht ergibt, verstärken wir unsere Bemühungen auf die männlichen Verdächtigen."

„Abgemacht", schlug Lilly ein.

Kurz darauf erreichten sie die Adresse der Scheidungsanwältin, die sowohl ihre Kanzlei als auch ihre Privaträume im Herzen von Garding nahe der imposanten Kirche hatte. Schnell fand Knud einen Parkplatz.

„Also, öffne dich und sei wachsam", scherzte Lilly, kurz bevor sie die Kanzlei betraten.

„Jawohl", griente Knud, was sie als gutes Zeichen wertete.

Nach dem Öffnen der Tür ertönte eine altmodische Glocke, die ihr Eintreten signalisierte. Im vorderen Bereich der modern eingerichteten Räume stand ein verwaister Schreibtisch, an dem allen Anschein nach vor Kurzem jemand gearbeitet hatte. Weiter hinten stand eine Frau auf und kam langsam auf sie zu. Wie Yorke Grothusen war auch sie groß gewachsen und von stämmiger Statur. Ihre sonstige Erscheinung stellte das komplette Gegenteil der Landwirtin dar, was angesichts des Berufs nicht verwunderlich war.

Mareike Kramer war nach Fietes Angaben dreiunddreißig Jahre alt. Sie trug einen hochwertigen Hosenanzug mit einer Seidenbluse und einem farbenfrohen Tuch, das von einer goldenen Brosche gehalten wurde – dazu flache Pumps. Insgesamt chic, aber sehr konservativ. Ihr Kurzhaarschnitt war klassisch, das Make-up dezent und sehr sorgfältig aufgetragen.

„Moin, was kann ich für Sie tun?", unterbrach sie Lillys ausführliche Musterung.

„Moin!" Die Kommissarin stellte beide vor. „Wir ermitteln im Fall der toten Frauen", leitete sie die Befragung ein. Im Auto hatte sie sich überlegt, dieses Mal offensiver vorzugehen, um keine weitere Zeit zu verlieren.

„Ich habe die Vorfälle in den Medien verfolgt. Wirklich erschreckend und das hier bei uns auf Eiderstedt. Ich verstehe allerdings nicht, wie ich Ihnen dabei behilflich sein kann." Ihr Gesichtsausdruck war freundlich und offen, was Lilly an ihrer Strategie zweifeln ließ. Hatte Knud recht? Verschwendeten sie hier nur Zeit und Energie?

Wieder kam er zu Hilfe, schien sich jetzt besser im Griff zu haben. Obwohl er die Vorgehensweise in Frage stellte, war seine Stimme fest. „Wir haben einen Durchsuchungsbefehl für Ihre Privat- und Geschäftsräume, außerdem für Ihr Auto."

Lilly hielt ihr das Handy hin, was sie allerdings ignorierte.

„Einen Durchsuchungsbeschluss?", fragte Mareike Kramer verwundert. Ein wenig schien sie sich sogar zu amüsieren, oder täuschte dieser Eindruck?

„So ist es. Wir werden in diesem Büro beginnen und anschließend Ihre Wohnung inspizieren. Befindet sie sich über der Kanzlei?", fragte Knud unbeirrt.

„Ja, im ersten Stock. Aber was um Himmels willen werfen Sie mir denn vor? Doch nicht etwa, dass ich die Frauen verschleppt und ermordet habe? Auf welcher Grundlage sind Sie zu dieser absurden Annahme gekommen?“ Ihr Tonfall war sachlich und völlig unaufgeregt, wodurch sich Lillys Zweifel weiter vergrößerten, aber nun gab es kein Zurück. Egal, ob bei den Durchsuchungen etwas herauskam, sie mussten das durchziehen.

„Über die Details unserer Ermittlung können wir Ihnen keine Auskunft geben“, antwortete Knud bestimmt.

„Wie Sie meinen. Ich habe zwar keine Ahnung, was Sie dort finden wollen, aber es ist ja Ihre Zeit. Wenn es recht ist, nehme ich wieder am Schreibtisch Platz und setze meine Arbeit fort. Ich hole Ihnen den Schlüssel zu meiner Wohnung. Benehmen Sie sich angemessen.“

In der folgenden Stunde inspizierten die Kommissare die Schubladen und Schränke, ohne einen Hinweis auf Charlies Verbleib zu finden. Eigentlich hatte Lilly mit der Rückkehr der Assistentin gerechnet, die sich vermutlich gerade in der Mittagspause befand, aber sie kam nicht zurück. Aus den Augenwinkeln beobachtete sie außerdem die Anwältin, die sehr geschäftig tat, aber sich in Wahrheit nicht mehr auf ihre Arbeit konzentrieren konnte. Irgendwie musste sie einen Weg finden, Mareike Kramer aus der Reserve zu locken. Anders als bei Yorke Grothusen hatte Lilly den Eindruck, dass diese etwas verbarg.

„Wo waren Sie am letzten Wochenende – insbesondere an den Abenden?“, fragte sie schließlich, ohne einen Plan zu haben, wie ihr das gelingen sollte.

Mareike Kramer hob den Kopf und musterte Lilly seufzend. „Ich war in einem Wellnesshotel - von Freitagnachmittag bis Sonntagabend“, erklärte sie schließlich.

„Tatsächlich?“, fragte Lilly überrascht. Sofort ärgerte sie sich über die dusselige Bemerkung.

„Ja, tatsächlich", entgegnete die Anwältin spitz.

„Wo?" Jetzt hatte sie sich wieder im Griff.

„In Eckernförde."

„Das klingt ja nicht besonders spannend", kommentierte Lilly. Gab es in diesem verschlafenen Nest wirklich ein Wellnesshotel?

„Es kommt nicht auf die Umgebung, sondern auf die Einrichtung an. Für einen Spaziergang zwischendurch hat diese kleine Stadt direkt an der Ostsee allemal genug zu bieten." Nach wie vor blieb Mareike Kramer ruhig und beherrscht, aber war sie es wirklich?

„Ich nehme an, Sie können das belegen?", fragte Lilly weiter.

„So ist es. Überprüfen Sie das gerne." Sie reichte ihr einen Flyer, war also auf diese Frage vorbereitet. „Ich bin dort am Freitag angereist. Alle meine Termine für diverse Anwendungen habe ich eingehalten und das Abendessen jeweils in Gesellschaft eingenommen. Da blieb keine Zeit, um eine weitere Frau zu verschleppen."

Lilly kniff die Augen zusammen. Zum ersten Mal seit sie hier waren, schien die Anwältin ihre zur Schau getragene Ruhe zu verlieren. Also hakte sie nach. Wo war sie an den Tagen des Verschwindens von Heike und Chrissy gewesen? Für beide Abende konnte Mareike Kramer nach Konsultation ihres Terminkalenders Verabredungen vorweisen, wobei der genaue zeitliche Ablauf eine Überprüfung notwendig machte. Immerhin schien sie wieder sicherer zu werden.

Lillys Gefühl sagte ihr, dass mit dieser Frau etwas nicht stimmte. Die Gelassenheit wirkte aufgesetzt, die Freundlichkeit wie eine Fassade.

Trotzdem brachte auch die Durchsuchung der Wohnung keinerlei Hinweis auf Charlies Aufenthaltsort. Mareike Kramer fuhr außerdem einen schwarzen SUV, der picobello sauber war, sowohl innen als auch außen.

„Wollen Sie mich verhaften, weil ich es bevorzuge, in einem sauberen Auto zu fahren?“, fragte sie mit einem süffisanten Lächeln. „Frau Kommissarin, tatsächlich fahre ich mit diesem Wagen zu Mandanten und ans Gericht. Da geht es gar nicht anders, als ihn gepflegt zu halten.“

Lilly kündigte an, er würde kriminaltechnisch untersucht werden, aber für eine Beschlagnahmung gab es einfach keinen Grund. Sie wusste nicht, was genau sie erwartet hatte, trotzdem war die Enttäuschung groß. Insgeheim dankte sie Knud, der ihr hämische Bemerkungen ersparte.

Niedergeschlagen trafen sie schließlich auf dem Polizeirevier ein. Wie sollte bloß der nächste Schritt aussehen? Sie durfte diese Ermittlung nicht vermasseln! Der erste Fall, für den sie die Leitung übernommen hatte, sollte keinesfalls im Fiasko enden. Es ging schließlich nicht nur um ihre Ehre, sondern um das Leben ihrer geschätzten Kollegin! Hoffentlich hatte Fiete mehr herausbekommen – oder das Team aus Heide, das den Hof von Yorke Grothusen in Tetenbüll durchsuchte.

Immerhin schien die Standpauke, die sie Knud gehalten hatte, nachhaltig zu wirken. Er hatte sich gefangen und arbeitete konzentriert – so wie sie es von ihm kannte.

Tatsächlich erwartete Fiete sie bereits ungeduldig. „Habt Ihr was Konkretes gegen die beiden Frauen herausbekommen?“, fragte er, während sie die Räume betraten.

„Nein, nichts Konkretes. Nach meinem Bauchgefühl ist Yorke Grothusen nicht unsere Täterin, bei Mareike Kramer bin ich mir nicht sicher. Sie ist aalglatt und völlig beherrscht, aber gerade das finde ich merkwürdig. Natürlich gibt es auf dem Hof wesentlich bessere Möglichkeiten, eine Frau zu verstecken, insbesondere ...“ Lilly stockte. Sie wollte einfach nicht laut aussprechen, dass

Charlie im schlimmsten Fall bereits tot war. „Insbesondere ..., wenn sie geknebelt oder sediert ist."

„Dagegen sind die Räume der Scheidungsanwältin klar und übersichtlich. Sehr geschmackvoll, hell und hochwertig, ohne dabei protzig zu sein. Ich stimme Lilly aber zu: Gerade diese zur Schau gestellte Ruhe wirkte auch auf mich gespielt. Ich bin mir fast sicher, dass es sich um eine perfekte Fassade handelt. Allerdings können wir nichts beweisen. Dort hat sie Charlotte auf keinen Fall hingeschleppt. Hast du mehr über sie herausgefunden?", fragte Knud.

„Allerdings! Das habe ich", triumphierte Fiete, was sonst überhaupt nicht seine Art war. Natürlich war auch er in großer Sorge um die verschwundene Kollegin.

„Schieß los"; forderte Lilly ihn auf. Dabei trat sie unruhig von einem Fuß auf den anderen.

„Mareike Kramer besitzt ein Grundstück zwischen Kotzenbüll und Oldenswort. Es ist als landwirtschaftliche Fläche eingetragen. Kein Bauland, aber groß genug, um jemanden zu verstecken. Wenn sich dort ein Schuppen oder so etwas befindet, sollten wir uns das genauer anschauen."

„In einem Schuppen auf einer Weidefläche? Das halte ich nicht für sehr wahrscheinlich", legte Lilly ein Veto ein, obwohl sie gerne nach jedem Strohhalm gegriffen hätte.

„Fahrt bitte hin und überprüft es. Laut Google befinden sich einige große Bäume auf dem Grundstück. Vielleicht gibt es dort ein kleines illegales Haus, so wie auf einer Schrebergartenparzelle", legte Fiete nach.

„Dort im Nirgendwo? Wozu sollte das gut sein? So etwas baut man doch eher am Wasser, oder nicht?" Die Kommissarin blieb weiterhin skeptisch.

„Wenn Ihr nicht fahrt, schicke ich Torge hin", drohte Fiete, was Lilly zum Lachen brachte.

„Ah, jetzt wird unser Hilfssheriff schon als Druckmittel eingesetzt. Also gut, aber nur, weil wir beide ein schlechtes Bauchgefühl in Bezug auf Mareike Kramer haben."

„Warum du fährst, ist mir egal, Hauptsache du fährst", nickte Fiete zufrieden.

Charlie an einem unbekannten Ort

Dienstag, den 18. Oktober

Das ohnehin nur diffuse Licht begann wieder zu schwinden. Obwohl der Raum klein und überschaubar war, hatte Charlie stundenlang versucht, eine Schwachstelle zu finden, die ihr die Flucht ermöglichen könnte.

Im Grunde wusste die Kommissarin, wie schlecht die Chancen dafür standen. Sie war nicht einmal in der Lage gewesen, sich aus diesen Ketten zu befreien. Ihr Radius beschränkte sich durch diese Fesseln auf ein Minimum. Sie hatte nichts gefunden, wie sie sie lösen konnte. Die Wände des kleinen feuchten Raumes erreichte sie nicht. Insbesondere das Fenster schien eine

Option zu sein, die Gefangenschaft beenden zu können, allerdings war es von außen mit schweren Brettern vernagelt.

Der Misserfolg drückte ihr aufs Gemüt, die gesamte aussichtslose Lage drohte sie in eine nie gekannte Depression zu stürzen. Erschwerend kam das bohrende Hungergefühl hinzu, was ihr das Denken erschwerte und von Stunde zu Stunde quälender wurde. Je mehr sie darüber nachdachte, desto schlimmer wurde es. Aber da sie keine Ablenkung fand, gab es auch daraus keinen Ausweg.

Was hatte der Entführer mit ihr vor? Warum gab er ihr Wasser, ließ sie aber hungern? Gehörte das zu der Demütigung, die er ihr zuteilwerden ließ? Charlie versuchte erneut, von ihrer prekären Lage zu abstrahieren und sich auf die Fakten zu konzentrieren, die sie über die Entführung und Ermordung von Heike Niemeyer und Christine Rohde wusste. Ein Schauer lief ihr über den Rücken, als sie an die verstümmelten Opfer dachte. Sie war überzeugt, an den gleichen Täter geraten zu sein und damit die Fortsetzung der Serie zu werden. Sollte es ihr nicht gelingen, aus diesem Raum zu fliehen, musste sie versuchen, den Mörder über seine Psyche zu packen. Auch wenn die Chance noch so klein war, dadurch ihrem Schicksal zu entgehen, sie hatte keine andere Wahl. Charlie verdrängte die Bilder der Leichname unter dem Pfahlbau, der eigentlich ein Urlauber-Highlight war und konzentrierte sich auf die Ermittlungsergebnisse.

In Hamburg hatte sie bei verschiedenen Fällen mit Profilern zusammengearbeitet und dabei einiges gelernt. Wie tickte dieser Täter? Welche Fakten ließen auf welche Eigenschaften schließen?

Charlie trank einige Schlucke von dem Wasser, um das Hungergefühl wenigstens ein kleines bisschen einzudämmen.

Alle Frauen – sie selbst eingeschlossen - waren um die dreißig, klein, schlank und optisch attraktiv. Das schien das

Beuteschema des Entführers zu sein. Bevorzugte er diesen Frauentyp? Entsprach diese Optik seiner Traumfrau, seinem Ideal, bei dem er nicht landen konnte? Oder hatte eine Frau mit diesen äußerlichen Merkmalen ihn verletzt? War es das? Wollte er sie demütigen, sich an ihnen rächen? Aber warum tötete er sie nicht sofort? Weidete er sich an der Demütigung? An ihrer Angst? An dem Gefühl der Macht, das er verspürte, wenn sie hier in diesem feuchten Gefängnis saßen und vermutlich irgendwann um Gnade winselten?

Würde er sie quälen, wenn er zurückkehrte? Nach allem, was Charlie aus dem Obduktionsbericht von Heike Niemeyer wusste, waren ihr die Verstümmelungen erst post mortem zugefügt worden. Außerdem war sie nicht sexuell missbraucht worden. Das war in Bezug auf ihre eigene Lage immerhin ein schwacher Trost, aber was sagte es über den Täter aus?

Fürsorglich war er nicht. Dieser Ort war schrecklich. Feucht und muffig, außerdem natürlich ohne Heizung. Neben dem Hunger war die Kälte immer schwerer zu ertragen. Die einzige Quelle für etwas Wärme war die kratzige stinkende Decke, die Charlies Frieren nur mäßig linderte. Aber immerhin gab es Wasser. Bislang in ausreichender Menge. Der Eimer war gut gefüllt gewesen. Natürlich wusste sie nicht, wie lange sie damit auskommen musste.

Was also war seine Intention? Warum ließ er seine Opfer eine Weile am Leben? Chrissy war schneller getötet worden als Heike. Lag das an ihrer offensiven, fordernden Art? War er ihr nicht gewachsen gewesen? Konnte er sie nicht mehr ertragen? Wie sollte Charlie sich verhalten, wenn er zurückkehrte? Wie konnte sie demselben Schicksal entgehen? Gab es dafür überhaupt einen Ausweg? Und wenn ja, konnte sie es mit Psychologie erreichen? Auf jeden Fall sollte sie versuchen, den Täter in ein Gespräch zu verwickeln, wenn er überhaupt wieder auftauchte, wovon die Kommissarin fest ausging.

Was konnte seine Schwachstelle sein? Wie konnte sie an ihn herankommen; ihn dazu bringen, sie von den Ketten zu befreien und mit ihr zu reden? Sie nicht zu töten, sondern sich ihr anzuvertrauen. Sie war davon überzeugt, dass eine verletzte Seele hinter den Taten steckte, aber war sie selbst dazu in der Lage, Zugang zu ihm zu bekommen? Immerhin war sie keine Psychologin, auch wenn sie durch ihre Arbeit als Kommissarin viel gelernt hatte und bei aller spröden Ausstrahlung ein empathischer Mensch war.

Was bezweckte er mit den Verstümmelungen? Was war seine Botschaft?

Es kostete Charlie große Überwindung, sich erneut mit diesen Details zu beschäftigen, aber sie musste es tun! Diese nach dem Tod der Opfer beigebrachten Veränderungen nahmen den Frauen einen großen Teil ihrer Attraktivität. Haare, Fingernägel, Brüste. Attribute, die das Erscheinungsbild ausmachten und auf das die Männer reagierten. Warum stellte der Mörder sie derart verändert zur Schau? Warum genügte es ihm nicht, ihnen das Leben zu nehmen? Diese Verstümmelungen waren eine klare Botschaft; waren sicherlich der Schlüssel, um mit ihm ins Gespräch zu kommen.

Alles in Charlie sträubte sich dagegen. Sie wollte nicht mit ihm reden. Wollte nicht erfahren, was seine kaputte Seele ausmachte, warum er diesen schönen jungen Frauen nicht nur das Leben genommen, sondern auch noch ihre Leichen geschändet hatte. Aber wenn es eine winzige Chance gab, diesem Schicksal zu entgehen, dann musste sie sich dazu zwingen. Möglichst freundlich und ohne Angst zu zeigen. Das war es, was er wollte. Woran er sich ergötzte. Da war sie sich sicher. Außerdem durfte sie nicht überheblich wirken. Das konnte ihn provozieren und ihr ein schnelles Ende bescheren. Sie brauchte Zeit. Jede Stunde, die sie gewann, gab den Kollegen die Möglichkeit, sie zu retten.

Ihre Gedanken drehten sich im Kreis, ohne dass sie mit ihrer Strategie weiterkam. Am Ende musste sie wahrscheinlich improvisieren, aber wenn ihr bestimmte Zusammenhänge klar waren, stiegen dadurch ihre Chancen, diesen Wahnsinn zu überleben.

Waren Heike und Chrissy ebenfalls hier gewesen? Der Gedanke kam plötzlich und überraschend. Eigentlich war es ja so naheliegend, aber Charlie hatte sich den ganzen Tag auf die Chancen einer möglichen Flucht konzentriert. Dieser Gedanke war ihr gar nicht gekommen. Spontan ärgerte sie sich, die Zeit, die wenigstens ein wenig Licht bereithielt, nicht dafür genutzt zu haben, nach eventuellen Spuren zu suchen. Allerdings wären das wohl lediglich Haare gewesen, die in dieser ständigen Dämmerung kaum zu identifizieren waren.

Wieder drohte die Aussichtslosigkeit sie zu verschlingen. Erschöpft von dem ereignislosen Tag ließ sie sich auf die Matratze sinken. Am besten sie sammelte ein wenig Kraft für die Rückkehr des Täters. Obwohl so viele Fragen offen waren, versuchte sie abzuschalten, an nichts zu denken, keine Pläne zu schmieden oder eine konkrete Strategie zu entwickeln. Sie legte sich auf den Rücken und versuchte mithilfe von Autogenem Training, das sie mal in einer Pflichtfortbildung gelernt und eigentlich immer gehasst hatte, zur Ruhe zu kommen. Tatsächlich gelang es ihr, sich nur auf ihren Körper zu konzentrieren und abzuschalten. Wie ein Mantra formulierte sie im Geiste die Formeln zur Entspannung und tatsächlich wurden ihre Arme und Beine schwer und immer schwerer.

Gerade als sie langsam wegdämmerte, wurde sie von einem Geräusch aufgeschreckt. Einen Moment wusste sie nicht, wo sie sich befand. So gut hatte diese Selbstsuggestion noch nie funktioniert. Erst als sie die völlige Dunkelheit wahrnahm, fiel ihr wieder das Gefängnis ein. Zuhause ließ sie nachts grundsätzlich eine kleine Lampe eingeschaltet. Dunkelheit mochte sie seit Kindheitstagen nicht.

Sie lauschte angespannt, ob sich das Geräusch wiederholen würde, hörte aber nichts. Kam der Entführer zurück oder hatte sich lediglich ein Tier in diese Einsamkeit verirrt? Oder konnte es etwa sein, dass die Kollegen ihre Spur gefunden hatten? Ihr Herz fing heftig an zu schlagen. Sie spürte, wie sich die Härchen auf ihren Armen aufstellten. Sie schwankte zwischen Angst und freudiger Erwartung. Die Anspannung ließ sie nach Luft japsen. Charlie zwang sich zu einigen tiefen Atemzügen, um nicht zu kollabieren. Durch das Wechselbad der Gefühle drohte sie die Kontrolle über ihren Körper zu verlieren. Als ein deutliches Geräusch an der Tür zu hören war, hielt sie automatisch die Luft an. Da die Wahrscheinlichkeit der Rückkehr ihres Peinigers höher war, als dass Lilly und Knud sie gefunden hatten, wagte sie nicht zu schreien. Auf keinen Fall wollte sie ihn provozieren. Erst musste sie seine Stimmung erfassen und eine Ahnung von seinen nächsten Schritten bekommen, bevor sie sich für den Weg ihres eigenen Handelns entschied.

Lauernd wartete sie, was nun passieren würde. Als ihr schwindelig wurde, bemerkte Charlie, dass sie immer noch die Luft anhielt. Langsam und geräuschlos atmete sie aus.

Dann hörte sie, wie sich der Schlüssel in dem Schloss drehte. Die Gänsehaut erfasste ihren gesamten Körper. Der Fluchtimpuls wurde übermächtig, aber sie konnte nicht fliehen. Jetzt, wo er wirklich zurückkehrte, fühlte sie sich wie ein Tier in der Falle. Ihre Gedanken rasten. Brachen gerade ihre letzten Minuten an? Würde er sie gleich töten? Langsam und genüsslich oder mitleidsvoll und schnell?

An diesem Punkt der Vorstellungskraft musste sie sich alle Mühe geben, nicht doch zu schreien. Auf der Matratze sitzend fing ihr linkes Bein an, unkontrolliert zu zucken. Die Kette klirrte leise, während sich die Tür langsam öffnete und ein sattgelber Lichtschein in den Raum fiel. Geblendet schloss Charlie die Augen und drehte sich schließlich einem Impuls folgend um.

Sie durfte ihn auf keinen Fall sehen! Wenn sie sich auch nur die kleinste Überlebenschance bewahren wollte, durfte sie nicht sein Gesicht identifizieren können! Wenn das passierte, musste er sie töten – so viel war sicher.

Charlie atmete flach und lauschte auf die Geräusche hinter ihrem Rücken. Er trat ein. Wieder hörte sie Schritte in schweren Stiefeln. Langsam öffnete sie die Augen, um sich an das ungewohnte Licht zu gewöhnen. Zum ersten Mal konnte sie sich ein wenig in dem ungastlichen Raum umsehen. Selbst die warme Beleuchtung konnte ihm keine Atmosphäre verleihen. Er wirkte wie ein Stall, war dafür aber viel zu klein. Wozu er mal gebaut worden war, blieb der Kommissarin ein Rätsel, aber das war ja letzten Endes auch egal. Es war definitiv nicht der richtige Zeitpunkt für abschweifende Gedanken, sie musste sich auf das Hier und Jetzt konzentrieren.

„Dreh dich um", forderte eine Stimme Charlie auf, die sie in Erstaunen versetzte. Sie war tief, klang aber nicht männlich.

Sie war dermaßen überrascht, dass sie der Aufforderung reflexartig folgte. Tatsächlich guckte sie in die hasserfüllten Augen einer Frau.

Torge unterwegs auf Eiderstedt

Mittwoch, den 19. Oktober

Seit Torge den Kommissaren die Beobachtung von seinem alten Kumpel Frerk mitteilen konnte, fühlte er sich nicht mehr ganz so nutzlos in dem Fall. Trotzdem war die Wiesinger dadurch nicht gefunden worden und die Zeit lief weiter. Mehr als sechsunddreißig Stunden waren seitdem vergangen. Obwohl Knud sich bestimmt bei ihm melden würde, wenn es etwas Neues gab, hielt er es zu Hause nicht mehr aus. Da er außerdem keine Idee hatte, wie er sich an der Suche der verschwundenen Kommissarin beteiligen konnte, fuhr er am Mittwochmorgen früh zum Revier, um dort weitere Informationen aus erster Hand zu erhalten. Wenn er Glück hatte, saßen die Ermittler gerade bei einer Besprechung zusammen. So ein gemeinsames Brainstorming tat oft die erwünschte Wirkung.

Der Hausmeister wollte unbedingt einen weiteren Beitrag zu der Rettung von Charlotte Wiesinger leisten.

Tatsächlich fand er die Kommissare am Besprechungstisch vor, allerdings schien die Stimmung schlecht zu sein. Das ließ auf einen Rückschlag in den Ermittlungen schließen.

„Was ist denn hier los? Sagt nicht, Ihr habt sie ..." Torge war nicht in der Lage, die Mutmaßung laut auszusprechen.

Knud zuckte zusammen, antwortete aber nicht.

Stattdessen ergriff Kommissarin Morgenroth das Wort: „Nein, malen Sie nicht den Teufel an die Wand!"

„Will ich ja gar nicht, aber irgendwas muss doch passiert sein! Ihr seid sonst immer energiegeladen!" Torge verstand die Welt nicht mehr. Ging es ihnen genauso wie ihm selbst? Wussten sie etwa nicht weiter?

„Unsere Spuren sind alle im Sand verlaufen. Das große Team aus Heide hat den gesamten Hof von Yorke Grothusen durchgekämmt, aber nichts gefunden. Das war zwar keine Überraschung, hat aber wieder einen Ermittlungsansatz ins Leere geführt."

„Okay. Es gibt also noch etwas anderes", folgerte Torge.

„Die zweite Verdächtige Mareike Kramer besitzt ein Grundstück zwischen Kotzenbüll und Oldenswort", führte Lilly weiter aus.

„Das klingt ja vielversprechend. Ist ne einsame Gegend." Der Hausmeister vergaß in seiner Begeisterung die schlechte Stimmung, die auf einen Misserfolg schließen ließ.

„Ja, das haben wir ebenfalls gehofft. Fiete war zwar verhalten, weil das Grundstück seit Generationen in Familienbesitz ist und wir gar nicht sicher sein konnten, ob die Anwältin sich des Eigentums überhaupt bewusst ist."

„Verstehe ich nicht", gab Torge unumwunden zu.

„Der Großvater hatte eine Landwirtschaft, die aber bereits in den sechziger Jahren verkauft wurde. Aus welchem Grund auch immer ist diese eine Parzelle im Familienbesitz geblieben und hat sich über die Generationen weitervererbt. Ich dachte, sie sei vielleicht in Vergessenheit geraten. Es befindet sich allerdings ein kleines Gebäude darauf, nur ein Raum, ohne Strom oder Wasser."

„Und Ihr habt sie dort nicht gefunden?", fragte der Hobbyermittler atemlos.

„Nein, wir sind zu spät gekommen. Ganz offensichtlich haben wir sie mit unserer Durchsuchung aufgeschreckt. Sie hat wohl vermutet, dass wir weiter graben und auf das Grundstück stoßen", erklärte Fiete weiter.

„Aber sie war dort?" Vor Aufregung raufte sich Torge die blonden Locken.

„Wir gehen davon aus. Die Ergebnisse der Spurensicherung liegen noch nicht vor, aber wir haben dort eine alte Matratze gefunden."

„Nur eine Matratze? Sonst nichts?" Der Hausmeister reagierte enttäuscht.

„Wenn sie dort war, werden wir das bald wissen", antwortete Fiete.

„Ja, aber was nützt es uns, zu wissen, wo sie gewesen ist?", brauste Knud wieder auf.

„Knud, wir haben Mareike Kramer im Visier", versuchte der Revierleiter seinen aufgebrachten Kollegen zu beruhigen.

„Warum verhaftet Ihr sie nicht, wenn Ihr sicher seid, dass sie dahintersteckt?", fragte Torge.

„Weil wir nicht wissen, wo sie Charlie hingebracht hat. Es bringt nichts, wenn wir sie nicht finden", erklärte Lilly. Auch ihrer Stimme war die Anspannung anzuhören.

„Es nützt uns ebenfalls nichts, wenn sie sie tötet." Knud war außer sich. Die Ruhe, in die er sich gezwungen hatte, war vorbei.

Selten hatte Torge seinen Kumpel so erlebt. Vielleicht auch noch nie! „Und wird sie observiert?" Das war wieder so ein großartiges Wort.

„Ja, zwei Kollegen aus Heide haben das übernommen, weil Charlotte ja schon in unserem Team fehlt. Wir halten es allerdings für wahrscheinlich, dass Mareike Kramer sie irgendwo hingebracht hat und sich in den nächsten Tagen erst einmal bedeckt hält. Sie ist vorgewarnt und wird uns kaum sofort zu unserer Vermissten führen." Fiete blieb sachlich, aber Knud verlor die Geduld.

„Vielleicht haben wir die Mörderin durch unsere unsinnige Untersuchung auch dermaßen in die Enge getrieben, dass sie Charlotte gleich umgebracht hat", schrie er die Kollegen an.

„Knud! Wir haben uns fest vorgenommen, diese Möglichkeit nicht zum Thema zu machen, sondern vom Positiven auszugehen und an ihre Rettung zu glauben", insistierte Lilly Morgenroth.

„Ja, aber das macht die Sache nicht besser! Wie wahrscheinlich ist das denn?" Mit hochrotem Kopf stand Knud auf und verließ den Raum.

Torge wollte ihm folgen, aber Fiete hielt ihn zurück.

„Lass ihn. Er steht komplett neben sich. Du kannst im Moment nichts ausrichten. Da muss er alleine durch. Natürlich hoffen wir alle sehr, unsere Charlotte wohlbehalten zurückzubekommen. Das brauche wohl nicht zu betonen. Davon abgesehen bringt es Knud hoffentlich wieder auf den Weg der Tugend. Sein Techtelmechtel mit der flotten Gerichtsmedizinerin passt nicht zu seiner Gefühlslage. Und damit ist das Thema abgeschlossen, weil es schlussendlich Privatsache ist. Wir müssen jetzt all unsere Energie einsetzen, um unsere Kollegin zu befreien."

„Das wissen wir, Fiete. Die Frage ist nur, wie?" Auch Kommissarin Morgenroth reagierte gereizt. „Es nervt mich total, aber ich habe keine Idee, wo sie Charlie hingebracht haben könnte." Erwartungsvoll guckte sie in die Runde, die sich durch Knuds Verlassen des Reviers wieder verkleinert hatte.

Dass er einfach frische Luft brauchte, konnte Torge verstehen. Nicht auszudenken, wenn seiner seuten Deern so etwas passierte. Er würde Amok laufen, da war er sicher!

Aber spontan fiel ihm nichts ein, wo eine Scheidungsanwältin ein Entführungsopfer verstecken könnte. Die Vorstellung war so absurd, es blockierte ihn komplett.

„Habt Ihr das Umfeld von dieser Frau gecheckt?", fragte er, um überhaupt etwas zu sagen.

„Wir gehen nicht davon aus, dass sie Freunde oder Bekannte mit in ihre kriminellen Machenschaften hineingezogen hat. Ihre Fassade ist gut bürgerlich, eher konservativ. Sie hat nicht einmal einen Psychiater", erklärte Lilly.

„Wieso? Gehört das heutzutage zum guten Ton?", versuchte Torge einen Scherz, der komplett verpuffte. „Okay, ich muss dann mal wieder", fügte er schließlich hinzu. „Wenn Ihr Hilfe braucht, wisst Ihr ja, wo Ihr mich findet."

Kommissarin Morgenroth guckte ihn überrascht an. „Sie wollen schon wieder los? Haben Sie eine Idee, die Sie nicht mit uns teilen? Sie werfen sonst nicht so schnell die Flinte ins Korn."

Tatsächlich war ihm gerade ein Gedanke gekommen, der sich allerdings relativ abenteuerlich anhörte. Deshalb wollte er ihn eben selbst überprüfen. Unheimlich fand er dagegen, dass nun auch die junge Kommissarin in seinen Kopf zu gucken schien.

Neben Annegret war dazu Charlotte Wiesinger immer besser in der Lage. Als Geheimnisträger eignete er sich wohl nicht besonders gut.

Mit einer wegwerfenden Geste versuchte er, ihre Ahnung zu entkräften. „Ich habe immerhin einen Job", bemerkte er lapidar. „Ab und zu muss ich mich darum kümmern."

Kurz darauf verabschiedete er sich und brauste mit seinem Kombi nach Garding. Die Telefonnummer von diesem Heribert Clasen hatte er nicht, war aber von Greta in die Details von Heike Niemeyers Wohnung eingeweiht worden. Konnte diese Scheidungsanwältin wirklich so abgebrüht sein? Hoffentlich kam er nicht zu spät. Diesen Gedanken wollte er einfach nicht zu Ende denken!

Eine Viertelstunde später parkte Torge seinen alten Wagen vor dem Haus, in dem Heike Niemeyer gewohnt hatte. Nun war er auf ein bisschen Glück angewiesen. Es galt den Hausmeister Heribert Clasen finden – und das möglichst schnell, sonst ließ sich sein Alleingang nicht verantworten und er musste sich mit seiner Idee doch bei den Kommissaren melden, um ihre Unterstützung anzufordern.

Torge war davon überzeugt, mit einem Berufskollegen schnell ins Schnacken zu kommen und ihn von seinem Anliegen überzeugen zu können – wenn er herausbekam, wo sich der Mann aufhielt. Torge wusste nicht einmal, welche Häuser zu seinem Zuständigkeitsbereich gehörten, aber konnte er notfalls bei den Bewohnern dieses Hauses klingeln. Irgendwer war immer zu Hause und bereit, Auskunft zu geben.

An diesem Nachmittag war das Glück auf seiner Seite, was Torge gleich mal als gutes Omen für den restlichen Verlauf seines Einsatzes verbuchte. Während er sich umschaute und überlegte, wo er seine Suche beginnen sollte, kam ihm ein Mann in

Arbeitskleidung entgegen. In seiner rechten Hand trug er eine Heckenschere.

„Moin!“, begrüßte er Torge. „Sie sehen so aus, als könnten Sie Hilfe gebrauchen.“

Es war dem Hausmeister etwas peinlich, als hilfsbedürftige Person eingeschätzt zu werden, aber andererseits sah es so aus, als wäre seine Suche beendet, bevor sie richtig begonnen hatte. „Da sagen Sie was. Sie sind nicht zufällig Heribert Clasen, der Hausmeister dieser Wohnanlage?“

„In Person“, antwortete der Gefragte und reckte sich, um ein wenig größer zu erscheinen. „Sie wollen zu mir?“

„Jo. Ich bin Torge Trulsen und ein Kollege von Heike Niemeyer, unterstütze darüber hinaus die Ordinger Polizei, wenn es sich ergibt.“

Heribert Clasen zeigte sich beeindruckt. „Im Ernst? Das klingt ja interessant“, erwiderte er ehrfurchtsvoll. „Dann arbeiten Sie an dem Mordfall der jungen Frauen mit?“

„Genau. Und heute kann ich dabei deine Unterstützung gebrauchen“, antwortete Torge lächelnd. Er hielt es für einen guten Schachzug, zum vertraulichen *du* überzugehen, denn immerhin wollte er sein Gegenüber quasi zum Komplizen für eine halbgare Aktion machen, wie die Wiesinger es bestimmt genannt hätte.

„Ich bin dabei“, stellte Heribert ihm einen Blankoscheck aus. „So eine schreckliche Sache! Das heißt, durch mein Zutun kann vielleicht der Mörder geschnappt werden?“

Torge wiegte den Kopf. Er wollte seinem neuen Kumpel nicht zu viel versprechen, außerdem musste er vorsichtig sein, was er ihm erzählte. Wenn es nicht so lief, wie Torge hoffte, war es für alle Beteiligten besser, wenn Clasen nicht komplett eingeweiht war.

„Im besten Fall könnte es darauf hinauslaufen", antwortete er lapidar.

„Also, was muss ich tun?" Heribert war Feuer und Flamme. Er konnte es kaum erwarten, dass es losging.

Auf so eine Reaktion hatte Torge spekuliert. Polizeiarbeit war eben nicht nur für ihn selbst faszinierend. „Kann ich mal einen Blick in Heikes Wohnung werfen?", fragte er den Hausmeister, der bestimmt über einen Generalschlüssel für Notfälle verfügte.

Spontan zeigte sich Enttäuschung auf dessen Gesicht. „Die Polizei hat die Wohnung bereits durchsucht", teilte er Torge mit.

„Ja, ich weiß. Genau dieser Umstand macht sie ja so interessant." Torge genoss den Moment der Überlegenheit. Dann fiel ihm wieder die Brisanz der Umstände ein und er drängte Heribert zur Eile. „Du wirst gleich sehen, warum es wichtig ist", prophezeite er dem Kollegen und setzte in Gedanken ein ‚hoffentlich' hinzu. „Du hast sicherlich einen Schlüssel für die Wohnung, oder?"

„Nein, das ist gesetzlich verboten", erklärte ihm Heribert. „Aber in einem Notfall werde ich mit so einem Schloss auch anders fertig. Es handelt sich doch um einen Notfall, oder?"

„Klar, was sonst?", antwortete Torge voller Inbrunst. Wenn sich seine - zugegebenermaßen etwas abwegige - Hypothese als richtig herausstellte, war das nicht gelogen.

„Na, dann komm. Für die äußere Haustür habe ich natürlich einen Schlüssel. Halt mal die Schere. Du kannst sie gleich im Treppenhaus ablegen", forderte er Torge auf und kramte anschließend in seiner Tasche nach dem Schlüsselbund.

Gemeinsam erklommen sie die Stufen bis zu Heikes Wohnung. Dort angekommen stocherte Heribert eine Weile mit einem Dietrich in dem Schloss herum - ohne Erfolg. Torges Ungeduld stieg ins Unermessliche. Am liebsten hätte er dem Hausmeister das Werkzeug aus der Hand gerissen und es selbst probiert. Da er aber ausgerechnet damit überhaupt keine Erfahrung hatte, hoffte er, dass Clasen es bald hinbekommen würde. Andernfalls war er bereit, die Tür einzutreten. Um die Kommissarin zu retten, würde er so gut wie alles tun.

War seine Idee richtig? Konnte die Entführerin wirklich so abgebrüht sein, Charlotte Wiesinger in diese Wohnung zu bringen? Eigentlich ein geniales Versteck, weil diese ermittlungstechnisch längst aus dem Rennen war. Natürlich konnte Mareike Kramer sich nicht sicher sein, wann hier jemand auftauchen würde, um sie zu räumen. Aber Heike Niemeyer war praktisch allein gewesen, ohne Familie oder enge Freunde, die sich schnell darum kümmern würden. Die Miete war bezahlt, da gab es eigentlich keine Eile. Und es sollte ja bestimmt nur eine Übergangslösung sein, bis die Polizei sie nicht mehr im Fokus hatte.

Oder war die Idee abstrus? Vielleicht hatte er sich in seiner Not, helfen zu wollen, komplett vergaloppiert. Nun, das würde sich gleich herausstellen, wenn Heribert Clasen es endlich fertigbrachte, die Tür zu öffnen. Torge war drauf und dran zu der Tiefgarage zu rennen, um nachzuschauen, ob das Auto der Kommissarin dort parkte. Alles war besser, als dem Hausmeister bei seinen vergeblichen Versuchen zuzuschauen.

„Mist! Verdammter!“, fing dieser an zu fluchen.

„Hast du das überhaupt schon mal gemacht?“, wagte Torge zu fragen. Er hoffte, der aufflammende Ärger würde sich dadurch nicht gleich auf ihn richten.

„Hhm, ist eine Weile her. Bin ja kein Schlüsseldienst – und kein Krimineller“, fügte er mit einem Grinsen hinzu, was zwar seine schlechte Laune verfliegen ließ, Torge aber lediglich ein müdes Lächeln entlockte.

„Keine Witze jetzt. Es ist ernst! Mach hinne, sonst brauchen wir eine andere Lösung“, redete er dem Kollegen ins Gewissen.

Dieser nickte und machte sich wieder ans Werk. Just in dem Moment, in dem Torge die Hoffnung aufgeben wollte, sprang die Tür auf.

„Na, wer sag's denn?", kommentierte Heribert seinen Erfolg.

Torge schluckte das „Na endlich", das ihm auf der Zunge lag, herunter und nickte anerkennend. Dann stürmte er in die Wohnung. Vom Flur gingen fünf Türen ab. Rechts die Küche und links das Bad waren leer. Ein helles Wohnzimmer, in dem außerdem ein Esstisch stand, wirkte sauber und aufgeräumt. Niemand befand sich darin, aber das hatte Torge auch nicht erwartet. Er rechnete fest damit, Charlotte Wiesinger in Heikes Schlafzimmer zu finden. Heribert folgte ihm mit einem Schritt Abstand. Auch das kombinierte Arbeits- und Gästezimmer war unbenutzt.

Vor der letzten Tür blieb Torge stehen. Prompt lief Heribert Clasen in ihn hinein. Obwohl er es kaum abwarten konnte, sie zu öffnen, zögerte er einen Moment. Wenn dieser Raum ebenfalls leer war, stand er wieder ganz am Anfang. Und die Kommissarin schwebte weiterhin in Lebensgefahr!

„Was ist denn nun?", murmelte der Hausmeister in seinen Nacken. „Mach die Tür auf!"

Torge gab sich einen Ruck. Sein neuer Verbündeter hatte recht. Hier herumzustehen, machte die Sache nicht besser. Entschlossen drückte er die Klinke herunter – und wurde wieder ausgebremst. Die Tür war abgeschlossen.

„Dein zweiter Auftritt", bemerkte er trocken und trat einen Schritt zur Seite. „Dieses Mal darf es etwas schneller gehen."

Heribert Clasen nickte lediglich. Genauso wie Torge hatte er begriffen, worum es ging. Natürlich schloss die Polizei nach einer Durchsuchung keine Zimmertüren ab. Der Hausmeister der *Weißen Düne* sah seine These bestätigt. Hinter dieser Tür befand sich Charlotte Wiesinger. Er hoffte abermals, sie würden rechtzeitig kommen und die geschätzte Kommissarin lebendig finden. Wie sollte er das sonst bloß Knud beibringen? Und auch Torge selbst hatte die Hamburgerin trotz aller Differenzen in sein Herz geschlossen. Unvorstellbar, wenn sie nicht mehr Teil des Teams in SPO wäre!

Wie erwartet, weil das Schloss ja wesentlich simpler war, bekam Heribert die Tür zu Heikes Schlafzimmer schneller auf. Die Männer warfen sich einen Blick zu, dann drückte Torge die Klinke herunter und betrat ohne weiteres Zögern den Raum.

Vor lauter Erleichterung schossen ihm die Tränen in die Augen. Auf dem breiten Bett lag die Kommissarin. Doch sofort kam die Sorge zurück. Da sie gefesselt und geknebelt war, verstärkte sich die Hoffnung, sie würde leben, aber sicher war das natürlich nicht.

Torge marschierte schnellen Schrittes zu dem Bett. Schlief sie, war sie bewusstlos, oder ...? Immerhin hatte er mittlerweile in seiner Tätigkeit als Hilfssheriff der Polizei genug Erfahrung darin gesammelt, festzustellen, ob eine Person am Leben war. Während sich Heribert diskret im Hintergrund hielt, fühlte Torge der Kommissarin den Puls. Dabei hielt er selbst unwillkürlich den Atem an. Auch sein Begleiter bewegte sich nicht.

Ja, da war etwas. Schwach, aber deutlich fühlbar. Erleichtert stieß Torge einen tiefen Seufzer aus.

„Ruf einen Krankenwagen", forderte er Clasen auf. „Ich melde unseren Fund der Polizei von St. Peter-Ording. Die werden vielleicht erleichtert sein!"

Heribert nickte und zückte sein Handy. Torge befreite Charlotte Wiesinger vorsichtig von dem Knebel und den Fesseln, die aus kräftigen Kabelbindern bestanden. Sie schien nicht nur zu schlafen, sondern bewusstlos oder sediert zu sein. Aber sie lebte! Das war fürs Erste die Hauptsache. Nachdem er den

Knebel entfernt hatte, schien der Puls sogar etwas kräftiger zu werden, aber vielleicht bildete er sich das nur ein.

Nun wurde es Zeit, sich endlich bei Knud zu melden. Hoffentlich fiel der nicht vor lauter Erleichterung in Ohnmacht!

„Torge", meldete er sich wie übrig sehr schnell. „Was gibt es?"

„Ich habe sie gefunden", platzte er sofort mit der Neuigkeit heraus. „Sie lebt, Knud!"

„Sie lebt?"

Torge konnte hören, wie seinem Kumpel die Stimme versagte.

„Redest du etwa von Charlotte?", fragte er schließlich hoffnungsfroh.

„Ja, natürlich! Von wem sonst? Rate mal, wo ich sie gefunden habe?"

„Mir ist nicht nach Ratespielen zumute, alter Kumpel." Trotz der leichten Rüge klang er erleichtert.

„Ach, das rätst du sowieso nicht. Ich bin in der Wohnung von Heike Niemeyer. Sie liegt hier auf dem Bett – schwach, aber lebendig", erklärte Torge mit Stolz in der Stimme.

„In der Wohnung von Heike Niemeyer? Wie bist du denn darauf gekommen?", fragte Knud verwundert.

„Hhm, war nur so eine Ahnung", gab Torge zur Antwort.

„Und wie bist du da reingekommen? Du hast ja wohl nicht die Tür aufgebrochen?"

„Das ist doch jetzt völlig unwichtig. Aber nein! Habe ich nicht!"

„Ruf einen Krankenwagen und fass nichts an. Wir schicken ein Team von der Spurensicherung. Ich komme sofort. Frag die Sanitäter, in welches Krankenhaus sie sie bringen, falls ich nicht rechtzeitig da bin. Halt die Stellung, du kennst dich ja mittlerweile aus", forderte Knud ihn auf, bevor er auflegte. Immerhin schien er wieder klar denken zu können.

Lilly in St. Peter-Ording

Donnerstag, den 20. Oktober

Seit Tagen hatte Lilly nichts anderes gehofft, als diese Nachricht zu bekommen: Charlie war gefunden worden und sie lebte!

Trotzdem war sie innerlich darauf eingestellt gewesen, die geschätzte Kollegin als das dritte Opfer dieser Serie zu finden. Deshalb saß sie erst einmal ungläubig an ihrem Schreibtisch, als ein völlig ausgewechselter Knud in die Räume des Polizeireviers stürmte und ihnen bereits von der Tür aus die großartigen Neuigkeiten entgegenrief. Von der Rolle schien er nach wie vor zu sein, aber die Freude und Erleichterung waren unübersehbar. Wie schon seit Tagen nicht mehr, strahlte er über das gesamte Gesicht.

„Charlotte ist gefunden worden und sie lebt?“, freute sich ebenfalls der Revierleiter. „Und wie geht es ihr?“

„Sie ist wohl bewusstlos und scheint sehr schwach zu sein, aber Torge hat einen Krankenwagen gerufen“, antwortete Knud.

„Torge?“, fragten Lilly und Fiete wie aus einem Mund.

„Tja, wie es aussieht, hatte unser alter Schwerenöter mal wieder den richtigen Riecher. Sie wurde in Heike Niemeyers Wohnung versteckt. Wenn Mareike Kramer wirklich unsere Täterin ist, werden wir dort von ihr bestimmt irgendwelche Spuren finden. Ich habe bereits ein Team angefordert, das die Wohnung daraufhin untersucht.“

„Okay, dann lass uns keine Zeit verlieren und nach Garding fahren. Wie ist Trulsen bloß auf diese Idee gekommen?“, wunderte sich Lilly. „Da muss man ja schon um drei Ecken denken.“

„Na ja, so abwegig ist es im Grunde gar nicht. Wir hatten die Wohnung kriminaltechnisch untersucht. Also war es unwahrscheinlich, dorthin noch einmal zurückzukehren. Ich denke, sie wurde durch die Durchsuchung ihrer Räume und des Autos aufgescheucht. In diesem Zuge war das Grundstück mit dieser armseligen Hütte kein sicheres Versteck mehr. Also musste sie Charlotte woanders hinbringen. Die Schlüssel zu Heikes Wohnung besaß sie ja.“

„Aber warum hat sie Charlie nicht einfach getötet, statt so ein Risiko einzugehen?“, fragte Lilly.

Nun konnte Knud es ertragen, diese Frage gestellt zu bekommen. „Das kann ich dir nicht beantworten, aber du wirst sie ja morgen verhören. Dann kannst du es sie selbst fragen. Vermutlich fühlte sie sich überlegen und wollte nach ihrem eigenen Zeitplan vorgehen und ihn nicht wegen uns ändern.“

„Hhm, möglich. Das wird eine interessante Befragung. Ich sehe nach wie vor kein Motiv, warum sie die Frauen überhaupt getötet hat, aber lass uns los, das wird sich vielleicht morgen klären. Oder sie schweigt. Dann erfahren wir es vielleicht nie." Lilly schnappte sich ihre Jacke. „Auf geht's. Fahren wir zu Charlie. Du kümmerst dich um den Haftbefehl, Fiete? Sag uns Bescheid, wenn er vorliegt. Auf jeden Fall müssen wir nach Garding, mal schauen, wie schnell der Richter ist."

„Ich denke, er wird jetzt sehr schnell handeln. Haltet euch für die Verhaftung bereit, die hat jetzt Vorrang. Charlotte könnt Ihr morgen im Krankenhaus besuchen. Wenn ich Knud richtig verstanden habe, ist sie ohnehin nicht bei Bewusstsein. Torge wird sich darum kümmern, dass sie gut versorgt wird. Fahrt auf keinen Fall nach Husum, bevor Ihr Mareike Kramer verhaftet habt. Sie ist gewarnt und soll jetzt nicht untertauchen, wo wir quasi am Ziel sind. Also los. Ich melde mich", gab Fiete klare Anweisungen an sein verbliebenes Team.

Der Richter reagierte umgehend. Bevor Lilly und Knud Garding erreichten, rief Fiete an: „Lilly, check deine Mails, der Haftbefehl müsste eingetroffen sein. Fahrt zu der Kanzlei von Mareike Kramer und führt ihn aus. Solltet Ihr sie nicht antreffen, leite ich eine Fahndung ein. Ich bin mir sicher, dass wir mit ihr die Mörderin dingfest machen." Fiete klang bestimmt und die Kommissarin teilte seine Meinung.

„Es geht zuerst zum Marktplatz, Knud", instruierte sie den Kollegen, nachdem sie aufgelegt hatte. Tatsächlich lag der Haftbefehl bereits vor. Aufregung erfasste die junge Kommissarin. Wie es aussah, hatten sie den ersten Mordfall unter ihrer Führung aufgeklärt, auch wenn es einige offene Fragen gab.

Tatsächlich trafen sie die Scheidungsanwältin in ihren Geschäftsräumen an. Ein wenig wirkte es, als hätte sie bereits auf das Eintreffen der Polizei gewartet. Wieder war der Schreibtisch ihrer Assistentin verwaist, dieses Mal allerdings komplett aufgeräumt. Gleiches galt für den Arbeitsplatz von Mareike Kramer.

In gerader Haltung kam sie ihnen entgegen, nachdem die Glocke ihr Eintreten signalisiert hatte.

„Frau Morgenroth und Herr Petersen", bemerkte sie anstelle einer Begrüßung. „Ich habe Sie nicht so schnell zurückerwartet."

Auf Lilly wirkte es wie eine Lüge.

„Was führt Sie dieses Mal zu mir?" Sie wirkte ruhig und gefasst.

„Frau Mareike Kramer, ich nehme Sie fest. Sie stehen unter Verdacht des Mordes an Heike Niemeyer und Christine Rohde, außerdem der Entführung an Charlotte Wiesinger." Lilly las ihr ihre Rechte vor und führte sie schließlich ab. Das Gefühl war neu und einfach großartig.

Natürlich hätten die Kommissare sie sofort nach Husum bringen können, um sie dem Haftrichter vorzustellen, aber Lilly wollte es sich nicht nehmen lassen, sie vorher selbst zu verhören. Noch immer war ihr das Motiv schleierhaft. Das wollte sie in Erfahrung bringen und außerdem ihre Verhörtechnik an der vermeintlichen Täterin ausprobieren und durch den Lerneffekt verbessern.

Also brachten sie die Verhaftete nach St. Peter-Ording in ihre eigene Arrestzelle, wo die Kommissarin sie sich selbst überließ, um sich zusammen mit Fiete auf die Befragung vorzubereiten.

Eigentlich hätte sie gerne Knud dabeigehabt, aber für den gab es kein Halten mehr. Obwohl Trulsen ihm mitgeteilt hatte, dass Charlie in Husum angekommen und nun von den Ärzten untersucht wurde, bevor sie Besuch empfangen durfte, wollte er unbedingt in ihrer Nähe sein.

Am Ende spielte es keine Rolle, weil Mareike Kramer die Aussage verweigerte und auf die Anwesenheit eines Anwalts bestand, der erst am nächsten Tag eintreffen würde.

Am Donnerstagvormittag saßen sie schließlich in ihrem Verhörraum zusammen: Auf der einen Seite Lilly und Knud, auf der anderen Seite Mareike Kramer und ihr Anwalt Peer Augustin, mit dem sie freundschaftlich verbunden schien. Ein Umstand, der ihr wenig nützte, weil die Beweise mittlerweile erdrückend waren. Die Spurensicherung hatte eine Nachtschicht eingelegt und konnte somit bereits umfangreiche Ergebnisse liefern. In dem Verschlag auf dem landwirtschaftlichen Grundstück waren von allen drei Frauen Haare und Hautpartikel gefunden worden. So perfekt wie sie wohl anfangs geglaubt hatte, war dieses Versteck nicht – zumal sie die Frauen durch das unwegsame Gelände mit ihrem eigenen Auto bringen musste. Auch im Kofferraum des SUV der Scheidungsanwältin waren winzige Hautpartikel aller drei Opfer nachgewiesen worden. Er war zwar ausgesaugt worden, allerdings befanden sich Spuren an der Unterseite der Hutablage. Die Mörderin selbst hatte in der Wohnung von Heike Niemeyer eindeutige Spuren hinterlassen. Entweder war sie aufgrund der stressigen Situation unvorsichtig oder sich einfach zu sicher gewesen. Oder eine Kombination aus beidem.

Lilly war gespannt, ob sie im Angesicht der eindeutigen Beweislage, ein Geständnis ablegen würde, um das Strafmaß zu verringern. Bestimmt hatte ihr Anwalt eine derartige Vorgehensweise empfohlen. Und vielleicht wollte sie ja ihre Geschichte erzählen. Die Beweggründe für ihr Handeln mitteilen oder sich rechtfertigen, dass sie gar keine andere Wahl hatte und im Grunde keine Schuld an all dem trug, was in den letzten Wochen passiert war. Genauer gesagt, was sie den armen Frauen angetan hatte. Nach wie vor verstand Lilly nicht die Motivation, Frauen zu ihren Opfern zu machen. Gespannt eröffnete sie das Verhör, indem sie die Fakten der Beweislage zusammenfasste.

„Frau Kramer, möchten Sie etwas zu Ihrer Verteidigung vorbringen oder sofort ein Geständnis ablegen? Es könnte sich strafmindernd auswirken“, erklärte sie selbstbewusst und mit fester

Stimme, obwohl sie sich ein wenig unsicher fühlte. Immerhin war Knud an ihrer Seite, der bereits zahlreiche solcher Verhöre geführt hatte.

„Frau Kommissarin Morgenroth, Sie fühlen sich wohl sehr schlau und überlegen, was? Sie glauben, weil sie klein, zart und schlank sind, steht Ihnen die Welt offen und Sie können alles erreichen, was Sie wollen." Vorbei war es mit der aufgesetzten Freundlichkeit. Nun zeigte die Scheidungsanwältin ihr wahres Gesicht.

Aber Lilly ließ sich nicht so leicht einschüchtern. „Das, was ich beruflich erreiche, führe ich eher auf meinen Intellekt, meinen Ehrgeiz und Fleiß zurück, aber das braucht hier und jetzt kein Thema zu sein. Ich möchte wissen, was diese armen Frauen Ihnen angetan haben? Warum haben Sie sie getötet?"

„Sehr weit kann es mit Ihrer Intelligenz nicht her sein. Oder Sie sind einfach ignorant und wenig empathisch", verlor Mareike Kramer weiter die Kontrolle. Ihr Anwalt legte ihr beruhigend seine Hand auf den Arm, den sie ungeduldig abschüttelte. „Lass das, Peer. Dieses überhebliche Verhalten regt mich einfach auf."

„War das eine Frage oder wollten Sie mich bewusst beleidigen?", provozierte die Kommissarin ihr Gegenüber. Es fehlte nicht mehr viel und sie würde ihre Geschichte herausschleudern, davon war Lilly überzeugt.

„Auf eine Beamtenbeleidigung kommt es jetzt wohl nicht mehr an", erwiderte Mareike Kramer gelassen.

„Aha, worauf kommt es denn an?" Auch Lilly gelang es, ruhig zu bleiben.

„Sie verstehen gar nichts, Herzchen. All Ihr Frauen mit euren niedlichen Gesichtern umrahmt von samtweichen Haaren, einer weiblichen Figur und schönen prallen Brüsten; Ihr könnt euch überhaupt nicht in die Lage derer versetzen, die nicht mit solchen bezaubernden Attributen gesegnet sind. Ihr wickelt jeden Mann um den Finger und wisst nicht, wie demütigend es ist, nie nach dem ersten Date wieder angerufen zu werden."

Darum ging es in diesem Fall? Verletzter Stolz? Verletzte Eitelkeit? Im ersten Moment wirkte das wie eine Lappalie, zumal Mareike Kramer nun wirklich nicht völlig unattraktiv war. Dann blickte sie ihr in die Augen und sah hinter dem Hass auch den Schmerz. Für diese Frau war es alles andere als eine Kleinigkeit. Offensichtlich war sie zu oft von dem männlichen Geschlecht abgelehnt worden und Lilly konnte das nicht nachfühlen.

„Aber warum haben Sie sich nicht an den Männern gerächt, die sie derartig respektlos behandelt haben?", fragte Knud, vermutlich um von Lilly abzulenken.

Die Scheidungsanwältin kniff die Augen zusammen und guckte ihn abschätzend an. „Die kleinen hübschen Frauen sind das Übel. Sie fühlen sich überlegen; glauben, sie haben ein Recht auf die Zuwendung der Männer, weil sie schön sind und in ihnen den Beschützerinstinkt wecken. Nur wenn sie mal dasselbe erleben wie große stämmige Frauen, begreifen sie, wie demütigend wir behandelt werden. Jedenfalls besteht eine Chance. Manche merken natürlich gar nichts."

„Sie wollten den Frauen eine Lektion erteilen?"

„Ja, sie sollten sich mal genauso schlecht fühlen", bestätigte sie.

„Und außerdem lenkten Sie den Verdacht auf die Männer", stellte Knud fest.

„So ist es. Zwei Fliegen mit einer Klappe."

„Warum haben Sie sich dabei nicht auf einen Mann konzentriert?", wollte der Kommissar weiter wissen.

„So war es einfach spannender. Auch für Sie, oder etwa nicht?" Aus Mareike Kramers Augen blitzte der Wahnsinn.

Sicher war sie hochintelligent. Genie und Wahnsinn lagen oft dicht beieinander. „Es hat ihnen bestimmt nicht gefallen, durch ihre blöde Daterei in den Fokus der Polizei zu geraten."

Dabei schien sie zu vergessen, selbst ebenfalls auf der Plattform aktiv gewesen zu sein.

„Wie haben Sie es geschafft, sich in die Accounts der Männer zu hacken?", fragte Lilly. Diese Frage verursachte ihr die ganze Zeit Kopfzerbrechen.

„Das war wirklich einfach. Die meisten Männer sind da recht simpel gestrickt. Na ja, im Grunde gilt das genauso für viele Frauen. Wer kann sich schon so viele Passwörter merken, wie es heutzutage notwendig ist. Viele nutzen ihr eigenes Geburtsdatum oder eine Kombination daraus mit ihrem Namen. Ein paar geschickte Fragen und schon ist man drin. Das war überhaupt kein Problem."

„War das Risiko nicht ziemlich groß, dass die Männer es merken, wenn jemand anders in ihrem Account aktiv wird?", fragte die Kommissarin weiter.

„Ach was, der eine war so aktiv, der hatte längst den Überblick verloren. Der andere loggte sich eh nur selten ein. Männer achten auf sowas nicht, oder es ist ihnen egal. Mir war es im Übrigen genauso egal. Was sollte schon passieren?"

„Sie haben die Frauen also bewusst in die Falle gelockt?", fragte Knud.

„Du brauchst auf diese Frage nicht antworten, Mareike", schaltete sich der Anwalt wieder ein. „Das ist suggestiv und kann dir negativ ausgelegt werden. Denk an das Strafmaß."

Mareike Kramer ignorierte den Einwand ihres Anwaltes. „Eigentlich wollte ich den blöden Schnepfen lediglich eine Lektion erteilen, aber diese Heike hat mich echt aufgeregt." Ihre Stimme nahm sofort einen aggressiven Klang an. „Erst das Gejammer über den Typen, der sie sitzen ließ und das obwohl sie sich extra vor ihrem langen Wochenende solche Mühe mit ihrem Outfit gegeben hatte, um ihn zu beeindrucken. Ich sag Ihnen, die brauchte nicht eine Stunde im Bad zu verbringen, um die Kerle zu bezirzen! Und dabei wollte sie ja eigentlich in Ruhe Koffer packen und sich auf ihren Trip nach Hamburg vorbereiten. Vermutlich hätte sie dort ebenso ohne großes Zutun, den Kerlen den Kopf verdreht. Das schrie einfach nach einer Lektion. Also habe ich sie verschleppt. Dieses kleine Gefängnis im Nirgendwo ist großartig dazu geeignet, sich ganz auf sich selbst zu konzentrieren und über sein Leben nachzudenken. Da konnte sie erleben, was es bedeutet, einsam und allein die eisige Kälte zu spüren."

„Und warum haben Sie sie getötet?", fragte Lilly erschüttert. Die Frau schien wirklich ein Fall für die Klapsmühle zu sein.

Wieder griff Peer Augustin nach dem Arm seiner Mandantin. „Mareike, ich flehe dich an: Schweig endlich. Du redest dich um Kopf und Kragen! Wozu sollte ich herkommen, wenn du alle Details zu Protokoll gibst?"

Sie bedachte ihn mit einem freundlichen Lächeln. „Ich danke dir für dein Engagement, Peer, aber es ist vorbei. Ich habe längst die Kontrolle über mich und das harmlos gemeinte Projekt verloren. Nun gibt es kein Zurück mehr. Ich wollte hier einfach nicht allein sitzen und du hast mir ja letztendlich selbst bestätigt, wie aussichtslos meine Situation ist. Bleib einfach an meiner Seite, bis es vorbei ist."

Der Anwalt nickte ergeben und ließ ihren Arm wieder los. „Wie du meinst", flüsterte er.

„Sie hatte mich gesehen. Trotz meiner Maskerade hätte sie mich identifizieren können. Das wollte ich vermeiden." Es klang völlig sachlich; emotionslos, als würde es nicht um ein Menschenleben gehen.

Lilly war zu schockiert, um darauf reagieren zu können.

„Also haben Sie einfach ein Kissen genommen und sie damit erstickt?“, fragte Knud. Auch er schien mit der Fassung zu ringen. Bestimmt hatte er die ganze Zeit Charlies Bild vor Augen, die nur knapp dem gleichen Schicksal entgangen war.

„Es war viel leichter, als ich dachte. Durch das Schlafmittel war sie ganz ruhig und hat sich nicht gewehrt. Es ging überraschend schnell. Im Grunde hat mich das wieder wütend gemacht, weil sie überhaupt nicht leiden musste. Ich glaube, sie hat nicht verstanden, warum ihr das überhaupt passiert– was ich ihr damit verdeutlichen wollte. Ein Jammer, der ganze Aufwand war genau genommen umsonst.“

Die Kommissarin musste an sich halten, um ruhig zu bleiben. Am liebsten hätte sie dieser Frau, die sich immer mehr als Monster entpuppte, eine geknallt, aber damit begab sie sich schließlich nur auf das gleiche Niveau. Den Raum zu verlassen, wäre eine Option gewesen, aber sie war ein Mitglied der Polizei. Allein aus diesem Grund musste sie mit solchen menschlichen Abgründen fertigwerden.

„Und weil Heike Niemeyer es nicht begriff, haben Sie die gleiche Nummer mit Christine Rohde durchgezogen?“, fragte sie. Nur mühsam konnte sie verbergen, wie angewidert sie war.

Mareike Kramer zuckte mit den Schultern. „Ja, so in etwa. Die war allerdings ein ganz anderes Kaliber, hatte echt Feuer im Hintern. Sie hat Gift und Galle gespuckt, als sie in dem schäbigen Raum aufwachte. Hat wie am Spieß geschrien und einfach nicht begreifen wollen, dass niemand sie hören kann. Ihre Bockigkeit ist mir auf die Nerven gegangen, dabei hat auch sie rein gar nichts verstanden. Deshalb musste sie schneller gehen. Am Ende war das Risiko zu groß, falls sich doch mal jemand in diese Einöde verirrt hätte.“

„Und warum diese Verstümmelungen?“, fragte Knud.

„Ich war wütend! Die dummen Gänse hatten ihre Lektion nicht begriffen. Beide nicht! Also wollte ich, dass die Welt sich Gedanken um meine Motive macht ..."

Die Welt? Nun schien sie größenwahnsinnig zu werden. Lilly verkniff sich eine Bemerkung und hörte den Ausführungen der Verhafteten weiter zu.

„... wollte, dass die Presse darüber berichtet und rätselt, wer das diesen ehemals liebreizenden Frauen angetan hat."

Lilly holte einmal tief Luft. „Und unsere Kollegin? Warum haben Sie sie in Heike Niemeyers Wohnung gebracht? War das nicht ein hohes Risiko? Warum haben Sie sie nicht in dem Raum auf dem Feld getötet?"

„Ich wollte mich noch ein wenig an Ihrer Angst weiden. Eine Kommissarin aus Hamburg, die perfekt in mein Beuteschema passte, war einfach perfekt. Sie hat sich überlegen gefühlt, besonders schlau. Das konnte ich jedem Wort entnehmen, das sie mir wütend entgegengeschleudert hat. Dabei quoll ihr die Angst aus jeder Pore. Endlich war ich mal diejenige mit Macht und Überlegenheit! Darüber hinaus habe ich auf Ihre Pressekonferenz gewartet. War sie Ihnen zu wenig wert, um sich wegen ihrer Entführung an die Medien zu wenden?"

Lilly und Knud wechselten einen Blick. Keiner von beiden wollte sich auf diese Provokation einlassen. Die letzten Tage waren belastend genug gewesen. Nun stand die Erleichterung im Vordergrund, Charlie aus den Fängen dieser psychisch kranken Frau befreit zu haben.

Torge Trulsen würde bestimmt monatelang mit vor Stolz geschwellter Brust durch die Landschaft von Eiderstedt stolzieren. Die Vorstellung zauberte Lilly ein kleines Lächeln auf die Lippen.

„Ist das amüsant, Frau Kommissarin?", sprang Mareike Kramer prompt darauf an.

„Nicht das, was Sie meinen. Ich habe keine weiteren Fragen. Wir werden Sie nun an den Haftrichter in Husum überstellen. Moin!“

Epilog

Torge konnte es kaum abwarten, bis Fiete ihn endlich zu der Abschlussbesprechung einlud. Ungeduldig zog er fast eine Woche lang ständig sein Handy aus der Tasche, um zu prüfen, ob er einen Anruf verpasst hatte. Dabei war es auf volle Lautstärke eingestellt und seine Ohren funktionierten einwandfrei.

Natürlich wusste er, dass Kommissarin Wiesinger erst aus dem Krankenhaus entlassen werden musste und das würde wohl ein wenig dauern. Immerhin hatte sie drei Tage und drei Nächte an diesem schrecklichen Ort verbracht und es war nachts bereits empfindlich kalt gewesen.

Weil er seine Neugierde nicht zügeln konnte, hatte er sich das Feld und den kleinen Bau angeschaut, nachdem die Ermittlerin wieder in Sicherheit war. Eigentlich wusste er bereits seit dem ersten Tag ihres Kennenlernens, wie tough sie war. Trotzdem erschreckte es ihn, was sie in diesem Fall persönlich durchmachen musste.

Umso stärker wog seine Leistung! Torge beglückwünschte sich jeden Morgen zu seinem Geistesblitz und der reibungslosen Umsetzung seines Plans. Wahrscheinlich hatte er der Kommissarin das Leben gerettet! Das machte ihn stolz und glücklich. Die Vorfreude, von dem gesamten Team der Ordinger Polizei gefeiert zu werden, war also groß.

Natürlich war es insgesamt ein gemeinsamer Erfolg, aber er hatte nach bester Vorarbeit quasi das Tor geschossen. Bestimmt verschaffte ihm dieser Umstand für die Zukunft ein paar Freiheiten – zumindest bei Charlotte Wiesinger.

Und vermutlich bei Knud. Der Hausmeister musste grinsen, als er an seinen Kumpel dachte. Da konnte man gespannt sein, wie das mit den beiden – oder genau genommen mit den dreien – weiterging.

Endlich war es soweit. Annegret hatte zur Feier des Tages eine Torte gebacken, außerdem ein paar Flaschen Sekt besorgt, obwohl er eigentlich lieber ein Helles zischte. Aber zu so einem Anlass trank man eben dieses Prickelwasser.

Nun war er gespannt, wer dieses Mal alles teilnehmen würde. Bestimmt war Greta mit von der Partie, immerhin war sie mit beiden Opfern bekannt gewesen und konnte deshalb ebenfalls einiges zu der Ermittlung beitragen.

Insgeheim tippte Torge darauf, die kesse Gerichtsmedizinerin an diesem Nachmittag nicht anzutreffen. Knud hatte in einem Nebensatz den Streit erwähnt. Der Hausmeister hätte gerne alle Einzelheiten erfahren, aber Knud wollte nicht darüber reden. Genau genommen schien er sich zu ärgern, es überhaupt erwähnt zu haben. Also ließ Torge es darauf beruhen. Wenn einer nicht schnacken wollte, musste man das respektieren. Er konnte sich vorstellen, was gerade in seinem Kumpel vorging. Sie alle hatten ja gesehen, wie sehr er wegen Charlotte Wiesingers Verschwinden von der Rolle gewesen war. Fiona Jensen war nicht dumm. Auch sie konnte eins und eins zusammenzählen.

Wie erwartet traf der stolze Hobbyermittler also die Kommissare und Greta auf dem Revier an.

„Ah, da kommt unser Held des Monats", begrüßte Fiete ihn mit einem verschmitzten Lächeln. „Wir haben uns gewundert, dass bislang kein großer Presseartikel über dich erschienen ist."

„Ich wollte damit warten, bis die Kommissarin Wiesinger wieder wohlbehalten im Dienst ist", parierte Torge. Heute konnte ihm kein Gefrotzel der Welt die Laune verderben.

„Ja, ich bin wieder da – und das habe ich Ihnen zu verdanken, Trulsen. Dieses Mal kann ich mich nicht einmal über Ihren Alleingang beschweren", lächelte sie. Ganz war sie noch nicht wieder auf dem Damm, aber sie war zäh, das würde schon werden!

„Nun setzt euch erst mal hin", forderte Fiete alle Anwesenden auf. „Knud hat seinen obligatorischen Pharisäer zusammengebraut und der schmeckt bekanntermaßen heiß am besten."

„Dann schneide ich die Torte an", verkündete Torge fröhlich. „Mit den besten Grüßen von Annegret."

Eine Weile konzentrierten sich alle auf die kulinarischen Genüsse, dann brach Charlotte Wiesinger das Schweigen. „So, jetzt möchte ich aber in allen Einzelheiten hören, wie Ihr vorgegangen seid, um der Täterin auf die Spur zu kommen. Lilly erzähl mal, welche Strategie du mit Knud und Fiete verfolgt hast. Das große Finale kann Trulsen dann selbst vertellen." Verschmitzt zwinkerte sie ihm zu. „Außerdem habe ich eine Überraschung für Sie, aber zuerst will ich alles hören, im Krankenhaus war ich dazu nicht in der Lage – aber das wissen Sie ja."

Kommissarin Morgenroth schien nicht weniger stolz als Torge zu sein, ihren ersten Fall so erfolgreich abgeschlossen zu haben. Mit rotglühenden Wangen kam sie der Bitte nach und berichtete detailliert von den einzelnen Ermittlungsschritten.

„Was ich allerdings nicht verstehe, warum Mareike Kramer uns weismachen wollte, das gesamte Wochenende, an dem du entführt wurdest, in Eckernförde verbracht zu haben. Sie war zwar Freitagnachmittag angereist, wir haben aber ziemlich schnell herausgefunden, dass sie bereits am Samstagnachmittag wieder zurückgefahren ist", erklärte sie weiter.

„Vermutlich hat sie einfach gedacht, sie würde mit dieser Lüge durchkommen", antwortete Knud pragmatisch. Seit Charlotte Wiesinger wieder da war, hatte er zu seiner alten Form zurückgefunden. „Immerhin war sie dort. Vielleicht hat sie gedacht, keiner würde den Abbruch des Aufenthaltes bemerken."

„Hhm, wirklich schräg, wie die drauf ist. Ich hoffe, die kommt nicht wieder auf freien Fuß. Da hilft kein Seelenklempner. Ich mag mir gar nicht ausmalen, was sie mit Charlie angestellt hätte, wenn Trulsen sie nicht gefunden hätte. Das war wirklich eine Glanzleistung. Ich schätze, Sie haben etwas bei uns gut!"

Torge straffte sich und grinste von einem Ohr bis zum anderen.

„Ja, aber übertreiben Sie es nicht", lachte Kommissarin Wiesinger. „Auch wir müssen uns an Gesetze halten. Also erzählen Sie uns von Ihrer Eingebung und wie Sie sich Zugang zu der Wohnung verschafft haben. Im Anschluss bekommen Sie Ihr Geschenk."

Das ließ er sich nicht zweimal sagen. Er wurde auf dem Stuhl noch etwas größer und begann dann voller Stolz seinen Bericht.

„Ich danke Ihnen von ganzen Herzen", erklärte die Ermittlerin, nachdem er geendet hatte. „Natürlich war diese Aktion mal wieder hart an der Grenze der Legalität, aber ..."

„Es war Gefahr in Verzug", verteidigte sich Torge prompt.

„Ja, deshalb hätten Sie Ihre Idee unbedingt der Polizei mitteilen müssen, statt alleine nach Garding zu fahren", lächelte sie. „Nun gut. Ich denke, das ist Ihnen bewusst. Vermutlich verdanke ich Ihnen trotzdem mein Leben. Hier, packen Sie aus!"

Neugierig betrachtete er die flache Schachtel. Er war sehr gespannt, was sich Charlotte Wiesinger für ihn ausgedacht hatte.

„Nun machen Sie schon", forderte Lilly Morgenroth ihn auf. „Wir sind neugierig!"

Langsam und mit zitternden Fingern zog Torge an der großen Schleife. Tatsächlich klopfte ihm sein Herz bis zum Hals. Noch nie hatte er für seinen Einsatz eine Vergütung, geschweige denn ein Geschenk bekommen! Erst recht nicht von der Kommissarin persönlich. Reflexartig hielt er den Atem an, als er schließlich den Deckel der Schachtel anhob. Darin lagen zwei Karten für ein Konzert im großen Saal der Elbphilharmonie. Aber das war noch nicht alles. Zusammen mit seiner seuten Deern durfte er eine Nacht in dem Hotel des großartigen Gebäudes verbringen – mit Blick auf den Hamburger Hafen. Gerührt blinzelte er ein paar Tränen weg, als er sich überschwänglich bei der Kommissarin bedankte.

Die Handlung und alle handelnden Personen sind frei erfunden. Jegliche Ähnlichkeit mit lebenden oder realen Personen wäre rein zufällig und nicht beabsichtigt.

Kleines Lexikon norddeutscher Begriffe

Moin/Moin Moin	Begrüßung für den ganzen Tag
zu Potte kommen	weitermachen, fertig werden
Gosch	Fischrestaurant aus Sylt
sabbelig	redselig
piesacken	zusetzen, triezen
Gezuckel	langsames Fahren
„mach hinne“	mach weiter, werde fertig!
Klönschnack	gemütliche Plauderei
schnacken	sich unterhalten
dumm Tüch	dummes Zeug
lütt	klein
Buddel Köm	Flasche Korn
scheun	schön
grienen	Grinsen, lächeln
Priel	Rinne im Wattenmeer, in der sich auch bei Ebbe Wasser befindet
min seute Deern	mein süßes Mädchen
vertellen	erzählen
Schiet	Scheiße
Kopp in Nacken	Kopf in den Nacken
verklickern	erklären
Friesengeist	nordischer Schnaps
Pharisäer	Kaffeespezialität mit Rum und Schlagsahne
Pott Kaffee	Becher Kaffee
aufgebretzelt	chic angezogen/zurecht gemacht

schnieke	Chic
Rundstück	einfaches helles rundes Brötchen
Alsterwasser	Bier und weiße Limonade
Gedöns	als überflüssig erachtete Gegenstände
Scheibenkleister	s. Schiet
Butter bei die Fische	Klartext reden, nichts zurückhalten
Auf dem Kieker	Besondere Aufmerksamkeit, wörtlich Fernglas
Franzbrötchen	Plunderteig mit Zimt und Butter, ursprünglich aus Hamburg
Jo	Ja
fünsch	wütend, ärgerlich
vertüdeln	vergeuden
Wo geiht di dat?	Wie geht es Dir?
Klönschnacktür	Zweigeteilte Außentür, bei der man einen Klönschnack halten kann, indem man nur den oberen Teil öffnet
Mors	Hinterteil
Friesenschnitten	Blätterteig, Pflaumenmus, Sahne
Kluntjes	Kandiszucker
Graue Stadt am Meer	Husum, der Begriff wurde von dem Dichter Theodor Storm geprägt
Rungholt	1362 versunkene Siedlung im nordfriesischen Wattenmeer
Edomsharde	Verwaltungsbezirk im Mittelalter
Grote Mandränke	Verheerende Sturmflut 16. Januar 1362
mittenmang	mittendrin
Döntjes	Anekdote aus dem Alltag

Danksagung

Als Allererstes möchte ich mich bei meinen Lesern bedanken, die Torge und mir jetzt bereits über zehn Fälle die Treue halten. Vielen Dank für eure Begeisterung für meine Sankt-Peter-Ording-Krimis – dieses großartige Jubiläum macht mich stolz und glücklich!

Bevor ein neues Buch das Licht der Welt erblickt, gibt es erst einmal viele Stunden des Planens, Recherchierens und des Schreibens. Dafür nutze ich am liebsten die frühen Stunden des Tages. Morgens und am Vormittag bin ich frisch und kreativ.

Im Anschluss wird der Text mehrfach überarbeitet! Ich freue mich sehr, dass ich dafür so großartige Unterstützung habe. Ich danke meiner Lektorin Ursula Schneider, die den Text mit ihren Anregungen bereichert. Ich danke meiner Korrektorin Margarete Götz, die jedem Fehler auf der Spur ist.

Vielen Dank an die Designerin Franziska Buhl vom Kampenwand Verlag, die aus schönen Fotos mit Pfahlbauten so großartige Cover gestaltet und meine Texte setzt.

Eine große Bereicherung in meinem Autorinnenalltag stellen meine Kolleginnen Aurelia Blum, Maiken Brathe und Sabine Hirschfeld dar, mit denen ich im täglichen Austausch zu allen Fragen rund um den Schreibprozess verbunden bin. Wir unterstützen uns in konkreter Textarbeit, sowie bei der Zielerreichung und Motivation. Ich bin dankbar, Teil dieses großartigen Teams zu sein!

Schließlich gilt mein Dank meinem Team von treuen Testlesern und Torge-Fans, die mich im Schreibprozess unterstützt haben.

Vielen Dank!
Stefanie Schreiber

Hat Ihnen die Geschichte gefallen?

Dann freue ich mich sehr über eine positive Rezension bei Amazon oder auf einem anderen Portal, denn Bewertungen werden für uns Autoren immer wichtiger.

Das muss kein langer Text sein, schreiben Sie einfach, was Sie anderen Lesern gerne zu dem Buch mitteilen wollen. (Aber natürlich nicht verraten, wie die Geschichte endet.)

Ich danke Ihnen im Voraus!

Herzlich
Ihre Stefanie Schreiber

KAMPENWAND
VERLAG

Über die Autorin

Stefanie Schreiber ist Dipl.-Kauffrau und Fachjournalistin. Aus ihrer Leidenschaft fürs Krimischreiben hat sie nun einen Beruf gemacht.

Die Autorin über sich
Meine Leidenschaft für das Schreiben entstand bereits vor über fünfundzwanzig Jahren, doch ich hatte mich nach meinem betriebswirtschaftlichen Studium gerade selbständig gemacht und wollte erst einmal „bodenständig arbeiten", um meine Existenz zu sichern.

Meine Liebe zur Nordsee begann nach dem Abitur bei einem zehntägigen Aufenthalt nahe Heide, weil mein Geld für die geplante Nordkap-Tour nicht reichte. Der Urlaub legte außerdem den Grundstein zu meiner Altersvorsorge mit Ferienimmobilien; ich träumte seitdem von einem eigenen Haus unter Reet.

Als ich 2011 beschloss, mich endlich dem Schreiben zu widmen, entschied ich mich für ein berufsbegleitendes Journalismus-Studium, um meine Schreibkompetenz auf professionelle

Beine zu stellen. Die daraus resultierende Idee, mein betriebswirtschaftliches Know-how und meine langjährige Vermietungserfahrung in Wirtschaftsratgebern zu vereinen, brachte mich über die nächsten Jahre von meinem Plan ab, Geschichten zu erzählen.

2017 plante ich meinen ersten Krimi. In einem Workshop entstand die Idee, auch diesem den Ferienhaus-Background zu verleihen - und wo ist es schöner als in Sankt Peter-Ording? Ich baute die Weiße Düne und schuf meinen schrulligen Hausmeister Torge Trulsen, der als Miss-Marple-artiger Hobbyermittler, den Kommissaren gerne dazwischenfunkt.

Nach Vollendung meines achten Sankt-Peter-Ording-Krimis küsste mich die Muse. Die Charaktere Emilia und Piet Anderson erblickten das Licht der Welt und ermitteln nun parallel in meiner neuen Reihe.

Seit 2019 erscheint ihre erfolgreiche Sankt-Peter-Ording-Krimireihe mit dem schrulligen Hobbyermittler Torge Trulsen und der toughen Kommissarin Charlotte Wiesinger.

Im Oktober 2022 startet ihre neue Nordfriesen-Krimireihe. Emilia und Piet sind Emily Anderson - Ein Schriftstellerpaar veröffentlicht unter gemeinsamem Pseudonym und mischt sich in die Ermittlungen der Husumer Kommissare ein.

Humorvolle, unblutige Kuschelkrimis mit viel nordfriesischem Lokalkolorit.

www.StPeterOrding-Krimi.de

Bereits von der Autorin erschienen

Mord im Watt vor St. Peter-Ording
Der erste Fall für Torge Trulsen und Charlotte Wiesinger

Todesfalle Hochzeit in St. Peter-Ording
Der zweite Fall für Torge Trulsen und Charlotte Wiesinger

Das 13. Kind aus St. Peter-Ording
Der dritte Fall für Torge Trulsen und Charlotte Wiesinger

Doppelmord hintern Deich bei St. Peter-Ording
Der vierte Fall für Torge Trulsen und Charlotte Wiesinger

Tatort Weiße Düne in St. Peter-Ording
Der fünfte Fall für Torge Trulsen und Charlotte Wiesinger

Nachts im Pfahlbau in St. Peter-Ording
Der sechste Fall für Torge Trulsen und Charlotte Wiesinger

Im Schatten der Rache bei St. Peter-Ording
Der siebte Fall für Torge Trulsen und Charlotte Wiesinger

Trügerische Stille in St. Peter-Ording
Der achte Fall für Torge Trulsen und Charlotte Wiesinger

Göttliche Gier in St. Peter-Ording
Der neunte Fall für Torge Trulsen und Charlotte Wiesinger

Fatale Begegnung in St. Peter-Ording
Der zehnte Fall für Torge Trulsen und Charlotte Wiesinger

Fortsetzung folgt!